바람의 라트

Holy War

양승훈 판타지 장편소설
FANTASYSTORY & ADVENTURE

dream
books
드림북스

바람의 라트 2 이용하기 쉬운 패

초판 1쇄 인쇄 / 2011년 5월 25일
초판 1쇄 발행 / 2011년 6월 7일

지은이 / 양승훈

발행인 / 오영배
편집장 / 허경란
편집 / 신동철, 문보람, 오미정, 윤상현
본문 디자인 / 신경선
펴낸 곳 / (주)삼양출판사 · 드림북스

주소 / 서울특별시 강북구 송천동 322-10호
대표 전화 / 02-980-2112 팩스 / 02-983-0660
편집부 전화 / 02-980-2116 팩스 / 02-983-8201
블로그 / blog.naver.com/dreambookss

등록번호 / 제9-00046호
등록일자 / 1999년 3월 11일

ⓒ 양승훈, 2011

값 8,000원

ISBN 978-89-542-4409-1 (04810) / 978-89-542-4407-7 (세트)

* 지은이와 협의하에 인지는 생략합니다.
* 잘못된 책은 구입한 곳에서 바꾸어 드립니다.

바람의 리트

Holy Wind

양승훈 판타지 장편소설
FANTASY STORY ADVENTURE

이용하기 쉬운 패

dream books
드림북스

Contents

제1화
또 한 명의 계약자

Holy War

"끝…… 났나요?"

"너…… 뭐야."

안으로 들어오자마자 식은땀으로 범벅이 되어 있는 아르니를 본 라트의 얼굴이 빠르게 굳어갔다.

"네……?"

"너, 무슨 짓을 한 거야?"

창백한 얼굴, 하지만 라트가 보고 있는 것은 그게 아니었다. 지금까지 느껴지지 않았던 불길한 기운이 은연중 그녀로부터 느껴지고 있는 것이다.

라트는 그녀가 시선을 떨어뜨리자 얼굴을 일그러뜨리면서

분노가 이글거리는 눈으로 텔리시아를 노려보았다.

"왜 그녀에게서 나와 같은 느낌이 나는 거지?"

"그건……."

텔리시아가 말을 잇지 못하고 시선을 회피하자 라트의 얼굴에 분노가 가득 들어찼다.

"똑바로, 말해! 왜 평범하기 짝이 없을 저 녀석에게서 이런 더러운 감각을 느껴야 되는 거지?"

"……."

텔리시아가 아무 말 없이 그저 입술만 질끈 깨물고 있자 라트의 분노는 머리끝까지 치솟았다.

"설마, 계약을 한 건 아니겠지?"

"……."

"텔리시아, 당장 말하지 않으면 죽여버리겠어."

라트가 이를 갈고 살의를 드러내면서 지크로트를 들었다. 그 날카로운 살의를 받아내면서도 텔리시아는 그저 고개를 수그리고 있을 뿐, 아무 말도 하지 않았다.

그에 대한 대답은 텔리시아가 아니라 아르니에게서 들려왔다.

"그건…… 제가 원한 거예요. 그녀에게 뭐라고 하지 마세요."

"뭐……?"

"제가 원해서 한 거예요. 그녀는 말렸어요. 하지 않겠다고 했고요. 하지만 제가 원했어요. 계약에 대한 얘기도 제가 먼저 꺼낸 거예요."

아르니가 의지를 굳힌 듯 담담하게 말하자 라트의 눈에 불신의 빛이 어렸다.

"지금…… 네가 무슨 얘기를 한 건지 알고 있는 거야……?"

"네, 알고 있어요."

표정 하나 바뀌지 않는 아르니의 대꾸에 라트는 지난날 오르베니의 죽음을 더럽힌 자신과 아르니의 모습이 겹쳐 보였다.

"웃기지 마!"

라트가 고함을 내질렀다. 그의 분노에 반응한 마력이 어느새 그의 주위에서 일렁이고 있었다. 주위를 억누르는 압도적인 마력에 아르니는 숨이 막혀오는 것을 느끼면서 몸을 움츠렸다.

하지만 라트는 그녀가 느끼고 있는 압박이 어느 정도의 것인지는 조금도 생각지 않았다. 지금 이 돌이킬 수 없는 죄악이 또다시 일어났다는 것 때문에 그는 이성을 잃고 있었다.

"넌 아무것도 몰라! 그냥 그 저택에 그냥 찌그러진 채, 귀족으로서 누릴 것을 다 누리면서, 너의 아래에서 살아가는 사람들을 짓밟고 살아야 했어. 빼앗고 군림하면서 말이야!"

"싫어요! 왜죠? 왜 그렇게 살아야 하는 건데요? 저는 그렇게 살고 싶지 않아요! 빼앗고 싶지도, 밟고 싶지도, 착취하면서 군림하고도 싶지 않아요!"

아르니가 창백해진 얼굴로도 지지 않고 대꾸했다.

"왜냐고? 적어도 지금 같은 어리석은 짓은 안 했을 테니까! 넌! 저 간악하고 더러운 악마에게 너 자신을 팔아버린 거야! 그게 무슨 말인지 모르겠어? 이제 무슨 수를 써도 넌 되돌아갈 수 없다는 뜻이란 말이다!"

씹어뱉듯 말하는 라트의 눈은 분노로 이글거리고 있었다.

"처음부터 되돌아갈 생각 따위 없었어요. 그곳을 벗어날 때부터 이미 저는 밀렌디 영애가 아니라 아르니로 살아가기를 선택한 거란 말이에요!"

"시끄러워!"

라트가 다시 고함을 내질렀다.

"그딴 건 아무래도 좋아! 도대체 무슨 계약을 한 거야! 뭘 바친 거냐고!"

"말하기 싫어요!"

아르니가 눈물 고인 얼굴로 고함을 지르고는 고개를 돌려버리자, 라트는 이를 갈면서 텔리시아를 노려보았다.

"이 간교한 악마 같으니……. 그래서 날 갑자기 도운 건가? 저 녀석과 계약을 했기 때문에?"

"……."

"너희 악마는…… 정말이지 상종을 못할 더러운 족속들이로군. 당장 말하지 못해? 도대체 아르니의 무엇을 받은 거야!"

"……목숨."

"뭐?"

텔리시아는 힘겨운 얼굴로 말을 이었다.

"그게 일반적이야……. 내 힘은 약하니까, 실질적으로 이 세계에서 권능을 발현하기 위해서는 직접적으로 나에게 영향을 미칠 수 있는 게 필요해."

"모, 목숨이라니? 지금 무슨 말을 하고 있는 거야……."

"내가 필요 이상의 권능을 발휘할 때마다 그녀의 수명이 조금씩 줄어들 거야. 조금 전처럼…… 갈취 님의 허가를 받지 못한 시점에서의 개입 역시 마찬가지야."

허가니 개입이니…… 라트는 그녀가 뒤에 한 말이 무슨 뜻인지는 전혀 알 수 없었다. 하지만 분명한 것은 그녀가 힘을 쓸 때마다 아르니의 수명이 줄어든다는 것이다.

"수명이라고? 정말로 자신을 팔아버렸군. 스스로를 악마에게 팔았어……."

어이가 없다는 듯 허무하게 중얼거린 라트는 그곳에 천천히 주저앉았다.

"하…… 하하하……."

실성한 것처럼 웃던 라트는 얼굴을 일그러뜨리고 땅바닥을 내려치기 시작했다.

쿵! 쿵! 쿵!

"왜! 왜! 왜! 왜 그런 짓을 한 거야, 왜!"

모든 것이 엉망이었다. 무엇 하나 해낸 것도 없이, 자신은 주위의 모든 것을 어둠으로 물들이기만 한 것이다.

"제, 제가 원한 거예요. 저도 힘이 필요했어요. 앞으로……
제 자신을 스스로 지킬 정도의 힘은 필요하니까요! 그리고 당
신에게 짐이 되고 싶지 않아요! 항상 도움만 받을 수 없어요!
저는 당신과 동등한, 같은 입장이 되고 싶은 거라고요!"

"멍청한 소리…… 멍청한 소리는 그만하란 말이야! 네가 이
런 어리석은 짓을 한다고 너와 내가 동등해질 것 같아? 너는
귀족이야! 그리고 나는 천하고 더럽기 그지없는, 벌레만도 못
한 취급을 받으며 기어 다니는 낙인자란 말이다!"

"같은 사람이에요!"

울부짖는 라트의 외침에 아르니는 뾰족한 고함을 내질렀다.
미르엘도, 아르니도, 라트도 사람이다. 상처를 받고, 세상의
풍파 속에서 깎이고, 쓰러지고…… 피투성이가 되어서도 외로
워서, 너무나도 고통스러워서 다른 사람들을 애타게 찾는, 똑
같은 사람이다.

이윽고 라트의 눈가에 눈물이 맺히기 시작했다.

"멍청하긴, 멍청하긴……."

"같은 사람이에요. 더럽지 않아요. 천하지 않아요. 벌레 같
은 건 더더욱 아니에요. 자신을 비하하지 말아요. 상처 입히지
도 말아요. 그리고 저를…… 저를 밀어내지 말아요……."

라트는 지금 모든 것이 너무나도 무섭고 두려워서 오르베니
를 떠올릴 자격도 없다는 생각을 했으나, 그럼에도 그녀를 애

타게 떠올리지 않을 수 없었다.

　엎드린 라트의 들썩이는 어깨 위로 아르니가 천천히 다가와 그를 안아주었다.

＊　　　＊　　　＊

　"어떻게 됐습니까?"

　"음, 흥미로웠다."

　이튿날, 이른 아침에 바로 주점을 찾은 봉그리드는 버튼의 물음에 짧게 대꾸하면서 커피를 홀짝였다.

　"예? 흥미롭다니요? 그게 무슨 말씀이십니까?"

　"내가 말을 어렵게 했나? 그냥 말 그대로의 의미지. 흥미로운 만남이었다."

　"그들을 쫓아내지 않았단 말씀이십니까?"

　버튼이 눈살을 찌푸리자 봉그리드가 피식 웃었다.

　"아니. 오늘 안에 이곳을 떠난다고 했으니 아마 약속은 지킬 거야."

　"만약 떠나지 않고 버티면요? 어떻게 그 말을 믿으십니까?"

　"그럼 내가 또 가야겠지."

　여전히 별거 아니라는 듯한 봉그리드의 태도에 버튼도 점차 의아한 표정이 되었다.

　"그 외지인들…… 은십자 기사단이 아닌 모양이죠?"

"음, 그렇지. 아니었다."

"그럼……."

"교단의 개도 아니었어."

"예? 그럼…… 굳이 쫓아낼 필요까지는……."

만약 봉그리드의 말대로라면 그들은 그냥 말 그대로의 외지인인 것이다. 못할 짓을 했다는 생각이 든 버튼은 난감해하는 표정을 지었다.

"근데 최근 떠들썩한 사건, 아무래도 그 녀석들이 벌인 것 같더군."

"예?"

"어설프게 힘만 가지고 있는 녀석 하나, 그리고 상당한 실력의 마법사가 같이 다니는데…… 그 마법사 실력이라면 오프할에서 그 난동을 부리고 유유히 탈출한 것도 충분히 가능한 이야기지."

"저, 정말입니까?"

"그래, 거의 확실할 거야."

"으, 은십자 기사단도 아니면서 어째서 그런 짓을……. 호, 혹시 봉그리드 님이 속은 거 아닙니까? 그 녀석들이 거짓말을 했다든지……."

"버튼, 내가 누구지?"

"보, 봉그리드 님이지요……."

"근데 그런 녀석들에게 속겠어?"

버튼은 입을 다물었지만, 속으로는 그럴지도 모른다고 생각했다. 그가 아는 봉그리드라는 사람은 의외로 틈이 큰 사람이었던 것이다.

"요 근래의 일들은 은십자 기사단이 했다고 하기에는 지나치게 과한 면이 있고, 또 화려하게 저질러놨어. 덕분에 교단의 이목이 이런 변경 외곽의 영지로 집중된 상황이 아닌가? 은십자 기사단이 그런 식으로 날뛰기에는 아직 그들의 실력이 모자랄뿐더러 기반도 쌓이지 않았을 거다."

"으음……."

봉그리드의 말을 들은 버튼은 고개를 주억거렸다. 사실 그도 조금 놀라긴 했다. 요 근래 들은 신전 습격은 이전에는 일어난 바 없을 만큼 과격한 움직임이었던 것이다.

봉그리드는 다시 커피를 홀짝이면서 자신을 노려보던 이글거리는 눈동자를 떠올리며 미소 지었다.

"눈빛이 매서운 녀석이었어."

"예?"

"그 녀석, 눈에 시꺼먼 어둠이 이글거리고 있었어."

"그 녀석이라니요? 아, 그…… 만나고 왔다는 녀석을 말씀하시는 겁니까?"

"그래."

"마음에 드셨나 봅니다."

"음…… 그 녀석, 분명 알고 있었어. 그대로 계속 싸웠다가는 죽는다는 걸 말이야."

"더, 덤볐습니까?"

"희한한 힘을 지니고 있는 녀석이었지. 생각할수록 점점 더 흥미롭군."

"이상하십니다. 그 녀석 얘기는 그만하십쇼. 제자라도 삼을 겁니까?"

"음! 그러고 보니……."

봉그리드가 갑자기 두 눈을 부릅뜨고 심상치 않은 표정을 지었다.

"왜, 왜 그러십니까? 여, 역시 그놈, 뭔가 이상한 겁니까?"

"그 녀석……."

"예! 여, 역시 위험합니까? 역시 그렇지요? 제가 그럴 줄 알았습니다. 그런 일을 저지른 놈이라니 역시 그렇겠지요!"

"아니, 내 이름을 모르고 있었어."

"예?"

"내 이름을 모르고 있었다."

"……."

심각한 얼굴로 중얼거린 봉그리드는 미간을 잔뜩 찌푸렸다.

"그건 확실히 문제가 있어. 어떻게 나를 모르지? 내 이름까지 밝혔는데도 전혀 모르더라고. 뭔가 문제 있는 거 아닌가?"

"……봉그리드 님. 이제 봉그리드 님의 이름, 사람들 거의 모른다니까요."

"뭐, 뭐라고?"

"봉그리드 헬라스트롬이라는 이름만으로 만인에게 존경을 받던 이는 이제 과거의 인물이란 말입니다……."

"무, 무슨 소리를 하고 있는 거냐? 과거라니! 이 봉그리드가 잊힌단 말이냐!"

봉그리드가 입가를 씰룩거리면서 그렇게 외치자 버튼은 눈을 가늘게 떴다.

"당연하지요. 일단 가까운 예를 들면 린네만 해도 봉그리드 님에 대해서는 이야기 듣기 전까지 모르지 않았습니까."

'이야기를 모두 들은 이후에는 재미있는 이야기꾼쯤으로 여기고 있지만 말입니다.'

버튼은 차마 그 말까진 하지 못하고 입을 다물었다. 이미 봉그리드가 벼락을 맞은 얼굴을 하고 있기 때문이었다.

"그, 그런 건가? 내, 내가 잊혀간단 말이지?"

"그렇지요. 게다가 봉그리드 님이 제자를 받는 철칙 중에 절대 특정한 국가나 단체를 위해 일하지 말 것이란 조항이 있으니까 제자들 중에서도 유명해지는 이가 없는 거지요. 그나마 세 번째 제자가 교단을 위해 일한다고 했으니, 어쩌면 이후에 스승인 봉그리드 님도 유명해질지도 모르겠군요."

버튼의 말에 봉그리드는 미간을 찌푸리고 이마를 매만졌다.

'미처 생각지 못했군.'

봉그리드가 제자들에게 항상 그 철칙을 얘기한 것은 과한 힘을 가진 이들이 나서면 세상이 혼란해진다는 생각을 하기 때문에 그랬던 것이다.

"그, 그렇군……. 에잇! 멍청한 제자 놈들! 불의를 보면 뛰어들고, 약자를 위해 검도 뽑고 그래야지. 기껏 배운 검술을 그대로 썩힐 참인가!"

"……약자라니요. 그러다가는 자칫 귀족상해죄나 반역죄에 엮일 수 있습니다. 지금 이 나라는 철저하게 고위 기득권층을 위한 구조니까 말입니다."

버튼의 회의적인 대꾸에 조금 전까지 장난스럽던 봉그리드의 눈동자도 빠르게 가라앉았다.

"……시간이 흐르면 조금씩이나마 괜찮아질 거라고 생각했는데 말이야."

"글쎄요, 저는 잘 모르겠습니다. 저희는 언제나 약자의 입장 아닙니까? 조금만 처지가 나빴더라면 저도 아마 낙인자가 되어 있을 거라고 생각합니다."

버튼의 진중한 말에 봉그리드는 아무 말도 하지 않았다. 어느새 그의 얼굴에도 진지한 기색이 감돌았다.

'잠자코 있는 걸로는 안 된단 말인가…….'

봉그리드는 나이에 걸맞지 않게 깊은 어둠을 담고 있던 라트의 눈동자가 이 시대가 낳아버린 고통의 형태라는 생각을 그제야 할 수 있었다.

"어쩌면 이 봉그리드의 말년에 찾아온…… 마지막 기회일지도 모르겠군."

"예? 갑자기 무슨 말씀이십니까?"

"이 기회를 놓치기에는 그 눈이 잊히질 않아."

"무슨……."

"새 제자를 받아들여야겠다."

"예?"

버튼이 의아하다는 얼굴로 되물었다가 봉그리드의 입가에 맺히는 미소를 보고는 곧 하얗게 질려갔다.

"서, 설마……."

"이 봉그리드의 이름을 그 녀석의 머리에 똑똑히 박아둬야 겠어."

"보, 봉그리드 님! 다, 다시 생각하십시오. 그, 그건 잘못된 선택일 겁니다! 중죄인입니다, 중죄인! 봉그리드 님의 세 번째 제자가 지금 교단을 위해 일한다고 하지 않으셨습니까? 자칫 하다간 제자들끼리 칼을 휘두르게 되는 거 아닙니까!"

버튼의 만류에도 봉그리드의 붉은 눈동자는 조금의 흔들림 도 없었다.

"이곳에도 오래 있었고, 이제 슬슬 다시 떠날 때인 듯싶다."

"보, 봉그리드 님……."

"오랜만에 유익한 대화였다, 버튼. 미처 생각하지 못하던 많은 것들을 생각나게 하는군. 아, 그나저나 린네를 내 여자로 못 만든 건 좀 아쉽군……. 그건 정말 아쉬워."

"어휴……."

봉그리드가 이미 뜻을 확고하게 다진 듯한 태도로 말하자, 버튼은 머리가 아프다는 듯 고개를 저었다. 예전부터 한 번 결정한 것은 즉각 행동으로 옮기던 사람이었지만, 이렇게 큰 문제까지 아무렇지도 않게 결정할 줄은 몰랐던 것이다.

봉그리드를 바라보는 버튼의 눈동자에는 젊은 날에 식어버렸을 뜨거운 빛이 별안간 일렁였다.

"하하…… 봉그리드 님은 변한 게 없는 것 같습니다."

"당연하지. 사람이 어딜 가나? 기본적인 기질은 바뀌지 않는 법이야."

"그렇습니까?"

"그렇지."

"그럼…… 바로 떠나시겠지요?"

"음, 그렇지. 그게 나의 철학이다. 바람처럼 나타났다가 바람처럼 사라진다……."

봉그리드가 스스로 말해놓고도 멋있다는 듯 감동받은 얼굴을 하자 버튼은 킥킥 웃었다.

"예, 언젠가 또 만나 뵙겠지요."

"당연하지. 나는 이 나라를 떠나는 게 아니니까 말이야."

끼익—

그때 주점의 문이 삐꺽거리면서 열리고 누군가가 들어왔다.

"어? 어라? 봉그리드 씨 무슨 일이에요? 이렇게 일찍부터?"

"오, 린네! 역시 린네는 내 마음을 알아준단 말이야. 보고 싶을 때 딱 나타나는군."

"무, 무슨 소리를 하는 거예요, 아침부터!"

린네가 얼굴을 붉히면서 안으로 들어가버리자, 봉그리드는 피식 웃었다.

"린네는 좋은 사람을 만나면 좋겠군."

"봉그리드 님보다 훨씬 좋은 사람 만날 겁니다."

"그런가? 좀 찾기 힘들겠군. 나 같은 남자는 흔치 않지."

봉그리드는 식은 커피를 마저 입 안에 털어 넣고 천천히 일어났다.

"가봐야겠군. 그 녀석들이 벌써 떠났을지도 모르니 말이야."

"예, 가보십시오. 다음에는 네 번째 제자 얘기를 들려주실 거라고 기대하고 있겠습니다."

"그래. 린네에게는 잘 전해줘. 원래 떠나는 남자의 등은 여자에게 보여주지 않는 거야."

"예, 알겠습니다."

버튼이 실소를 흘리자 봉그리드는 가볍게 손을 흔들며 주점의 문을 열었다.

"건강하라고."

이제 자리에 혼자 남은 버튼은 봉그리드와의 유쾌한 대화를 떠올리면서, 다시 피식 미소 지었다.

"정말 달라진 게 하나도 없는 분이로군."

"어? 봉그리드 씨, 어디 갔어요?"

린네가 머리를 단정하게 묶고 살짝 화장까지 한 얼굴로 나와서 묻자 버튼은 난감한 표정을 지었다.

'어떻게 설명을 해야 하나……'

"이제 이곳도 당분간은 돌아올 일이 없겠군. 음, 좋은 거리였어. 수수하지만 이렇게 살기 좋은 곳도 드물지."

천천히 활기를 찾아가는 거리의 가운데서 봉그리드는 주위를 훑어보면서 걷고 있었다.

수수하지만 사람들의 냄새가 나는, 살기 좋은 거리였다.

"허허…… 이렇게 되니 조금 아쉽군."

근 1년가량을 지낸 거리다. 친해진 이들도 많고, 평범한 사람들의 삶이란 것에 대해서도 점점 재밌어지고 있던 참이다.

그러나 이젠 그간 놓고 있던 검을 다시 잡을 때가 되었다. 내면 깊숙한 곳에서 잠들어 있던 검사의 영혼이 꿈틀거렸다.

"……개자식!"

뒤쪽에서 들려오는 거친 욕설에 봉그리드는 피식 웃었다.

'거참, 이런 구수한 욕설도 이젠 못 듣겠군……'

"야, 이 개자식아!"

'힘도 좋지. 이런 아침부터 욕을 맛깔나게도 하는구먼.'

그리고 바로 그때였다. 익숙한 기척이 빠르게 가까워지자 봉그리드는 그제야 그 욕설이 바로 자신에게 향한 것임을 알고 다시 피식 웃었다.

퍽!

"아이고, 아이고 죽겠다! 이렇게 거친 폭력을 쓰는 당신은 누구요?"

"이, 이 개자식! 나쁜 놈아!"

아파 죽겠다는 엄살을 부리면서도 뒤를 돌아보지 않는 봉그리드의 등을 가녀린 주먹이 계속해서 쳤다.

"왜! 왜! 어디로 가는 건데!"

퍽!

봉그리드는 엄살을 그만두고 진지한 표정을 했다.

"……이 봉그리드가 아직 하지 않은 일을 하기 위해서."

"왜, 왜 그냥 떠나는 건데!"

퍽!

계속 가만히 맞고만 있는 봉그리드의 등은 크고 단단했다. 그녀는 이제와 새삼스레 그의 등이 이렇게 넓었다는 것을 깨달았다.

"왜…… 기다리라고 안 하는 건데……?"

항상 퉁명스럽기만 하던 목소리가 떨리는 것을 들으면서, 봉그리드는 미소 지었다.

"음, 그럼 기다려달라고 해볼까?"

"나한테 묻지 마!"

퍽!

다시 한 번 주먹이 거칠게 등에 꽂혔을 때였다.

봉그리드가 지금까지와는 사뭇 다르게 진중한 어조로 말했다.

"린네, 기다리지 마라."

"……."

"넌 착하고 좋은 여자야. 네게 잘해주는 순수한 사람을 만나라. 연애도 많이 해보고, 널 닮은 예쁜 아이도 낳고 말이야."

"나 좋아하는 거…… 아니었어?"

수줍은 듯 중얼거리는 말에 봉그리드가 얼굴을 돌렸다.

그곳에는 머리 한 개 반은 더 작은 린네가 잔뜩 울상을 짓고 있었다.

봉그리드는 씩 웃으며 그녀를 껴안았다.

"엄청 좋아하지."

"……근데 무슨 소릴 하는 거야."

"난 떠나는 남자니까. 그냥 첫사랑의 씁쓸한 기억으로 남겨 두는 게 어때?"

"……떨어져."

린네가 차가운 목소리로 그렇게 말하며 봉그리드를 밀어냈다. 봉그리드는 아쉽다는 표정을 지우지 못했다.

"얼굴 한 대만 때리게 해줘. 그럼 잊을게."

린네가 눈을 흘기며 눈물을 닦자 봉그리드는 피식 웃었다. 젊은 시절, 여인들에게 따귀나 주먹 등으로 여러 번 맞아봤지만 이렇게 대놓고 때리게 해달라는 여자는 또 처음이었다.

"좋아."

몸을 조금 낮춰서 그녀와 시선을 맞추자, 그녀가 거침없이 손을 뒤로 당겼다.

"이봐, 얼마나 세게 때리려고 하는 거야?"

"내가 아픈 만큼!"

"거참……. 여인을 남겨두고 떠나야 하는 남자의 아픔도 좀 헤아려달라고."

"시끄러! 세게 때릴 거야. 엄청!"

린네가 조그만 입술을 앙다물고 얘기하자 봉그리드는 어쩔 수 없다는 표정을 짓고 눈을 살짝 감았다. 곧 날아들 린네의 손은 매서울 것이다. 원래 손이 작으면 더 아픈 법이니까.

하지만 봉그리드는 곧 입술에 닿는 부드러운 느낌에 눈을 번쩍 떴다. 어느새 린네의 얼굴이 바로 코앞에 있었다. 은은한 들꽃 향내가 그의 코끝에 감돌았다.

입술에서 느껴지는 부드러움과 코끝을 간질이는 향에 취해 있을 때, 린네가 천천히 뒤로 물러났다.

"일단 이걸로 대신하고…… 기다려볼 거야. 기다릴 수 있는 만큼 기다리고…… 그러다가 당신을 잊으면 다른 남자 만나서 결혼할 거야."

"뭐야, 그럼 난 돌아와야 되는 거야, 말아야 되는 거야?"

"돌아와! 그리고 버리고 간 여자가 어떻게 사는지 눈 크게 뜨고 구경이나 해!"

그렇게 말한 린네는 아랫입술을 깨물고 뒤돌아서 돌아갔다. 봉그리드가 좋아하는 린네의 금발이 찰랑거렸다.

린네의 뒷모습을 가만히 지켜보고 있던 봉그리드는 성큼성큼 걸어가던 그녀가 갑자기 우뚝 멈춰 서서 고개를 살짝 돌리는 걸 보고 말았다.

"풉……."

눈이 마주치자 린네가 움찔 놀라면서 얼굴을 붉혔다.

"왜, 왜 보고 있는 거야! 간다면서!"

"으음…… 가기 전에 잠깐 보고 있던 거라고. 여인의 뒷모습을 지켜보는 건 멋진 남자가 꼭 해야 하는 일이지."

그러자 린네는 다시 고개를 돌렸다. 그러다가 곧 다시 고개를 돌렸다. 그녀의 얼굴은 더 이상 화나 있지 않았고, 그렇다고 부끄러워하지도 않았다.

"잘…… 다녀와."

봉그리드는 살짝 웃으면서 고개를 끄덕였.

이제 정말 헤어질 시간이다. 봉그리드는 조금 전에 있었던 일을 떠올리며 황홀한 표정을 지었다.

"나이 차가 아무리 나도 귀여운 건 귀엽다니까……. 린네는 정말 매력적인 여자야."

나중에 언젠가 돌아오겠노라고 생각하면서, 봉그리드는 손을 흔들었다.

펜게른 령의 남쪽 관령, 바로즈 외곽 주점의 이야기꾼으로
인기가 많던 봉그리드가 모습을 감춘 날이었다.
그리고 이후 천검의 주인, 봉그리드는 약 2년이 지난 후에
야 다시 세상에 나타난다.

전날까지 라트가 머물던 집으로 찾아간 봉그리드는 미간을
살짝 찌푸렸다. 사람이 머물렀던 흔적은 있는데, 이미 아무도
없었던 것이다.

"쯧…… 거참, 빠르군."

대충 예상은 했지만, 이렇게 약속을 잘 지킬 줄이야.

봉그리드는 고민할 수밖에 없었다. 그는 마력을 세밀하게
조절하면서 탐지하는 능력은 수준 이하였다.

아직 아침이니 그리 멀리 가지는 못했으리라. 어느 방향으
로 갔을지 고민하던 봉그리드는 남쪽의 파르칼 영지로 가닥을
잡았다.

'펜게른 령에서는 난리를 피워놨으니 돌아가는 것은 무리라
고 봐야겠고, 그렇다면 파르칼 령이나 쥬아튼 령으로 향했다
고 봐야 되는데…… 쥬아튼은 삼엄하니 파르칼로 갔을 가능성
이 다분하지.'

봉그리드는 만족스러운 미소를 지었다.

파르칼 령으로 향하는 대로를 달리며, 그는 기감을 돋우어
라트가 풍기는 묘한 기운을 잡아내는 데 주력했다.

그리고 두 시간 정도가 흘렀을 때였다. 지나가는 사람들을 빠르게 훑으면서 달리던 봉그리드는 갑자기 우뚝 멈추었다.

"또 만나게 되어 반갑군."

라트는 파르칼 령으로 향하던 도중 뒤쪽에서 갑자기 나타난 기척에 긴장하면서 로브 아래로 지크로트를 쥐었다.

그리고 그것이 어젯밤에 싸운 상대의 것임을 알았을 때, 그는 긴장하지 않을 수 없었다.

"또 만나게 되어 반갑군."

"……무슨 일이지? 볼일은 끝났을 텐데."

"음, 그건 그랬지. 근데 아직 안 끝난 문제가 있더군."

라트의 얼굴이 천천히 굳어갔고, 텔리시아의 얼굴에도 긴장이 드리웠다. 특히나 텔리시아에게 있어 지금은 어제와는 상황이 달랐다. 지금처럼 해가 떠 있는 시간, 그리고 계약자를 신경 써야 하는 경우에는 본래 힘의 절반도 내기 힘들었다.

"싸울 태세로군. 이런 곳에서 싸웠다가는 금방 발견될 텐데? 괜찮은 건가?"

"싸워야 한다면 어쩔 수 없는 일이겠지."

라트가 전의를 다지자, 봉그리드는 피식 웃었다.

"그만둬. 상대가 안 된다는 것쯤은 네 녀석도 잘 알고 있지 않나."

"……."

라트는 아무 대꾸도 하지 않았다. 상대와 자신의 실력 차이는 명확했지만, 그렇다고 순순히 잡히거나 죽어줄 수는 없었다.

"이봐, 생각해 봐. 내가 싸우러 왔다면 굳이 멈춰 서서 반갑다느니 같은 인사를 할 필요가 있었을까?"

"……."

봉그리드의 말에 라트는 또 아무 대꾸도 할 수 없었다. 확실히, 그가 지척까지 다가오지 않았더라면 자신은 알아채지도 못했을 터였다.

또다시 자신의 무력함을 느끼고 있을 때였다.

"굳이 이곳까지 내가 찾아온 볼 일은, 바로 나를 너희들에게 알려주기 위함이다."

"……."

"……?"

"……?"

텔리시아를 제외하고, 라트와 아르니의 얼굴이 이상하게 찌그러졌다.

"그게 무슨 말……."

"말 그대로다. 너희는 '봉그리드'를 모르고 있지 않나. 그러니 봉그리드에 대해 쉽게 알려주겠다는 것이지. 봉그리드를 모르면 이 나라에서는 살기 힘들지."

그때, 뒤쪽에서 조랑말이 끄는 수레에 짐을 가득 실은 중년 사내가 다가왔다. 마침 잘됐다는 듯 봉그리드는 미소 지었다.

"잘 봐둬라."

봉그리드는 당당한 걸음으로 조랑말의 앞을 막았다. 그러자 사내가 얼굴을 일그러뜨렸다.

"뭐하는 거요!"

"흠흠, 미안하지만 잠시 물을 것이 있어서 이런 결례를 범했소이다. 잠깐 좀 묻겠소."

"무엇이오? 갈 길이 머니 빨리 말하고 비키시오."

"내가 바로 '봉그리드 헬라스트롬'이오."

"뭐, 뭐요? 봉그리드?"

사내의 얼굴이 기이하게 바뀌었다. 그러자 봉그리드의 얼굴에 득의에 찬 미소가 천천히 떠올랐다. 하지만 곧 사내의 입에서 나온 말은 그의 기대와는 전혀 다른 것이었다.

"그래서 뭘 물어보고 싶은 것이오, 봉그리드?"

"음......?"

"뭘 물어보고 싶다고 하지 않았소. 난 바쁘단 말이외다."

사내의 말에 봉그리드는 충격을 받은 얼굴이 되었다.

"보, 봉그리드를 모른단 말이오?"

"알지. 바로 당신이 봉그리드라고 하지 않았소. 어쨌든 물을 것이 없는 모양인데, 이야기하던 사람들과 마저 이야기하시오. 나는 갈 길이 바쁘니 말이오."

사내는 그렇게 말하며 조랑말을 옆으로 살짝 돌려서 다시 길을 갔다.

봉그리드는 그곳에 돌처럼 굳은 표정으로 허탈한 듯 무릎을 꿇었다.

"이, 이럴 수가 있나……."

"……이봐, 도대체 뭘 하는 거야?"

라트가 눈살을 찌푸리고 묻자, 봉그리드는 움찔하고는 다시 일어났다. 그의 얼굴에서는 다시 근엄한 기색이 묻어났다.

"본래 진정한 영웅은 자신의 이름을 드러내지 않는 법이지."

"……그런 건 아무래도 좋고, 도대체 뭘 하러 따라온 거냐고 물었어."

"말했다시피, 봉그리드에 대해서 알려주기 위함이다."

"도대체 이게 뭐라고 하는 말이야? 이봐, 귀족. 너라면 알아듣나?"

"제 이름이 귀족이에요? 이름으로 불러요!"

"제길…… 그딴 게 중요한 게 아니잖아!"

"아니요! 그게 제일 중요해요!"

아르니가 언성을 높이고는 고개를 홱 돌려버리자, 라트는 머리가 아프다는 얼굴이 되었다.

그때, 봉그리드의 시선이 비로소 아르니에게 닿았다.

"……묘하군. 저 여인도 기이한 기운을 풍기고 있어."

"……."

봉그리드의 나직한 말에 라트의 얼굴이 빠르게 굳었다. 잠깐 잊고 있던 일들이 다시 그의 마음을 죄어오기 시작했다.

"어제는 못 본 것 같은데, 집 안에 있던 사람인가?"

"……이런 곳에서 말장난할 시간 없다. 무슨 일로 날 찾아온 거지?"

아르니가 계약을 맺었다는 사실을 상기한 라트는 굳은 얼굴로 물었다.

갑자기 그들 셋의 분위기가 착 가라앉자 봉그리드는 라트와 아르니, 둘에게서 느껴지는 이 기운에 무슨 비밀이 있음을 눈치챌 수 있었다.

"라트라고 했나?"

라트가 무심한 눈동자로 그를 바라보았다.

"너, 내 제자 해라."

라트의 얼굴이 이상하게 일그러지고, 텔리시아와 아르니의 표정도 기묘하게 바뀌어갔다.

"'천검의 주인'의 네 번째 제자로 네 녀석을 들이고 싶다."

"뭐?"

"말 그대로의 의미다. 두 번 말하게 하지 마라."

"무슨 말을 하고 있는 거야? 왜 내가 당신의 제자가 되어야 하는 거지?"

"내가 널 제자로 삼고 싶으니까!"

"그러니까 왜!"

"네 녀석의 눈이 마음에 든다!"

"그게 무슨 말 같지도 않은 말이야! 도시에서 나가라고 할 때는 언제고, 이제와 마음에 든다는 게 말이 된다고 생각해?"

"난 마음에 들었지만 다른 사람들은 아니었던 거지! 이미 말했을 텐데! 어제의 나는 대리인으로서 갔던 거라고!"

봉그리드의 말도 안 되는 대꾸에 라트는 머리가 아프다는 듯 이마를 짚었다.

"당신과는 상식적인 대화가 안 돼."

"상식 따윈 버려. 세상은 그런 상식으로 살아갈 수 없는 거다. 세상 사람들의 상식으로 보면 네 녀석도 정상은 아니니까 말이야."

"으음……."

라트의 어쭙잖은 말솜씨로는 봉그리드의 입담을 당해낼 수 없었다.

라트가 끙끙거리고 있자 텔리시아가 여전히 경계를 누그러뜨리지 않는 얼굴로 말했다.

"당신, 도대체 원하는 게 뭐야? 뭘 노리고 있는 거지?"

"이봐, 내가 뭘 노리고 이러는 사람처럼 보인다는 거야?"

"그럼 도대체 뭘 하려고 하는 거야?"

"나는 이 녀석이 마음에 들었다."

"그가 앞으로 하려는 일이 뭔지 알고 있으면서도 말인가?"

텔리시아의 말에 봉그리드는 피식 웃었다.

"그런 일을 하면 내 제자가 되지 말란 법이 있나?"

"수상하군."

"그쪽이 더 수상해. 천검의 주인씩이나 되는 사람이 지금 제자로 받아주겠다는데, 그걸 이상하게 여기다니. 굴러들어온 복을 두고 복인지 돌멩인지도 못 알아보는군."

"난 국가에 반역하는 죄인으로 쫓기고 있는 입장이야."

라트가 갑자기 말했다.

"앞으로도 나는 신전을 습격할 거고, 그곳에서 정의와 신의 뜻을 부르짖는 교단의 개들을 모조리 죽일 거야."

"그렇군."

"그래도 날 제자로 받아들이고 싶나? 나는 이 나라에 혼란을 가져오고, 국가의 기반을 무너뜨릴 거야. 그래도 당신은 내게 힘을 주고 싶은 건가?"

봉그리드는 웃음기가 사라진 얼굴로 그의 곁에 천천히 앉았다.

"더 솔직해져 봐. 뭘 하고 싶은 거야?"

"……복수다."

"그래, 그거면 됐다. 사람들의 뜻이니 대의니 뭐니 떠들었다면 너는 내 제자가 될 자격이 없다고 판단했을 거다."

"나는 모든 걸 잃었고, 이젠 아무것도 없다. 그리고 지금 이 순간에도 나처럼 모든 것을 빼앗기고 죽어가는 사람이 있겠지. '낙인자'라는 이름이 붙은 채로."

"네 녀석, 낙인자로군."

"그래, 낙인자. 이 낙인이 찍힌 순간에도 그랬고, 지금도 어째서 내가 그런 수모를 겪어야 했는지 그 이유를 몰라. 프로트 교단이 뭐하는 곳인지도, 그들이 모시는 신이 뭔지도 모른 채, 그저 나는…… 그리고 우리는 국법을 어겼다는 이유로 모든 걸 빼앗길 수밖에 없었던 거지."

라트의 얼굴이 분노로 일그러졌다. 그리고 그의 격렬한 증오 때문인지 등짝에 찍힌 낙인도 욱신거렸다.

"심정은 알겠다만, 지금 네 녀석의 힘으로는 그 복수조차 힘들 거다."

"……."

"그 힘을 어떻게 얻었는지는 모르지만, 난 단 한 번도 그런 힘을 본 적이 없다. 어쩌면 그 힘의 특이성 때문에 네 녀석이 다소 특별하게 느껴졌는지도 모르겠군."

봉그리드의 말을 들으면서 라트는 칠흑색의 검을 지그시 바라보았다. 그가 저지른 거대한 죄악이 그곳에 있었다.

"난…… 악마다."

"그러냐?"

"악마와 계약했고, 그 대신 힘을 얻었지. 그러니까 나도 악마다."

중얼거리는 라트의 목소리는 지독하게도 차가웠다.

"역시…… 그 눈을 봤을 때부터 알았지만, 참 고독한 녀석이군. 그렇게 싸우다가 허무하게 죽을 셈이냐?"

"……."

"네 뜻을 이룰 수 있는 힘을 주마. 내 제자가 되어라."

"……멍청한 사람이군."

"이런 건 순수하다고 하는 거다, 멍청한 녀석아."

라트는 피식 웃었다. 그리고는 텔리시아를 바라보았다. 텔리시아는 여전히 봉그리드를 불신하는 얼굴이었다. 하지만 그의 실력만은 진짜였다.

그녀는 내키지 않는다는 표정을 지었다.

"참 수상쩍은 사람이네. 라트를 제자로 받아들이려면 나, 그리고 아르니도 함께해야 한다는 것을 알아두는 게 좋을 거야."

"뭐? 너랑 쟤는 제자가 아니라서 안 돼."

"흥, 같잖은 인간의 기술 따위를 누가 배운다고……."

텔리시아가 콧방귀를 뀌자 봉그리드의 입가가 말려 올라갔다.

"으음, 저번에도 생각했지만, 그 날카로운 말투가 참 매력적이로군."

봉그리드의 농담에도 텔리시아는 여전히 차가운 얼굴이었다.

"미리 말해두지만, 라트와 떨어질 수는 없어. 그가 계약한 악마가 바로 내 주인님이니까 말이야."

"뭐 악마?"

텔리시아의 말에 봉그리드가 멍한 얼굴이 되었다.

주인님? 악마?

"……진짜 악마랑 계약한 거였냐?"

라트가 눈을 가늘게 떴다.

제2화
성장의 시간

Holy War

라트는 질린 얼굴을 하고 있었다. 봉그리드는 라트의 상식으로는 이해할 수 없는, 그리고 지금까지 한 번도 경험하지 못한 기괴한 성격의 소유자였던 것이다.

"음, 그건 그렇고…… 남쪽으로 온 걸 보니 파르칼 령으로 가려고 했다는 건 거의 확실한 것 같군. 그래서 어디로 갈 생각이었지?"

"……"

"아무 생각도 없었던 모양이군. 그냥 발이 닿는 대로 가는 것이었나?"

봉그리드의 진지한 물음에 라트는 아무런 대꾸도 하지 못했다. 오프할에서 있었던 싸움 이후로, 그는 교단이 가지고 있는 힘에 대해 다시 생각할 수밖에 없었다. 무작정 수도로 가서 싸우기에는 자신이 가진 힘이 그들에 못 미친다는 것을 인지한 것이다.

그리고 지금 눈앞의 봉그리드만 해도 그랬다.

"일단 네 녀석이 일을 크게 저질러놓은 탓에 교단의 이목이 집중된 상황이다. 당분간은 그런 짓을 하면 안 된다는 건 알고 있겠지?"

"……어떻게 할 생각이지?"

"멍청한 소리 하지 마라. 네 녀석은 이제 내 제자야. 이 봉그리드는 검으로는 그 누구에게도 지지 않을 만큼 정평이 난 인물! 그러니 그런 대단한 사람의 제자도 마찬가지로 어느 정도 대단한 인물이어야 마땅하지."

"그게 무슨……."

"요컨대, 사람들의 이목이 들지 않는 곳으로 가서 당신을 가르치겠다는 말이에요."

여태껏 가만히 숨죽이고 있던 아르니가 봉그리드에 대한 경계를 풀었는지 그의 말을 요약했다.

"오, 그렇지. 젊은 아가씨가 제법 똑똑하군. 혹시 만나고 있는 남자라도 있나?"

"아, 예? 아, 아니…… 그렇지는……."

"잘됐군. 난 어떤가?"

"예?"

아르니가 당황스러운 얼굴을 하자 봉그리드가 유쾌하다는 듯 크게 웃었다.

"농담이야! 그리 당황하지 않아도 돼. 크하하하하!"

어둑어둑한 대로의 한가운데에서 봉그리드의 웃음소리가 쩌렁쩌렁하게 울렸다. 아르니는 어색하게 웃고 있었고, 라트는 피곤하다는 기색이었다.

"그래, 네 번째 제자의 사정이 그러하다니 어쩔 수 없지. 모두 다 데려가는 수밖에."

"뭐?"

"이 녀석!"

퍽!

"컥!"

봉그리드에게 갑작스럽게 배를 후려 맞은 라트의 몸이 휘었다. 컥컥거리는 그를 본 텔리시아의 얼굴이 냉랭해졌다.

"무슨 짓이지? 죽고 싶은 건가?"

"매력적인 여인, 잠시 물러나 있도록. 이것은 제자와 스승의 질서를 바로잡는 가벼운 인사와도 같은 것이야."

"뭐…… 뭣이……?"

라트가 이를 갈았다.

"스승에게는 앞으로 존대를 하도록."

라트가 눈알을 부라리자 봉그리드가 다시 주먹을 들었다.

그 순간 라트의 몸이 움찔했다.

"겁먹기는……. 간이 콩알만 하군."

"뭐, 뭐라고……!"

라트의 얼굴이 붉게 달아올랐다. 여태껏 한 번도 보지 못한 라트의 태도에 텔리시아와 아르니의 표정에 기묘하게 바뀌었다.

"자, 이제 이런 곳에서 더 노닥거릴 시간이 없다. 어제 제법 화려하게 날뛰었으니, 어쩌면 바로즈 관령의 누군가가 어제 집밖에서 엄청나게 큰 소리가 났습니다, 하면서 제보를 했을지도 모르지. 일단 빠르게 이동한다!"

"자, 잠깐…… 어, 어디로 가는지도 모르는데……."

"일단 파르칼 령으로 간다! 그리고 아실반 산맥으로 숨는 거지."

"꼭 숨어야 하는 건가?"

라트가 태도를 바꾸어 진중한 목소리로 묻자, 봉그리드도 마찬가지로 진지한 태도로 고개를 살짝 끄덕였다.

"지금의 너는 벌여놓은 일들을 수습할 힘이 전혀 없지 않나."

"……."

"그건 저 예쁜이 둘도 잘 알고 있을 것이야. 안 그런가?"

"……라트, 이미 알겠지만 나는 번번이 도와줄 수는 없어. 그 이유는 이미 알고 있을 거야."

"나, 나는 도와줄 수 있는데……."

아르니가 얼굴을 붉히며 그렇게 말하자 라트는 얼굴을 굳혔다. 더 이상 텔리시아의 힘을 빌릴 수는 없다. 그것이 곧 아르니의 생명과 직결된다는 사실을 알고 있으니까 말이다.

그 자신이 강해져야만 한다.

그러나 교단의 개들을 피해 숨는 것으로 강해질 수 있는 것일까? 이 사람이 시키는 대로 해도 되는 것일까?

"아직 당신이 믿을 만한 사람인지는 모르겠어."

"믿음이라는 것이 '좋아, 믿어야지' 한다고 생기는 게 아니란 것은 네 녀석보다 내가 더 잘 알 거다. 다만…… 인간관계라는 것의 시작은 최소한의 믿음이 있어야 시작되는 것이다."

"……."

봉그리드가 걸어가기 시작했다.

"……손을 내미는 것은 두려워해도 상관없다. 하지만 누군가가 네게 내민 손은 웬만하면 잡아봐라. 그리고 생각해봐라. 이 손을 계속 잡고 있을지…… 아니면 놓을지. 그때 가서 놓아도 늦지 않다."

"……내게 손을 내밀고 있는 건가?"

라트의 물음에 봉그리드의 입가에 미소가 번졌다.

"그래. 내민 손이 무안하지 않게 잡아라."

라트는 다시 천천히 걸어가는 그의 뒷모습을 바라보다가 이내 발걸음을 옮겼다.

'어째서······.'

무거운 걸음이었다.

그때, 그의 곁으로 라트보다 작은 체구의 여인이 걸어 나왔다. 처음의 깔끔하고 청초했던 모습은 온데간데없이 지저분하고 다소 초라한 모습이었지만, 그녀의 얼굴에는 생기가 감돌고 있었다.

"걱정하지 마세요. 저도 이제 싸울 수 있어요."

"멍청하긴······. 네가 나설 일은 없어. 뒤에서 구경이나 해."

"흥! 저와 당신은 이제 우, 운명공동체라고요!"

얼굴을 붉히는 그녀와는 달리, 그녀의 말을 들은 라트의 얼굴은 더욱 어두워졌다. 애초에 이 길에는 오로지 파멸만이 있었을 터였다. 고독하고 외로운······ 누구 하나 알아주지 않는 싸움일 터다.

이래서는 안 된다는 생각을 하면서도, 라트는 정말로 너무 오랜만에 찾아온 이 따스함을 매정하게 밀어낼 수 없었다.

그런 라트의 뒷모습을 보는 텔리시아의 눈동자도 복잡했다.

아실반 산맥은 파르칼 령의 서부에 위치한 길고 높은 산맥으로, 이웃 국가인 에즈리다디아와의 경계를 이루는 산맥이었다. 천연의 국경이나 마찬가지인 아실반 산맥은 워낙에 험한 산세도 산세였지만, 서식하는 몬스터의 수도 많아 위험한 지역으로 유명했기에 드나드는 이들은커녕 근처에 사는 사람조차 없었다.

파르칼 령의 주인인 고르올리아 후작도 굳이 병력을 써서 몬스터들과 싸울 이유를 찾지 못했고, 그랬다가는 자칫 에즈리다디아에게 침략적 움직임으로 간주될 수도 있기에, 산맥 쪽으로는 딱히 길을 내지도 않았다.

그리고 그 말은 곧 대단히 인적이 뜸하다는 얘기이기도 했다.

걸어서 거의 4일가량이 흐른 시점이 되어서, 라트 일행은 파르칼 북쪽 관령인 지르바로 향하는 대로에서 벗어나 아실반 산맥으로 향했고, 그로부터 5일 가량이 더 지난 후에야 아실반 산맥에 첫발을 내딛을 수 있었다.

"고작 이 거리를 오는 데 이렇게나 오래 걸리다니."

"그, 그거야 어쩔 수 없는 일 아닌가요! 숙녀가 걸어서 여기까지 온 것만 해도 대단한 거예요!"

아르니의 억울하다는 듯 외쳤다. 그리고 그 의견에 공감한 봉그리드가 라트에게 탓하듯 물었다.

"도대체 어떻게 말도 없이 떠날 생각을 한 거지?"

"말을 살 돈도 없고, 교단에 꼬리를 잡힐 가능성도 있으니까."

라트의 타당한 대꾸에 봉그리드는 입맛을 다셨다.

"뭐, 그건 어쩔 수 없는 일이니 넘어가기로 하고, 빨리 올라가기나 하지. 예전에 내가 기거하던 곳이 있으니까, 거기에 머물면 될 거야."

"기거하던 곳……?"

"말이 짧다."

"……말입니까."

라트가 눈을 가늘게 뜨고 그렇게 말하자, 봉그리드가 그제야 고개를 끄덕였다.

요 며칠간 봉그리드는 스승과 제자의 사이라는 것을 귀에 못이 박히도록 강조했고, 그것을 듣다 못한 라트는 교단과 싸우기도 전에 화병으로 죽을지도 모른다는 생각에 결국 머리끝까지 쌓인 화를 폭발시켰다.

"빌어먹을! 어디 얼마나 대단한 실력이기에 스승을 해먹겠다는 건지 제대로 보자!"

"오호라! 건방진 녀석. 네 녀석이 깨끗하게 패배하면 존대를 할 테냐? 스승의 권위를 세워줄 거냔 말이다."

"좋다!"

그리고 이것은 봉그리드의 노림수였다. 라트처럼 마음이 배배 꼬인 녀석들은 아무리 강요해도 들어먹질 않는다. 그런 녀석들을 다루는 데는 조건을 달아놓고 스스로 다짐하도록 유도하는 것이 최선책이다.

라트가 우울한 기색으로 말이 없을 때마다 지속적으로 속을 긁어온 봉그리드는 이윽고 원하던 반응을 이끌어내는 데 성공

한 것이다.

드넓은 초원에서 악에 받쳐 검을 휘두른 라트는 있는 대로 힘을 다 뽑아낸 뒤 그대로 검면으로 뒤통수를 맞고 쓰러졌다.

철푸덕!

"졌지? 못 이기겠지?"

이미 정해져 있던 대로, 라트의 참담한 패배였다.

처음 만났을 때와는 비교도 할 수 없을 만큼 완전히 농락당한 라트는 이를 갈아댔다.

"이이익! 죽이겠다는 생각으로 싸웠으면 이렇진 않았을 거야!"

"허허, 진정한 실력자는 변명하지 않는 법, 그리고 언제든 진심으로 전력을 다할 수 있어야만 하는 법이지."

그렇게 말한 봉그리드는 피식 웃었다.

라트는 분노에 치를 떨면서도 그의 실력을 인정할 수밖에 없었다. 그가 들고 있는 검은 그야말로 몽둥이에 더 가까운, 이가 완전히 빠진 검이었다. 낡아빠져서 당장이라도 부러질 것처럼 생겼는데, 그걸 가지고 악마의 검인 지크로트를 당해낸 것이다.

『……한심한 놈.』

혐오하고 경멸해 마지않는 악마에게 그런 소리까지 들으니 억울한 마음이 절로 솟구칠 만도 했다.

다시 그때의 생각이 난 라트의 얼굴이 고울 리가 없었다. 그러나 그의 얼굴이 곱든 말든, 봉그리드는 제 갈 길을 찾는 데 몰두했다.

"으음, 이곳이 맞을 텐데……."

봉그리드가 턱을 긁적이며 험한 산세를 오르기 시작하자 라트가 뒤따랐다.

"말도 안 돼……. 어, 어떻게 저길 올라가?"

아르니가 절망스러운 얼굴로 그렇게 중얼거리자 텔리시아가 피식 웃으며 그녀를 번쩍 안아 들었다.

"내가 도와주면 되지."

계약 직후부터 그녀에게 편하게 말하는 텔리시아의 품에서 아르니는 부끄러운지 얼굴을 붉혔다.

봉그리드는 점점 등산에 속도를 붙였다. 그리고 이에 지지 않으려는 듯 라트도 점차 속도를 높여 그의 뒤를 따랐다. 그것을 확인한 봉그리드의 입가에 미소가 떠올랐다. 그는 지금 쉬운 길을 놔두고 일부러 험하고 어려운 길을 골라서 가고 있었다.

'어디까지 쫓아오나 보자.'

앞서 들인 세 명의 제자들은 이보다 간편한 방법으로 진을 뺐놨지만, 라트는 다른 제자들과는 확연한 차이가 있는 녀석이었다.

섬세하게 마력을 조절하면서 가볍게 산을 뛰어 오르는 봉그리드, 그의 뒤에서 마력을 있는 대로 내뿜으면서 거칠게 뛰어 오르는 라트, 그리고 그런 그들의 뒤로 텔리시아가 사뿐사뿐 중력의 법칙을 무시한 듯 쫓고 있었다.

"······저도 저런 게 될까요?"

"미안······. 난 저 정도로 능력이 없어서. 저런 힘을 줄 수는 없어."

"아, 아니에요! 그냥 물어본 거예요."

아르니의 물음에 텔리시아가 사과하자 그녀는 괜찮다는 듯 고개를 저었다. 하지만 그녀의 얼굴에는 아쉬움이 묻어나고 있었다.

"······텔리시아."

"응?"

"라트는 저분을 통해 강해지겠죠?"

"······그렇겠지."

"저도······ 강해질 방법은 없나요?"

아르니의 물음에 텔리시아는 미묘한 얼굴이 되었다.

"싸우고 싶어?"

"아니요······. 적어도 방해는 되고 싶지 않아요."

"평범한 삶도 있을 거야."

"글쎄요. 지금 생각해 보니 무엇이 평범한 삶이고 무엇이 평범하지 않은 삶인지 잘 모르겠어요. 그저 지금은 절 구원해

준 라트의 곁에서 그를 지켜보고 가끔은 버팀목이 되어주고
싶어요."

그녀의 확고한 의지가 담긴 대답에 텔리시아는 잠깐 입을
다물었다. 앞서가던 라트에게서 마구잡이로 뿜어져 나오던 마
력이 서서히 약해지고 있었다.

"그래……. 계속 그 자리에 있을 수는 없지."

"그럼……?"

"네게 마법을 알려줄게."

"고, 고마워요!"

"……."

텔리시아는 쓴웃음을 지었다. 그녀가 앞으로 제한된 이상의
권능을 쓸 때마다 아르니의 수명은 줄어든다. 그런데 지금 아
르니는 자신의 생명을 빼앗아 쓰는 악마에게 고맙다는 말을
하고 있는 것이다.

또다시 느끼는 스스로의 무력함에 텔리시아의 표정이 슬퍼
졌다.

한편, 앞서가던 라트는 숨을 거칠게 내뱉고 있었다.

"훅! 훅!"

마력으로 육체의 한계를 끌어올린 상태였지만 그것도 한계
가 있는 법이었다. 극한으로 내뿜고 있는 마력 때문에 긴장된
근육들이 괴롭다고 아우성치고 있었다.

'괴물이 따로 없군.'

앞서가는 봉그리드는 전혀 힘든 기색조차 없으니, 다시금 라트는 실력의 차이라는 것을 절실히 느꼈다.

그리고 그것은 시간이 흐를수록 뚜렷해졌다. 라트의 몸이 휘청거리기 시작했던 것이다.

일부러 쉼 없이 계속해서 달리고 있던 봉그리드는 라트가 한 번에 내뿜는 마력의 양이 빠르게 줄어들고 있는 것을 느꼈다.

'슬슬 시간이 됐나.'

더 이상 끌고 다니다가 라트가 기진맥진해서 쓰러져버리기라도 하면 쓰러진 그를 끌고 가야 하는 건 바로 봉그리드 그 자신이었다.

봉그리드는 험한 길에서 벗어나 수십 수백 번은 더 다닌 길로 향했다.

"헉헉! 아까…… 허읏, 헉! 왔던…… 헉헉!"

뒤에서 헐떡거리며 죽어가는 숨소리를 들은 봉그리드의 눈빛이 묘하게 바뀌었다.

'복잡하게 돌았는데, 녀석이 제법이란 말이야…….'

그리고 봉그리드가 멈춘 곳은 지극히 인위적인 느낌이 드는 평평한 공터였다.

'공터?'

아실반 산맥에 깊숙한 곳에 해당하는 이곳에 사람들의 인적이 있을 리가 없다. 이곳까지 달려오는 동안 라트는 수도 없이 나뭇가지에 맞을 뻔했으니까. 그런데 뜬금없이 평평한 공터가 나오니 의아할 수밖에 없었다.

사아아―

바람이 불었다. 고지대이기 때문인지, 아직 초가을임에도 불구하고 바람이 제법 찼다.

"여기다."

"그렇게 보이는군."

"뭐라고?"

"……요."

봉그리드가 날카로운 눈을 거두고 앞으로 걸어가자 라트가 그의 뒤따랐다. 그리고 그의 뒤로는 텔리시아와 아르니가 천천히 주위를 살피면서 따르고 있었다.

"이런, 많이 망가졌군."

봉그리드가 멈춘 곳은 공터의 외곽에 있는 거대한 나무 아래였다.

언뜻 보기에 집처럼 보이는 그것을 이리저리 살피면서, 봉그리드는 혀를 찼다.

"앞으로 여기서 생활하게 될 거야. 네 명이나 되면 조금 비좁긴 하겠군. 어차피 보수를 해야 하니까, 잘됐군. 나무를 좀 더 잘라서 집을 크게 만들면 되겠어."

라트와 아르니의 얼굴이 형편없이 찌그러졌다. 아무리 라트가 없이 살았다고 해도 이런 집에서 산 적은 없는 것이다. 그리고 지금 이들 중 충격이 가장 큰 사람은 바로 아르니였다.

"이, 이게 집이란 말이에요?"

"집이 별건가? 앞으로 여기서 살아가려면 거기 귀족으로 보이는 아가씨는 이전의 삶을 잊어야 할 거야."

그렇게 말하는 봉그리드의 얼굴도 썩 좋지는 않았다.

집의 보수는 생각보다 빠르게 진행되었다. 이런 식으로 자연 속에서 살아가는 삶이 봉그리드에게는 익숙했던 것인지, 그는 검과 함께 메고 있던 커다란 배낭에서 각종 도구들을 꺼내 순식간에 집을 세운 것이다.

물론 그 형태는 형편없고 여전히 부실해 보였지만, 봉그리드는 자신의 작품을 보면서 만족스럽다는 표정을 만면에 그렸다.

"훌륭해……. 너무 완벽해! 이곳에 나의 완벽한 작품이 또 하나 탄생했군."

"완벽……?"

아르니가 보기 드물게 얼굴에 인상을 잔뜩 쓰고서 그렇게 되물었지만, 봉그리드는 대꾸하지 않았다.

"34호."

"그건 무슨 숫자인가요?"

"명작이니까 기억해두려고 이름을 붙이는 거지."

"아, 그렇군요."

아르니가 눈을 가늘게 뜨면서 그렇게 대꾸했다.

나무 집을 보수, 제대로 말하면 다시 세운 뒤 봉그리드는 본격적으로 라트를 수련시키기 시작했다. 그 이후로 라트가 봉그리드에게 말을 짧게 하는 경우는 없어졌다.

"먼저…… 네가 배워야 할 것, 즉 이 위대한 스승님의 검술을 뭐라 부르는지, 그 이름부터 알아야겠지."

"이름?"

"그래, 내가 '천검(千劍)'의 권좌를 쥐고 있는 이유 말이다."

봉그리드는 항상 허리춤에 달고 다니는 검을 천천히 빼들었다. 이 빠진 그의 검이 천천히 공터를 가리켰다. 그 순간, 검이 푸르스름한 빛을 뿜기 시작했다. 그 빛은 이내 새하얀 빛무리가 되어 검을 얽어맸다.

그것은 교단의 전투 신관들이 보인 것과 비슷해 보였지만, 실상은 차원이 다른 것이었다.

라트는 눈을 부릅뜨고 있었다. 그가 내뻗은 검에 어마어마한 마력이 모여들고 있었던 것이다. 그리고 검에 빛무리가 얽힌 그 순간, 그의 신형이 움직이기 시작했다. 눈으로 따라잡지 못할 정도의 빠르기도 아니고, 그렇다고 지나치게 느리지도 않다. 모든 것이 군더더기가 없이 매끄러웠다.

그리고 어느 기점을 지나는 순간부터 그의 찬란한 검이 흔들리기 시작했다.

쓰쓰쓰!

그의 손에서 춤을 추는 검이 곧 여러 개로 쪼개졌다. 그리고 쪼개진 검 하나하나가 또다시 쪼개졌고, 수십 수백의 검이 되어 라트의 시야를 가득 메웠다.

입을 벌린 채 가만히 그 모든 것을 보고 있던 라트는 갑자기 모든 것이 사라지고 그 자리에 봉그리드만이 초연하게 서 있는 것을 보았다.

"바리엘 분검식(分劍式)."

여전히 봉그리드가 보인 검술에 정신이 홀려 있던 라트는 마른침을 삼켰다.

조금 전의 그것이 평범한 인간이 만들어낼 수 있는 것이란 말인가?

"놀랐냐? 이 스승님이 얼마나 대단한지 새삼 다시 느껴지지?"

"……솔직하게 말해서 그렇습니다."

순순하게 대꾸하는 라트의 태도에 봉그리드가 낮게 웃었다.

"고개를 뻣뻣하게 쳐들기만 하는 녀석인 줄 알았더니, 의외로 솔직한 면도 있군."

"……그걸 나에게 가르쳐준다는 겁니까?"

"그래. 엄청나지?"

"왜 하필 나였는지, 다시 한 번 제대로 물어봐도 됩니까?"

라트의 눈은 똑바로, 한 치의 흐트러짐 없이 봉그리드를 바라보고 있었다.

봉그리드는 언제나 저렇게 진지한 눈에 약했다. 그의 눈동자도 덩달아 진지해졌다.

봉그리드는 천천히 대꾸했다.

"어리석은 소리다. 인연에 무슨 의미가 있는지 일일이 생각하지 마라. 내가 이 인연에 무슨 의미가 있는지 어떻게 알겠느냐? 그냥, 너와 나는 그 자리에서 우연히 만난 거고, 그 만남이 이렇게 된 것은 이후에 내가 어떤 생각을 했기 때문이지. 그 외에 별 큰 의미 같은 것은 없어."

"어떤 생각이었습니까?"

"나는 단순히 네가 가진 힘을 제대로 쓰는 방법을 알려주고 싶다고 생각했을 뿐이다."

"방법……."

"그래, 그저 가만히 모든 것을 방관자처럼 지켜보기만 하는 건 올바른 일이 아니란 걸 알았다."

"그럼…… 내가 하려는 일이 올바르다고 말하는 겁니까? 내가 하려는 일이 무엇인지는 이미 다 말하지 않았습니까."

"글쎄……. 무엇이 옳은 것인지, 무엇이 그른 것인지 그건 그 누구도 정의할 수 없을 거다. 단지 난 이 나라가 바뀌어야 한다고 생각할 뿐이야. 그리고 그 시작은 위가 아니라 착취와 고통을 받아온 밑바닥 사람들이 되어야 한다고 생각하고 있다."

라트가 얼굴을 복잡하게 찌푸렸다.

'그런…… 거창한 게 아니야.'

라트가 얼굴을 찌푸리든 말든, 봉그리드는 진지한 표정으로 물었다.

"순서가 다소 바뀌긴 했지만, 묻도록 하마. 이건 대대로 바리엘 분검식과 함께 내려오는 관례 같은 거다."

바람이 불었다.

"라트, 봉그리드 헬라스트롬의 네 번째 제자가 되어 바리엘 분검식을 배우고, 이 힘을 올바르게 쓸 수 있겠느냐?"

그 질문에 라트는 한동안 아무런 대꾸도 할 수 없었다.

'올바른…….'

그 기준을 라트는 지금도 잘 알지 못했다. 다만 확실한 것은 봉그리드가 복수를 위해 힘을 원하는 자신에게 손을 내밀었다는 것이다.

라트에게 있어 삶의 이유이자 목표인 그것이 올바른지는 알 수 없었다. 오르베니와 어머니의 복수, 그리고 자신과 같이 불행한 사람을 다시는 만들지 않겠다는 목표 말이다.

이윽고 라트의 입술이 열렸다.

"……예, 그러겠습니다."

*   *   *

깊은 곳.

"아니, 그보다 더욱 깊은 곳으로 가."

명령과도 같은 그 말에 의식은 더욱 아래로 향한다. 내려갈 수록 보이는 것은 감춰진 본성, 그리고 억눌린 악의. 밀렌디 영애라는 두터운 가면이 만들어낸 수많은 감정의 소용돌이.

의식체가 부서질 듯 격렬한 소용돌이 속에서도 더욱 안쪽으로 들어가자 순식간에 모든 것이 어둠에 휩싸였다.

숨이 턱턱 막혀오는 곳에서 그녀의 의식체는 금방이라도 찢겨져 나갈 듯 흔들렸다.

"흔들리지 마. 너의 본질을 봐. 여기서 멈춰서는 아무것도 할 수 없어."

무미건조한 목소리가 다시금 쩌렁쩌렁 울려 퍼졌다. 텔리시아의 목소리를 들은 아르니는 어둠 속 더욱 깊은 곳으로 향했다.

이윽고 아찔한 빛이 사방에서 터져 나왔다. 주위의 어둠은 곧 빛과 섞였고, 이윽고 안개로 변해갔다.

안개 너머에서 텔리시아의 목소리가 들렸다.

"드디어 여기까지 왔구나. 하지만 끝이 아니야."

'아직도?'

지금까지의 과정만으로도 진이 다 빠진 것 같은데 아직도 끝이 아니라니.

바로 그 순간이었다. 희뿌연 안개가 점차 붉은색으로 물들어가고, 시간이 지날수록 점점 옅어졌다. 안개가 걷히고 다시 어둠이 찾아왔을 때, 그녀는 드디어 볼 수 있었다.

'저, 저게⋯⋯.'

더 없이 역겨운 것을 본 듯 아찔하여 의식체에 불과할 터임
에도 욕지기가 치민다.

수십, 아니, 수만 개에 이르는 사슬이 눈앞에 펼쳐져 있다.
그것은 시작과 끝이 어디인지도 도무지 알 수 없을 만큼 사방
을 빽빽하게 메우고 있었다. 오로지 자신의 내면 가장 깊은 곳
에 존재하고 있는 것을 옭아매기 위해서 말이다.

가까이 갈수록 그것의 생김새는 점점 확실해졌다. 육면이
전부 강철로 덮인 방의 형태. 그리고 그 안으로 통하는 문이
유일하게 정면에만 있었다.

'문⋯⋯.'

커다란 강철 자물쇠가 걸려 있는 문이었다. 어떻게 해도 절
대로 열릴 것 같지 않은 문.

그것을 바라보는 아르니의 희뿌연 의식체가 눈에 띄게 흔들
리기 시작했다.

'보고 싶지 않아.'

그 무엇보다 두려운 것이 눈앞에 있다. 손을 내뻗다가도 곧
보이지 않는 힘에 밀려난다.

도망가고 싶다. 이곳에서 빨리 벗어나고 싶다.

'그래도 괜찮은 거야?'

낯선 목소리, 그러나 아르니는 조금 전까지 자신을 가득 메

우고 있던 공포가 일거에 사라지는 것을 느꼈다.

"누구야?"

'여기엔 왜 왔어?'

어린아이의 목소리는 실로 차가웠다. 힐난하는 듯한 그 목소리에 아르니는 잠깐 머뭇대다가 당당하게 말했다.

"내 본질을, 그 밑바닥을 보기 위해서."

'돌아가.'

여전히 차가운 목소리였지만 그녀의 의식체는 그 목소리를 들을 때마다 점차 안정을 찾아갔다.

"아니, 난 돌아가지 않아."

'무섭잖아.'

"무서워. 하지만 그렇다고 도망갈 수는 없어."

그 확고한 대답 이후, 더 이상 어린아이의 목소리는 들리지 않게 되었다.

그녀는 천천히 손을 뻗었다. 그녀를 밀어내던 힘은 더 이상 없었다. 그리고 강철 문에 그녀의 손가락이 닿은 순간, 절대로 열리지 않을 것만 같던 자물쇠들이 순식간에 녹아서 없어졌다.

이제 녹슨 문고리만 밀면 이 문이 열릴 것이다.

천천히 문고리로 손을 가져갈 때였다.

쿵쿵!

무거운 소리가 들려오고, 아르니의 의식체가 흔들리면서 옆어졌다.

쿵쿵!

반복적으로 울리는 그 간절한 소리를 듣자, 조금 전까지만
해도 결연했던 그녀의 눈에 눈물이 차올랐다. 잊고 싶은 과거,
깊은 심연 속에 가둔 어린 시절의 자신.

그녀는 눈물을 뚝뚝 흘리면서 이내 문을 열었다.

문 안에서 밝은 빛이 뿜어져 나왔다.

"언니는…… 누구야?"

익숙한 듯 낯선 목소리였다. 어린 여자아이의 목소리를 들
으면서 아르니는 미소 지었다.

"축하해. 이렇게 빨리 해낼 줄은 몰랐어."

아르니의 시선이 천천히 어린아이의 뒤에서 벽에 등을 기대
고 있는 이에게 닿았다.

검은 흑발을 늘어뜨리고 있는 여인이 그곳에 있었다.

"텔리시아……."

"이리와."

"응!"

어린아이가 종종걸음으로 텔리시아에게 달려갔다.

"어째서……."

"계약…… 했잖아."

흠칫.

텔리시아의 품에 안긴 소녀의 모습에 아르니는 불쾌감을 느

끼고 얼굴을 찌푸렸다. 스스로 원한 계약이 이런 형태로 나타날 줄이야.

굳이 표현하자면, 역겨웠다. 당장이라도 그녀의 손에서 소녀를 빼앗고 싶었다.

그러나 그것은 계약이다. 다시 되돌릴 수 없는, 악마와 아르니 간의 계약.

아르니는 애써 텔리시아에게서 시선을 돌렸다. 그리고 방 내부를 살피며 잃어버린 과거를 두 눈에 담으려는 듯 아련한 얼굴을 했다.

바로 그때였다.

"……사, 살려주세요! 살려주세요! 제발, 제발!"

그 순간, 아르니는 얼굴을 돌처럼 굳히고 몸을 덜덜 떨기 시작했다. 소리가 나는 방향으로 고개를 돌린 아르니의 두 눈동자가 파르르 떨렸다.

"어……. 무슨 소리지?"

텔리시아의 품에서 벗어난 소녀가 의아해하는 얼굴로 문을 향해 다가갔다. 그러자 아르니의 얼굴이 더욱 새하얗게 질렸고, 의식체가 당장이라도 흩어져버릴 듯이 맹렬하게 흔들렸다.

"안 돼!"

떨리는 몸을 가까스로 부여잡은 아르니는 소녀에게 달려가 눈을 가렸다. 소녀를 품에 안은 채, 정작 아르니는 소리가 들린 곳을 보았다.

문밖에 드리운 어둠의 저편에서 시꺼먼 눈동자가 방 안을 들여다보고 있는 것이 보였다. 원망과 증오를 담은 그 눈동자의 깊은 곳, 가장 깊은 곳에 공포가 자리 잡고 있었다.

"살려줘⋯⋯. 제, 제발! 제발, 살려줘요! 아르니, 아르니! 나 좀 살려줘!"

"그마아아안!"

아르니의 찢어지는 비명이 울려 퍼졌다.

그 순간, 세상이 무너졌다.

"흐읍⋯⋯!"

눈을 번쩍 뜬 아르니는 식은땀을 흘리면서 숨을 헐떡였다. 그리고 불안정한 시선으로 주위를 살폈다.

"괜찮아. 진정해."

"후우⋯⋯ 후우⋯⋯."

아르니는 여전히 진정하지 못하는 모습으로 주위를 살피다가 곧 날카로운 눈으로 그녀를 노려보았다. 다시는 보고 싶지 않은 그 광경이 텔리시아 때문에 펼쳐진 것이라는 생각이 들었던 것이다.

"알고 있었잖아."

"⋯⋯."

"말로 듣는 것과 직접 눈으로 보는 게 너무 달라서 놀랐어?"

텔리시아는 안타깝다는 듯 씁쓸한 표정을 지었다.

"네가 그걸 보는 건 나도 별로 원치 않는 일이었어."

돌연 아르니가 분노로 얼굴을 일그러뜨렸다.

"왜, 왜 당신도 그걸 알고 있는 거죠? 당신은 항상 이렇게 나의 가장 깊숙한 곳에서 있는 건가요?"

"맞아."

"······불쾌하군요. 너무 불쾌해요!"

아르니는 그녀에게 그러한 감정을 느끼는 것이 얼마나 무의미한 것인지 알고 있었다. 애초에 영혼을 담보로 한 계약이지 않았던가. 자신의 본질 가장 깊숙한 곳에 그녀가 있었을 때부터 이미 짐작하고 있던 것이다.

하지만 그것과는 별개로, 가장 깊숙한 곳에 숨겨둔, 다시는 보고 싶지 않은 그 광경을 텔리시아에게 들켰다는 것이 아르니는 불쾌하기 짝이 없었다.

"아르니, 넌 대단한 사람이야. 계약을 했을 때부터 알았지만······ 네가 그때 생각했던 것보다 더 대단하다는 사실에 놀라고 있어."

"······왜죠?"

"근원, 즉 영혼의 근간은 단순히 닿고 싶다고 해서 닿을 수 있는 것이 아니고, 보고 싶다고 해서 볼 수 있는 게 아니야. 그야말로 스스로의 의지가 뚜렷하고 흔들림이 없어야 볼 수 있는 것이지."

텔리시아의 말에 아르니의 불안하던 마음이 천천히 가라앉았다. 자신의 가장 깊숙한 곳에 그 광경이 있는 것이 그렇게 두려워 할 일이란 말인가?

'아니야. 더 이상 두려워하고 외면해서는 안 돼. 그게 지금의 내가 나로서 존재할 수 있는 이유니까.'

아르니는 그날의 사건을 어둠 속에 가라앉히고 외면해왔다. 그리고 지금에 이르러 비로소 자신의 어둠을 마주한 것이다.

라트를 보고 싶다.

아르니는 입술을 질끈 깨물고 당당하게 말했다.

"어정쩡한 건 싫어요. 하기로 했다면 끝까지 해내야 한다고 생각해요. 그러기 위해 한 말이었고, 강해지기 위해 먼저 꺼낸 말이었으니까요. 이건 라트를 위한 일이기도 하고, 저를 위한 일이기도 해요. 그리고…… 동시에 미르엘에 대한 작은 속죄이기도 해요."

아르니의 가장 깊숙한 곳을 차지한 어둠을 알고 있는 텔리시아는 부드럽게 미소 지었다.

"그래, 그런 너니까 지금 이곳에 있는 거겠지. 그런 상처들까지 다 안고 있으니까."

그 말을 들은 아르니의 얼굴은 금세 평소처럼 변했다. 단단한 돌처럼 흔들림 없는 얼굴.

"기댈 버팀목이 튼튼하지 못해서는 의미가 없어요."

"씩씩하네. 그건 네게 있어 마주하고 싶지 않던, 가장 두려워하던 일인데도 말이야."

텔리시아의 말에 아르니의 눈이 날카로워졌다.

"상처와 어둠이 없는 인간은 없어요. 누구나 속에 품은 어둠이나 괴로움, 상처 하나쯤은 있는 거니까요."

거기서 말을 끊은 아르니는 곧 부드러운 얼굴로 말을 마저 이었다.

"그리고 전 이미 그런 모든 억압으로부터 벗어났어요. 밀렌디 영애가 아니라 '아르니'가 된 거죠. 그 모든 것이 제 뜻대로 이루어진 것만은 아니었지만…… 결과적으로 전 구원받은 거예요. 라트에게 말이에요. 그가 없었다면 지금의 아르니도 없었겠죠."

그 따스한 말에 텔리시아는 가슴 한구석이 이상하게 요동치는 것을 느꼈다.

"……라트의 상처도 보듬어 줄 수 있을 것 같아?"

"솔직히 말하면…… 장담할 수는 없겠죠. 그의 상처가 얼마나 깊은 것인지, 전 짐작도 할 수 없으니까요. 하지만 상처는 아물 수 있는 거니까, 언젠가 그가 지쳐서 제게 기대면…… 그땐 제가 보듬어주고 싶어요."

"그래. 아르니라면…… 너라면 할 수 있을 거야."

"네, 전 그의 손을 절대 놓지 않을 거예요. 그가 놓는다고 해도 제가 잡고 있을 거예요. 다시는…… 다시는 절대로 놓지 않을 거예요."

눈을 감으면 지금 당장이라도 조금 전의 그 광경들이 눈앞에 펼쳐질 것만 같았다.

어둠 너머의 그 눈동자에 비치던 감정의 소용돌이.

아무것도 하지 못한 채 입을 막고 눈을 감은 비겁한 겁쟁이였던 자신.

'울지 마! 넌 귀족이잖아!'

'……아니야. 난 아르니야. 넌 이름이 뭐야?'

'난…… 낙인자 미르엘. 너, 친구가 없어?'

문 너머에서 들리던 미르엘의 조그마한 목소리는 마치 조금 전에 들은 것처럼 선명하게 떠오른다.

문밖의 세상으로 나가지 못했던 아르니는 낙인자 미르엘에게 구원받았다. 밀렌디 영애라는 감옥에 갇혀 나가지 못했던 아르니는 낙인자 라트에게 구원받았다.

눈물이 나려고 하는 것을 가까스로 삼킨 아르니는 천천히 일어났다.

"몸이 정말 가볍네요."

"그럴 거야. 이제 네 의식체는 그 무엇보다 단단해졌고, 한없이 자연에 가까워졌어. 이제 네 의식이 자연과 소통할 때마다 네 몸에 자연력이 드나들게 될 거야 될 거야. 인간들의 말

로 하자면 자연력을 마력으로 변환시켜 몸에 축적할 수 있게
된 거지. 물론, 이미 말했지만 네 경우에는 축적한 마력을 사
용하는 방식이 조금 다를 거야. 네가 배우는 건 인간들의 마법
이 아니니까."

"그럼 이제부터 시작인가요?"

"시작이자 이미 중간까지 왔다고 할 수 있지. 자, 나가자."

바람이 새어 들어오는 문을 열고 나온 텔리시아는 찬바람을
맞으면서 고양된 감정을 가라앉혔다.

아르니의 금발이 바람에 휘날렸다.

눈앞에 펼쳐진 푸른 자연을 보면서, 아르니는 혼잣말로 중
얼거렸다.

"라트가 보고 싶어……"

그의 손을 꼭 잡아주고 싶다. 위로받고 싶다. 위로해주고 싶
다.

다시 바람이 불었다.

'괜찮아. 괜찮아.'

들릴 리 없는 미르엘의 목소리가 바람을 타고 들려오는 것
같았다.

*   *   *

근 반년의 시간.

이 산의 모습이 바뀌어가듯 모든 게 바뀌어가고 있었다. 라트도, 아르니도. 그리고 그 변화는 오로지 홀로 변치 않고 그 자리에 서 있는 텔리시아가 제일 크게 느끼고 있었다.

힘을 쓰는 법에 대해서 배우고 있는 라트.

그리고 그의 곁에서 있을 힘을 깨우치고 있는 아르니.

나날이 라트에 대한 아르니의 마음이 그 모양을 잡아가는 모습을 보면서, 텔리시아는 부러움을 느꼈다.

변치 않는 그녀는 아르니의 성장을 제대로 이해하지 못한다. 그렇기 때문에 그녀가 가진 그 순수한 마음을 그저 부러워할 뿐이다.

『위대한 마족이 인간을 부러워하는 것이냐?』

아르니가 정신을 집중하는 모습을 멀리서 지켜보던 텔리시아는 오랜만에 들려오는 목소리에 바로 대꾸했다.

"네."

『멍청한 것. 뭐, 그래서 네 녀석이 재미있는 것이지만, 어리석은 것도 정도껏이어야지.』

"갈취 님, 그녀가 말했어요. 상처는 아무는 거라고……. 그리고 그녀가 라트의 버팀목이 되어주겠다고 하네요."

『크흐흐흐…… 알고 있다.』

"그렇게 된다면 갈취 님의 즐거움이 사라질 텐데요."

『그것조차도 즐겁군. 나는 풍류를 아는 마족이다. 그러한 모든 변수를 포함해서 앞으로 벌어질 일들이 즐거운 것이다.』

"그렇군요. 저는 갈취 님을 이긴 적이 없었죠."

『반편이 마족인 네 녀석과 나의 싸움이다. 애초에 상대가 되질 않지. 힘도 지혜도, 그 외의 모든 것에서 말이다.』

뽐내는 말이 아니다. 그저 당연한 진실을 담담하게 말하는 지크로트의 말에도 텔리시아의 안색은 조금도 바뀌지 않았다.

그녀는 마음에 품고 있는 작은 소망을 중얼거렸다.

"그래도 역시 그가 행복해지면 좋겠어요."

그 작은 혼잣말에 지크로트는 대답하지 않았다.

사소한 변수가 예상치 못한 일들이 된다. 그것이야말로 지크로트가 바라는 것이다.

칼바람에 텔리시아의 길고 검은 머리칼이 휘날렸다.

"……아문 상처 위에 덧난 상처는 큰 흉터를 남기는 법이야. 악마와 계약한 네가 그를 행복하게 해줄 수 있을까? 아니면 또 다른 상처를 입히고 말까?"

미약하게 마력을 움직이고 있는 아르니의 뒷모습을 보면서, 텔리시아는 무표정한 얼굴로 나직이 중얼거렸다.

제3화
이교도 토벌령

Holy War

시간은 유수처럼 흘렀다.

펜게른 후작령에서 일어난 신전 급습 사건으로 한참 떠들썩하던 세간도 그 사건을 조금씩 잊어가며 조용해졌다.

그 사건의 유일한 고리라 여겨지던 밀렌디 영애조차도 찾을 없게 되어버린 이상, 어느 날을 기점으로 강화된 경비 속에서 속절없이 2년하고도 반년이 더 흘러가고 있었다.

악마의 등장으로 발칵 뒤집혔던 중앙추기경회의도 이 사안에 대해 슬슬 느슨해지고 있었다. 증거가 하나도 없는 이상, 성기사 한 명의 증언만으로 악마의 재림이라고 단정할 수는 없었던 것이다.

"그래서…… 이게 어떻게 된 일이오?"

"그렇소. 당초 발견되었다고 하던 악마의 모습은 온데간데없이 사라지고 말았소. 이 일로 벌써 2년 동안이나 쓸데없이 돈만 날린 게요."

"악마가 발견됐다는 증언이 사실이긴 한 것이오?"

"아니, 작금에 와서는 애초에 악마가 재림했다는 것부터 믿기 어려우니……."

여러 추기경들의 말에 헬파스텐 추기경은 심기가 불편한 얼굴로 눈살을 찌푸리고 있었다.

"그렇게 입을 다물고만 있을 문제가 아니오, 헬파스텐 추기경."

"더 이상 이 일로 전투 신관들을 각지의 봉인지역에 둘 수는 없소. 이웃 국가에서 이를 불안히 여기는 사신이 찾아오고 있단 말이외다. 게다가 각 도시의 경비를 강화시키고는 아직까지도 해제하지 않은 탓에 신민들의 불만도 쌓이고 있소."

"뭐라고 말 좀 해보시오."

추기경들의 계속되는 힐난에 헬파스텐 추기경이 이윽고 입을 열었다. 침통한 목소리가 흘러나왔다.

"……할 말이 없소. 놈이 잠적을 한 것 같소. 아무래도 경비가 강화되면서 위험하다는 것을 알아차린 것이 틀림없는 것 같소."

"흥! 그건 저번에도 한 말이외다. 그래서 봉인지역의 경비도 강화시켰소. 더러운 악마 놈들이 궁극적으로 원하는 것은 악마왕 발루토의 힘이 분명할 테니까 말이오."

헬파스텐 추기경은 이를 악물었다.

모든 추기경들이 지금 그를 힐난하지 못해 안달이 난 얼굴을 하고 있었다. 그리고 이를 아무런 표정도 없이 가만히 보고만 있는 상석의 아즈라브 추기경의 모습은 헬파스텐 추기경의 기분을 더욱 상하게 만들고 있었다.

"헬파스텐 추기경, 왜 아무 말도 없으시오?"

"또 입을 다물고 가만히 비가 그칠 때까지 기다리는 게요?"

그러던 중 아즈라브 추기경이 천천히 부드러운 태도로 입술을 뗐다.

"……딱 2개월만 더 지켜보겠소. 벌써 2년이오. 이 이상 과한 통제는 국익에도 좋지 않은 결과를 미칠 테니 말이오."

"……알겠소."

"그럼 다음 안건으로 넘어가겠소. 이번 전투 신관의 심사에서……."

추기경 정기회의는 그로부터 약 두 시간이 지난 후에야 끝났다. 시종일관 무표정한 얼굴을 하고 있던 헬파스텐 추기경은 모퉁이를 돌아 임시로 기거하는 그의 전용 집무구역까지 오자 얼굴을 일그러뜨렸다.

그리고 집무실에 들어가서 거칠게 의자에 앉았다.

"멍청한 놈들!"

쾅!

책상을 세게 친 헬파스텐 추기경은 오늘 있었던 회의를 떠올리면서 각 추기경들의 얼굴을 떠올렸다.

"아무도 없느냐!"

"예, 부르셨사옵니까."

문이 열리며 하인이 들어와 고개를 수그렸다.

"빌라이엔 상위관을 불러와라. 당장!"

"예, 알겠사옵니다."

화가 좀처럼 가라앉지 않았다. 일만 잘 처리되었어도 여러 추기경들의 힐난을 받는 쪽은 자신이 아니라 아즈라브 추기경이 되었을 터다. 밀렌디 영애를 잡아들이고 암흑마법을 쓰는 악마의 존재를 만천하에 드러내기만 했다면 말이다.

털컥.

"부르셨사옵니까, 헬파스텐 추기경님."

"잘도 이제 기어오는군, 빌라이엔 상위관."

"소, 송구스럽사옵니다."

"어디 한번 변명이나 해보게. 내가 오늘 정기회의에서 얼마나 깨지고 왔는지 자네는 혹시 알고 있나?"

"뭐, 뭐라 말씀드리기도 송구하옵니다."

"그딴 말은 필요 없어! 도대체 어떻게 된 게야? 밀렌디 영애를 잡지 못하고서 얻은 카드가 악마의 존재라면, 그 악마가 지금쯤 날뛰고 있어야 정상이 아닌가!"

"그, 그것이……."

"내가 자네 같은 사람을 믿고 뭘 하겠나!"

헬파스텐 추기경의 노성에 빌라이엔 상위관은 더욱 고개를 깊이 수그렸다.

"그저 송구스러울 뿐이옵니다."

"빌어먹을……. 그 은십자 기사단 놈들은 왜 갑자기 또 모습을 감춘 게야? 차라리 그놈들을 악마의 앞잡이로 엮어버리는 게 더 쉽겠군."

그렇게 홧김에 씹어뱉듯 말한 헬파스텐 추기경은 곧 눈살을 찌푸리며 묘한 얼굴이 되었다.

"그러고 보니 묘하군. 요즘 그 이교도들의 습격이 갑자기 뜸해졌다지?"

"예, 하지만 그건 경비가 강화된 덕분에……."

"아니, 아니야. 이건 단순히 그렇게 볼 문제가 아니야. 놈들은 필시 악마와 결탁을 한 게야. 그리고 지금은 어둠 속에서 힘을 모으고 있는 게지."

"예? 그것이 무슨……."

"멍청하긴. 밀렌디 영애는 애초에 이교도와 어떤 연관이 있었던 것이 틀림없네. 그녀는 그 사건이 있은 직후에 사라지지 않았나."

"예, 그건 그렇사옵니다만……."

빌라이엔 상위관이 여전히 이해되지 않는다는 표정을 짓고 있을 때, 헬파스텐 추기경의 입가에는 천천히 짙은 미소가 맺히기 시작했다.

"이후에 그녀의 모습이 발견되었다는 곳은 펜게른 교구의 오프할 직할령. 그리고 성기사 한 명과 전투 신관들을 비밀리에 그곳으로 보낸 것도 사실이지 않은가."

"예, 그렇사옵니다."

"그곳에서 성기사가 뭘 봤다고 했지?"

"예? 그…… 아, 악마이옵니다."

"큭큭……."

헬파스텐 추기경은 거기까지 말하고는 낮게 웃었다. 생각보다 쉬운 길이 있었는데, 이제까지 미처 생각을 하지 못한 것이다.

"일이 생각보다 쉽게 풀릴 것 같군."

"무슨 말씀이시옵니까……?"

"이교도와 연관이 있는 밀렌디 영애가 갑자기 사라졌다가 이후 오프할 직할령에 나타났고, 그때 바로 신전이 습격을 당했지. 그 일을 처리하기 위해 갔던 성기사는 그곳에서 암흑마법을 쓰는 악마를 본 게야. 그리고 이후 악마는 온데간데없이 사라지고 말았지. 그 뒤로 악마와 밀렌디 영애의 모습은 어디에서도 나타난 적이 없다. 여기까지 틀린 게 있는가?"

"맞사옵니다. 지극히 정확하게 알고 계시옵니다."

"그리고 그 무렵부터 은십자라고 일컫는 이교도들도 모습을 보이지 않았다. 그렇지 않은가?"

"예, 그렇사옵니다."

"그렇다면, 자네에게 묻도록 하겠네. 이제 그 밀렌디 영애
와 같이 있을 것이라고 여겨지는 악마는 어디에 있을까?"

"그것은……."

빌라이엔 상위관은 잠깐 당황하다가 곧 헬파스텐 추기경이
한 말을 떠올리고 한 가지 답에 도달했다.

"과연! 이교도들의 무리에 합류했을 것이라는 말씀이시옵니
까?"

"그럴 가능성이 다분하지. 이 모든 일들이 그저 우연의 맞
물림이었다고 보기에는 너무 수상쩍어."

"지당하시옵니다. 이교도들을 먼저 잡아들이는 것이 추기
경님의 오랜 숙원을 이루는 열쇠가 될 것이옵니다."

빌라이엔 상위관이 흥분한 얼굴로 그렇게 말하자, 헬파스텐
추기경은 만면에 미소를 그렸다.

"좋아. 드디어 지금의 상황을 타개할 방법이 보이는군그래.
밀렌디 영애에 관한 일은 여태껏 그랬듯 그 누구에게도 알려
져서는 안 되네."

"예, 알겠습니다."

"그리고 이번 일에 대한 것은 천검의 제자에게 맡겨보는 것
도 나쁘지 않겠군."

"예? 하지만 아직 공적이……. 게다가 저번 일의 실패 때문

에 그간 근신을 시키고 있었습니다."

"음, 그렇군. 과연, 그런 명령을 내렸었지. 생각해 보니 그때 그 녀석이 밀렌디 영애를 잡지 못한 것에 책임을 물었군."

"예."

"뭐, 그간 실력은 제법 늘었겠지. 2년 전에도 전투 신관보다 실력이 좋았는데 근신하는 동안 놀고 있지는 않았을 테니, 이교도들 처치에 선봉으로 내세우게. 적어도 아즈라브 추기경 휘하의 성기사보다는 믿을 만하니까 말이야. 그것조차 해내지 못한다면 천검의 주인이 제자를 잘못 들인 것이겠지."

"예, 알겠사옵니다. 추기경님의 뜻대로 진행시키겠사옵니다."

"전과 같은 실패는 용납할 수 없네. 이번 일은 내게 있어서도 부담이 많이 가는 일이네. 이교도들의 뿌리를 뽑아내서라도 찾아내든지…… 아니면 다시 악마가 사방에서 날뛰게 하든지, 어떻게든 꼬리를 잡아야 한단 말일세. 이건 자네에게도 마지막 기회가 될 것이야."

"예, 알겠사옵니다! 추기경님의 기대를 저버리지 않도록 사력을 다하겠사옵니다!"

"그래야 할 것이야."

헬파스텐 추기경은 오늘의 수모를 되갚을 그날을 떠올리며 천천히 미소 지었다.

＊　　　＊　　　＊

끼리룩끼리룩-

산새 한 마리가 울기 시작하자 곧 산등성이 전체가 끼룩거리는 소리로 진동했다. 날아오르는 새들의 무리 속에서 인위적으로 만들어진 공터가 보였다.

산속 높은 곳인데다가 인적이라고는 전혀 없어 보이는 그곳에는 이제 이십 대 중반쯤 되어 보이는 청년이 가만히 앉아 있었다.

겨울의 차가운 바람이 청년의 몸을 스쳐 지나가자 길게 자란 머리칼이 휘날렸다.

그의 옆에는 칠흑색 기형검이 땅에 박혀 있었다.

곧 그의 주위로 뜨거운 열풍과 함께 붉은 안개와도 같은 기운이 일기 시작했다. 이윽고 천천히 검을 잡고 자세를 낮춘 그는 무형의 적을 상대로 검술을 펼치기 시작했다. 절도 있는 검식은 척 보기에도 대단히 묵직하고 강한 기운을 물씬 풍기고 있었다.

구궁!

그리고 어느 순간부터 그의 주위로 강렬한 마력이 개방되었고, 칠흑의 검이 검붉은 빛으로 물들기 시작했다. 그리고 검붉은 빛이 최고조에 이른 순간, 지크로트의 칠흑색 검신이 여러 개로 쪼개졌다.

스스스스!

그대로 전신의 무게를 실어 내려 베는 동작에 따라 수십 개로 쪼개진 지크로트가 땅을 갈랐다.

콰콰콰콰콱!

흙먼지가 높이 피어올랐다. 하지만 곧 불어온 바람에 모두 날려가고 청년의 모습이 바로 드러났다. 조금 전에 청년이 검을 휘두른 땅에는 마치 수십 개의 손톱으로 난자된 듯한 상흔만이 남아 있었다.

"쯧…… . 아직도 이 정도인가?"

"그거야 네놈이 멍청하니까 그렇지."

어느새 뒤쪽에 나타난 익숙한 기척에 청년은 눈을 가늘게 떴다. 그곳에는 2년이란 세월이 무색하게도 삼십 대 초중반의 외모와 꼿꼿이 세운 푸른 머리칼을 유지하고 덩치 큰 남자가 서 있었다.

"솔직히 말해보는 게 어떻습니까? 2년 만에 이 정도면 제자들 중에서도 깨우치는 게 빠른 축에 드는 거 아닙니까?"

"뭐? 라트, 네놈 정도면 내가 가르친 제자 놈들 중에서 가장 멍청한 축에 든다. 지나가는 개한테 가르치는 게 낫지. 쯧쯧, 어쩌면 그렇게 이해를 못하는 거냐?"

"뭐요? 개? 어이가 없군요. 그런 식으로 가르치면서 제자들이 알아듣고 배운다는 것부터가 말이 안 됩니다!"

"뭐, 뭣이? 스승한테 감히 그따위로 말대답을 해?"

"스승이 스승다워야 스승 대접을 받는 겁니다."

"건방진 놈. 어디 가서 그게 바리엘 분검식(分劍式)이라는 말은 꺼내지도 마라!"

"누가 꺼낸답니까?"

"이 녀석이 계속 말대답이야. 넌 머리가 멍청한 거냐, 아니면 아예 처음부터 내 말을 들을 생각이 없었던 거냐?"

스승인 봉그리드의 말에 라트는 헛기침을 하면서 입을 다물었다.

"멍청하게 마력을 일일이 개방하면서 낭비하면 먼저 뻗게 되는 건 네놈이라고 몇 번을 말하게 하는 거냐?"

"그러니까…… 그 마력을 어떻게 조절을 하느냔 말입니다. 그걸 알려줘야 제가 할 거 아닙니까."

"그니까, 그건 이렇게…… 그, 요렇게 하는 느낌으로……."

다시 봉그리드가 손으로 뭔가를 꼼지락거리면서 설명하자 라트는 눈을 가늘게 뜨고 고개를 저었다.

"그딴 식으로 설명하는 걸 어떻게 알아듣느냔 말입니다."

라트의 불평에 봉그리드가 한참 설명하다가 화가 뻗치는지 버럭 고함을 질렀다.

"이런 멍청한 놈! 보통은 이런 세밀한 조절부터 알아서 체득하게 되어 있어! 네놈의 힘의 원천이 하도 이상하기 짝이 없어서 그렇지."

힘의 원천에 대해서 봉그리드가 떠들자 라트의 표정이 별안간 굳었다.

"뭐, 어쩔 수 없는 거 아니겠습니까. 그래서 요즘에는 그 조절에 대해서 열심히 고민하는 중입니다."

"……그렇다니 그나마 다행이군. 몇 번을 말하지만, 바리엘 분검식은 세밀한 마력 조절이 관건인 검술이다. 거기다가 부릴 수 있는 마력의 양이 많으면 실로 적수를 찾아보기 힘들 정도로 막강해지는 검술이지."

"그럼 한 가지는 충족시켰군요. 체내의 마력은 정말 많다고 하지 않으셨습니까?"

"많기만 하고 전혀 효율적으로 쓰고 있지를 못하니 문제지."

"그래도 이 정도면 제법 하는 거 아닙니까?"

"이놈이 드디어 미친 건가, 왜 이렇게 헛소리를 해? 오늘은 따로 할 일이 있으니 따라오기나 해라."

그렇게 욕지거리를 내뱉으면서 앞서 나가는 봉그리드의 입가에는 보일 듯 말 듯 미소가 드리워 있었다. 요 2년간 가장 큰 변화라고 하면 바로 라트의 성격이 조금은 둥글고 밝게 변했다는 것이었다.

항상 어둠에 사로잡혀서 절망만 바라보고 있었는데, 라트도 이제는 넉살도 좋아지고 생각도 완만해진 것이, 제법 사람다운 모습이 된 것이다.

'처음부터 좀 그랬지만, 그때보다 더 건방지게 변했다는 게

문제라서 그렇지⋯⋯.'

봉그리드는 입맛을 다셨다. 이렇게 시건방진 제자는 처음이었다.

공터의 외곽 쪽으로 가자 우거진 나무 아래에 아무렇게나 지어진 나무 집이 하나 나타났다. 봉그리드는 그 앞에서 우뚝 멈췄다.

"요즘 이 아실반 산맥에서 몬스터가 빈번하게 출몰한다는 얘긴 알고 있겠지?"

"듣질 못했는데 알 리가 있겠습니까."

"내가 가끔씩 이 아래의 화전촌으로 내려가는 거 보지 않았느냐. 그게 다 그 이유 때문이다."

"그렇군요."

"어쨌든 네가 해야 할 일이 무엇인지는 더 이상 말하지 않아도 알겠지?"

봉그리드가 가만히 라트를 바라보자 그는 별수 없다는 표정을 지었다.

"그 마을에서도 자체적으로 경비병을 세우고 있을 텐데요?"

"그 경비병들이 몇 명 죽거나 크게 다치는 일이 빈번하니까 하는 말이지, 멍청한 녀석아. 게다가 그들은 화전민이기에 관령의 도움도 받을 수 없어."

라트의 눈이 움찔했다.

화전민, 그리고 화전촌.

그 말은 라트에게는 무척이나 특별한 의미였다. 철없던 어린 시절, 어머니와 함께 지낸 곳. 그리고 동시에 이제는 돌아갈 수 없는 곳이기도 했다. 지도에도 없어 어딘지 알 수 없고, 알아낸다 한들 이제 아무것도 없는 곳이다.

"알겠어요."

"뭐?"

"인근의 몬스터들이 마을을 습격하지 못하게 처리하면 되는 거 아닙니까?"

"음, 그렇지. 근데 지금처럼 이런 기운을 사방으로 뿌려대고 다니면 몬스터들을 찾아내기는 불가능할 거다."

봉그리드가 혀를 쯧쯧 차면서 그렇게 얘기하자, 라트는 자신의 감정에 따라 일어나는 마력을 급히 갈무리했다.

2년이란 시간이 흘렀음에도 불구하고, 그는 아직 자신의 힘을 제어하는 것이 서툴렀다.

기기긱.

"그래서, 언제 갈 건데?"

뒤쪽에 아무렇게나 지어진 집의 문이 땅을 긁는 소리를 내며 열리고, 안에서 미모의 여인이 걸어 나왔다. 미간을 찡그리고 있는 여인은 탐스러운 금발을 뒤로 질끈 묶어서 깐깐해 보이는 인상을 주었다.

2년 사이에 제법 성숙한 분위기를 풍기는 아르니는 이전의 귀족으로서의 모습은 온데간데없었고, 해졌으나 간편한 옷 위에 앞치마를 두르고 있었다.

"지금 당장 가려고 하는데."

"지금? 이제 곧 저녁 시간인데?"

아르니는 꼭 그래야 되겠냐는 듯 날카로운 시선으로 라트를 노려보다가 곧 봉그리드를 매섭게 쏘아보았다.

"그, 그건 그렇군……. 굳이 지금 당장 갈 필요는 없겠지. 라트, 저녁 식사는 다 같이 하고 나서 가는 게 좋겠다."

"……."

라트는 딸뻘의 소녀에게 쩔쩔매는 스승을 보며 눈을 가늘게 떴다.

"헉헉……!"

급하게 산세로 몸을 피신하고 동료와 떨어진 지 두 시간 가까이 흘렀다. 지르바 관령부터 아실반 산맥에 이르기까지 거의 쉬지도 않고 달려온 것이다.

두 눈은 퀭했고, 눈가에는 짙은 그림자가 드리워 있었다. 인적이 없는 산으로 숨어든 그는 가파른 산길을 오르던 중 숨이 차다 못해 단내가 나기 시작하자 나무 뒤에 기대어 숨을 골랐다.

한겨울임에도 불구하고 땀이 비 오듯 흐르고 있었다. 장갑을 낀 채 땀을 닦던 도중, 그는 장갑에 튄 적의 혈흔을 보면서 별안간 얼굴을 일그러뜨렸다.

그는 지금 자신이 처한 상황을 이해하기 어려웠다.

"갑자기 이게 어떻게 된 일이지……?"

제리카는 어제 새벽 무렵부터 지부에 이상하게 무거운 분위기가 감도는 것을 알았다. 그러나 그것이 최근 갑자기 강화된 경비, 군의 이상한 움직임 때문에 다들 스트레스가 쌓인 것인 줄 알았다.

들킬 리 없다고 여겨지던 지르바 관령 지부가 국군에게 습격을 받기 전까지는 말이다.

지르바 관령은 여태껏 은십자 기사단이 그 어떤 활동도 벌이지 않은 곳이었다. 이송되는 낙인자들을 구출하기 위한 정보를 알리는 정도의 극히 소소한 활동만 해온 작은 지부였던 것이다. 지부의 단원도 극히 적을 뿐만 아니라 눈에 띄지도 않을 만큼 소소한 활동만 해왔기에 들킬 염려가 아예 없다고 봐도 무방했다.

그렇다면 지금 이 상황을 설명할 수 있는 것은 단 한 가지뿐이다.

'내부 배신자…….'

제리카는 이를 뿌드득 갈았다.

최근 단원 중 몇 명의 태도가 이상하게 여겨질 만큼 긴장되어 있던 것을 그냥 넘긴 것이 실수였다.

그 결과가 이 꼴이다. 입단 이후 3년 동안 고생하여 겨우 얻은 지부의 부지부장 보좌 자리. 그것이 단 한순간에 사라지고

만 것이다. 게다가 지금은 그 부지부장의 생사마저도 묘연했다.

워낙 한시가 급한 상황이었고, 특히 지부장은 마지막까지 남은 단원들을 탈출시키기 위해 힘을 쓰고 있었다. 지부장은 아마도 온전히 도망치지는 못했으리라.

뿌드득!

단원들 몇 명은 남쪽으로 향하고, 그리고 몇 명은 제리카처럼 서쪽으로 향했다. 아무래도 산세에 몸을 숨기는 것이 그나마 잡히지 않을 확률이 더 높으니 말이다.

그렇게 숨을 고르던 제리카는 다시 산을 오르기 시작했다. 아직 산의 초입에 불과한 이곳에 더 오래 머물 수는 없었다. 산의 깊은 곳까지 숨어들어야 했다.

이미 산 아래에 놔둔 말을 병사들이 발견했을 것이다.

힘겹게 도망가는 제리카의 숨이 다시 가빠졌다. 제아무리 상당한 실력을 가진 제리카라고 해도 이렇게 험한 산세를 오르는 것은 녹록하지 않은 일이었다. 거기에는 그가 오르고 있는 길이 상식적인 사람이라면 절대 선택하지 않을 만큼 험하다는 이유도 한몫했다.

"찾아내! 그리고 증원을 요청해서 샅샅이 뒤져! 생포가 목적이지만, 여의치 않다면 죽여도 좋다!"

병사들의 대장으로 여겨지는 자의 목소리가 쩌렁쩌렁 울렸다.

'빌어먹을……'

병사의 말을 들은 제리카의 얼굴이 일그러졌다.

끝까지 찾아낼 작정이다. 증원이라니……

'뭔가 이상하다.'

자신이 은십자 기사단의 일원임을 알았다고 하더라도, 이렇게까지 끈질기게 따라붙을 병사들이 아니다. 이런 식으로 일을 키워놓으면 은십자 기사단과의 전면 대결 양상이 될 가능성이 다분한 것이다.

전면전으로 치닫는다면 결과적으로는 은십자 기사단이 전멸하겠으나 교단의 피해 역시 만만치 않을 터였다.

그렇기 때문에 지금껏 교단은 은십자 기사단이 습격을 해오는 경우에 한해서 추격과 섬멸을 허가해왔고, 습격을 당했다는 사실마저도 알게 모르게 쉬쉬해왔던 것이다. 물론 거기에는 추기경들의 이권 다툼도 끼어 있었지만, 제리카는 교단 상부의 사정까진 알지 못했다.

하지만 어쨌든 지금껏 벌어지지 않던 일이 벌어졌고, 당장의 상황이 그리 좋지 않게 돌아가는 것은 확실했다. 놈들이 끝까지 추격하기로 마음먹은 이상, 이미 남쪽으로 도망친 단원들도 자신과 비슷한 처지일 것이 분명했다.

'자칫 제3십자대가 큰 피해를 입을지도 모르겠군. 요 근래에는 기사단이 활동을 자제해왔는데, 갑자기 왜 이런……'

제리카의 생각은 길게 이어지지 않았다.

"발견했다!"

인근에서 병사들의 고함 소리가 울려 퍼진 것이다.

제리카는 너무 생각에 빠져 몸을 감추는 데 소홀했음을 깨닫고는 다시 손을 뻗어 나무들을 잡으면서 험한 산세를 타고 올라갔다.

위로 올라갈수록 끝없이 이어질 것 같던 험한 산세가 조금씩 평평해지기 시작했다.

'됐다!'

그리고 평평한 땅 위에 서서 허리를 편 제리카의 눈에 들어온 것은 산간에 자리를 잡은 마을이었다.

"화, 화전촌……."

"제, 제리카…… 보좌?"

옆에서 들린 목소리에 반사적으로 몸을 낮추며 검을 빼든 그는 왼쪽 팔뚝에 큰 상처를 입은 부지부장이 거친 숨을 토하면서 수풀 사이에 숨어 있는 것을 발견했다.

"부, 부지부장님!"

"으윽…… 다, 다행이로군. 자네와 만나다니……. 허, 헌데 어떻게 올라왔지……? 올라오는 길은 내가 계속 살피고 있었는데?"

"저, 저는 저쪽 방향에서……."

"저, 저 가파른 경사를 말인가? 노, 놀랍군. 자네는 역시 대단해……."

"이곳에서 머뭇거릴 시간이 없습니다. 부지부장님이 무사하셔서 다행입니다."

"자네야말로……. 역시 지부장님의 판단은 틀리지 않았군……. 뿔뿔이 흩어져서도 이렇게 살아남는 이들이 있는 걸 보니 말이야……."

"그런 얘기는 좀 더 안전한 곳에 가서 하도록 하지요. 일단은……."

거기까지 얘기한 제리카는 입을 다물었다. 갈 곳이라고는 이제 눈앞에 있는 화전촌밖에 없었다. 화전을 일구기 위해 나무를 태우는 화전촌에는 평화가 감돌고 있었다.

어두워진 제리카의 표정을 본 부지부장은 중얼거리듯 말했다.

"이미 늦었네. 하필 이쪽 봉우리 아래에 화전촌이 있을 줄 누가 알았겠나? 우리가 다른 곳으로 도망친다고 해도 이 마을이 발견되지 않을 가능성은 없네. 이미 들었지 않나? 증원을 요청한 것을……."

"크윽……."

"우리가 할 수 있는 것은…… 저 마을에 사는 사람들에게 서둘러 도망치라는 말을 해주는 것뿐일세."

그리고 바로 그때였다.

크와우우우우우우우!

콰아아앙!

몬스터가 지르는 어마어마한 괴성과 함께 벼락이 치는 듯
강렬한 소음이 온 산에 울려 퍼졌다.

"무, 무슨……?"

"모, 몬스터……?"

"이 정도의 괴성이면 오우거 정도는 되어야 할 텐데……."

"점점 상황이 좋지 않게 되어가는군요……."

제리카와 부지부장의 얼굴이 하얗게 질려갔다. 상황은 최악
으로 치닫고 있었다. 이 산맥에는 오우거 같은 대형 몬스터마
저 서식하고 있단 말인가?

"후우……."

긴 숨을 토한 라트는 한쪽 팔목이 잘린 채로도 기가 살아서
주먹을 휘두르는 오우거를 보고는 질린다는 표정을 지었다.

"설마 이런 곳에 오우거가 있을 줄은……."

"봉그리드가 얘기 안했지?"

"음……."

텔리시아의 뾰족한 말에 라트는 아무런 대꾸도 하지 않았
다. 그러자 텔리시아가 날카롭게 말했다.

"몇 번을 말해? 그 녀석이 가르치는 방식은 뭔가 이상하다
니까? 애초에 이런 곳에 오우거씩이나 되는 놈이 서식하고 있
다는 것도 이상해."

"이상할 것 하나 없어. 아실반 산맥은 크잖아. 오우거가 이

동하던 중에 이곳에 머무른 것일 수도 있으니까."

쿠쾅!

크와우우!

땅을 마구 내려치는 오우거 때문에 산이 울리고 있었다.

라트는 마력을 조금씩 끌어올리면서 다가간 뒤 그대로 오우거의 옆구리에 검을 찔러 넣었다.

크와아아악!

통성을 내지르던 오우거는 주먹을 휘두르려고 했다. 자꾸만 자신을 고통스럽게 만드는 인간을 이번에야말로 찌부러뜨리려고 한 것이다.

하지만 오우거의 뜻은 이루어질 수 없었다.

지크로트에서 검붉은 기운이 일렁인 순간이었다.

푸푸푸푸악!

둔탁한 폭발음이 울려 퍼졌고, 그 순간 오우거의 입과 코에서 피가 울컥하면서 뿜어져 나왔다.

쿵!

즉사.

힘없이 떨어진 주먹, 간헐적으로 떨리는 오우거의 몸은 완전히 목숨이 끊겼다는 것을 말하고 있었다.

"……그래도 실력이 늘긴 했네."

가만히 지켜보던 텔리시아가 볼멘소리를 했다.

"넌 왜 그렇게 스승님을 싫어하는 거야?"

"······그가 네게 싸울 길을 열어주고 있으니까."

텔리시아는 정색하면서 그렇게 말했다.

라트는 눈살을 찌푸렸다.

잠깐의 침묵이 감도는 그 순간이었다. 마력을 개방하여 오감이 극대화된 라트는 그리 멀지 않은 곳에서 들려오는 소리들을 놓치지 않았다.

그것은 정확히 산중턱에서 들려오는 사람들의 말소리였다.

"이게 무슨 소리지? 저쪽은 사람들이 다니지 않는 곳일 텐데······."

"외지인······ 외지인이 이곳에 나타났어."

"뭐?"

텔리시아의 조심스러운 말에 라트의 얼굴이 빠르게 굳어갔다. 외지인이라는 말이 국가의 눈을 피해 살아가는 화전민들에게 어떤 의미인지는 그 자신이 가장 잘 알고 있는 것이다.

그들이 어떤 상황에 처해서 어떤 생각으로 이 마을에 들어오는지는 조금도 상관없었다. 그들이 들어와 이 마을의 소박한 평화와 삶을 망가뜨리게 둘 수는 없었다.

"라, 라트!"

어느새 라트는 텔리시아와 오우거를 뒤로한 채 달리고 있었다.

불꽃이 곳곳에서 피어오르고, 사람들은 도망을 치고 있었다. 라트 또한 그 사람들과 마찬가지로 도망치고 있었다. 비명이 울려 퍼지고, 마을 사람들을 쫓는 병사들의 모습이 있었다. 그리고 그들의 차가운 병장기 앞에 그의 어머니가 쓰러지고 말았다.

그 모든 것이 바로 어제의 일인 것처럼 생생하게 눈앞에 아른거렸다.

'절대로 다시는······.'

라트가 이를 악물었다. 전력을 다해 뛰고 있는 그의 귓가에 바람 소리가 왱왱 울렸다. 이윽고 소리가 들린 곳까지 단번에 주파한 라트는 그리 멀지 않은 곳에 있는 두 사람을 발견할 수 있었다.

그가 걸음을 멈추자 이끌려오던 바람이 거세게 불어 나갔고, 그의 입에서는 날카로운 목소리가 흘러나왔다.

"그곳으로 더 내려가면 죽여버릴 테다."

"······!"

갑자기 뒤에서 불어닥친 바람과 위협적인 목소리에 제리카와 부지부장은 급히 몸을 돌리며 경계했다. 그들은 조금 전에 들린 오우거의 괴성과 아래에서 올라오고 있는 추격자들 때문에 잔뜩 긴장한 모습이었다.

제리카가 신음성을 흘렸다.

"추, 추격자가 벌써······."

"으음······."

긴장한 기색이 역력한 제리카는 라트의 모습을 그제야 천천히 훑어볼 수 있었다. 추격자라고 하기에는 행색이 너무나도 초라했다.

"다시 한 번 말하지만, 더 이상 그곳으로 내려간다면 죽여버리겠다."

"뭐, 뭣이?"

"네놈들의 정체가 무엇인지는 모르지만, 그곳으로 가는 것은 불가능하다."

"건방진⋯⋯."

라트를 다시금 찬찬히 훑어보는 제리카의 눈이 매섭게 변해 갔다. 행색을 보니 추격자는 아닌 듯싶었고, 그렇다면 저 마을에 사는 사람일 가능성이 높았다.

바로 그때, 라트는 산 뒤쪽에서부터 몰려드는 다수의 기척을 느꼈다. 그의 얼굴이 더욱 사납게 일그러졌다.

"네놈들⋯⋯ 도대체 뭘 하려고 이곳에 온 거냐? 저 뒤쪽에 있는 놈들은 또 뭐지?"

구궁!

돌연 사방에서 짓눌러오는 듯한 압력이 느껴지자 제리카의 눈이 휘둥그레졌다. 라트를 중심으로 검붉은 기운이 일렁이면서 사방으로 퍼지고 있었다.

'어, 엄청난 실력자다. 마력이 유형화되어 내 눈에 보일 정도라니⋯⋯.'

어마어마한 마력 앞에서 이를 질끈 깨문 제리카는 상대가 도저히 자신 혼자서 어떻게 해볼 만한 상대가 아님을 깨달았다.

그나마 다행인 것은…… 그가 산 뒤쪽에서 몰려오는 병사들의 동료가 아니라는 사실이었다.

"당신이 누군지는 모르겠으나, 뒤쪽에서 이곳으로 오고 있는 자들과 우리는 무관하오. 우리는…… 그저 쫓기고 있을 뿐이오."

"그, 그렇소."

그러자 라트의 얼굴이 더욱 일그러졌다.

"왜 저곳으로 가는 거지? 저 힘없는 사람들이 네놈들을 구해줄 수 있다고 여기는 것은 아닐 테고."

"다, 달리 도망갈 곳이……."

"이, 이미 늦었소. 애초에 모르고 온 것이었으나, 우리가 이곳으로 도망쳤으니…… 이르든 늦든 저들이 이곳을 찾아내는 것은 시간문제였을 것이오."

제리카의 침착한 말에도 라트의 화는 가실 기색이 없었다.

"마을에는 절대 갈 수 없다. 꺼져라."

"당신의 정체가 무엇인지는 모르겠지만, 저 마을을 지키고자 하는 마음을 알겠소. 하지만…… 아트라도엥에서는 세금을 내지 않고 숨어 사는 화전민들을 결코 용납하지 않소."

라트의 눈이 매섭게 변했다.

"그리고…… 지금 우리를 쫓는 자들은 그 법을 따를 것이오. 국법에 따라 움직이는 병사들이니까."

"……네놈들을 쫓는 게 교단의 개들이란 말이냐?"

라트의 얼굴에 떠오른 분노를 읽은 제리카는 속으로 회심의 미소를 지었다.

'그렇군. 화전민을 감싸는 것을 보고 짐작했거늘, 역시…… 교단에 좋지 않은 감정을 가지고 있어.'

"그렇소. 놈들에게 잡히면 어떻게 되는지는…… 더 이상 말하지 않아도 알 것이라 믿소."

"……."

라트의 얼굴에서 분노가 한껏 누그러졌다. 제리카의 동료를 보아하니 깊은 부상을 입어 고통스러워하는 기색이 역력했고, 제리카도 격한 싸움을 했는지 피투성이였다. 그들도 결국 도망을 치다가 이곳까지 오게 된 것이다.

라트는 이를 뿌드득 갈았다.

"……2년이라는 시간동안 이 나라는 무엇 하나 변한 게 없단 말인가."

나직하게 중얼거린 라트는 등 뒤에서 검을 천천히 뽑아 들었다. 기괴한 형태의 칠흑색 검이 검붉은 안개를 내뿜고 있었다.

제리카는 마른침을 삼켰다. 그저 이렇게 간접적으로 느끼고 있는 마력의 양만 해도 도대체 어느 정도인지 감을 잡기 힘들 정도였다.

"마을 사람들은 외지인을 좋아하지 않는다. 무슨 말인지 알겠지?"

"무, 물론이오."

"그렇다면 우리는 어디로⋯⋯."

부지부장이 미처 말을 하기도 전에 라트는 험한 산세 아래로 몸을 날렸다. 제리카가 깜짝 놀라 급하게 달려가 아래를 내려다보았지만, 이미 라트의 모습은 온데간데없이 사라져 보이지 않았다.

"어, 엄청나군⋯⋯."

"조금 전에 그 기운은⋯⋯ 실로 무시무시하군."

"부지부장님, 아무래도 우리는 기인을 만난 것 같습니다. 혹, 세간에 알려지지 않은 '어느 권좌의 주인'에 해당하는 실력자가 아닐는지⋯⋯."

"으음⋯⋯ 그건 잘 모르겠군. 내 평생 그 정도의 실력자는 단 한 번도 본 적이 없으니⋯⋯."

"어찌 되었든 그가 교단에 앙심을 품고 있는 것 같아 다행입니다."

"⋯⋯한 고비는 넘은 것 같군."

제리카는 한숨을 내뱉으면서 옆의 나무에 몸을 기댔다. 그리고 숨을 돌리자마자 간간이 고통에 찬 신음을 내뱉는 부지부장에게 다가가 그의 상처를 얇은 천으로 동여맸다.

"그 정도의 실력자라면 추격자들을 전부 죽일 수 있을 겁니다. 조금만 더 참으십시오."

"으음……."

심신이 모두 노곤한 상태로 다시 한숨을 내뱉은 제리카는 천천히 그의 옆에 앉았다. 하지만 곧 얼마 지나지 않아 누군가의 기척이 느껴지자 벌떡 일어나 검을 곧추세웠다.

"웬 놈이냐!"

"……운명인가."

가느다란 미성이 수풀 사이에서 흘러나오자 제리카는 눈살을 찌푸렸다. 곧 그곳에서 검은 로브를 둘러쓴 흑발의 여인이 여유로운 걸음으로 걸어 나오는 것이 보였다.

"누, 누구냐!"

"그리 반갑지 않은 만남이군요. 하필 이곳으로 오다니."

텔리시아는 차가운 눈으로 제리카를 노려보았다.

제리카는 일순 온몸이 차갑게 식어버리는 듯한 감각에 빠졌다가 곧 정신을 차리며 뒤로 물러났다.

"무, 무슨 짓을 하려는……."

더 이상 텔리시아는 그들에게 시선을 주지 않았다. 그저 절벽과도 같은 중턱의 끄트머리에 서서 눈 아래에 펼쳐진 푸른 산세의 정경을 내려다보았다.

『아쉽게 되었겠군.』

"……예, 그러네요."

『놈은 싸울 수밖에 없는 운명을 타고 났다.』

"봉그리드, 그 인간과 라트가 만나면 이렇게 되리란 것을 알고 계셨군요. 처음 만난 그때 이미 갈취 님께서는 봉그리드가 라트를 죽이지 않으리란 것, 그리고 나아가 그가 라트에게 힘을 전수해주리라는 것을 알고 계셨던 거예요."

텔리시아의 목소리는 지극히 감정적이었고 날카로웠다.

『텔리시아, 내가 누군지 잊어버린 것이냐? 누구에게 감히 그따위 말을 하는 것이냐? 나는 위대한 50후작 중의 하나, 갈취의 지크로트다.』

날카로운 지크로트의 목소리에 텔리시아의 얼굴에 떠오른 모든 감정들이 한순간에 모두 사라졌다.

"……주제넘었습니다."

『너무 까불지 않는 게 좋아, 텔리시아. 네가 도를 넘지 않는 선에서 나의 게임에 끼어들고 있기 때문에 봐주고 있다는 걸 잊지 마라. 그 선을 잘 지키는 게 좋을 것이다.』

"예, 알고 있습니다."

텔리시아는 아랫입술을 지그시 깨물었다.

저 아래에서 분노를 머금은 라트의 마력이 강렬하게 전해지면서 그녀의 감각을 어지럽히고 있었다.

"크으윽!"

"헉헉!"

제2경비대 소속인 벤스는 저항하던 이교도 한 명의 가슴에 검을 찔러 넣었다.

숨이 턱까지 차오르고 입에서는 단내가 나고 있었지만 그는 드디어 한 명을 잡았다는 사실이 너무 기뻐서 만면에 미소를 그리고 있었다. 이것으로 그도 공을 세웠으니 치하를 받을 수 있다.

"여, 여기 한 명! 자, 잡았습니다!"

여전히 헉헉거리는 목소리로 외친 벤스는 곧 그곳에 당도한 기사 한 명과 병사 둘의 모습을 보고 어깨를 폈다.

그의 주위에는 이교도 말고도 한 명의 동료가 쓰러져 있기는 했지만, 기사는 쓰러진 병사에게는 눈길조차 주지 않고 그의 어깨를 툭툭 쳤다.

"훌륭하군. 자네 이름이 뭐지?"

"베, 벤스입니다."

"알았다. 기억해두도록 하지. 다른 병사와 짝을 이루어 수색 작업을 마저 하도록 하게. 그래, 자네가 벤스를 따라가도록 하게."

기사는 옆에 있던 병사 한 명에게 벤스를 따라가라는 지시를 내렸다.

곧 두 명의 병사가 다시 수색 작업에 들어가자, 기사는 입가에 있던 미소를 지웠다.

벌써 휘하의 수하들을 꽤나 잃은 상황이었다.

"이교도 주제에…… 이 정도 실력을 가지고 있는 놈들이 있다니……."

기사는 아직까지도 가슴에서 울컥울컥 피를 흘리면서 간헐적으로 떨고 있는 이교도를 내려다보다가 그대로 가슴팍을 걷어찼다.

"끅!"

죽어가던 그는 고통에 일그러진 얼굴로 꺽꺽거리는 소리를 내다가 이내 고개를 떨어뜨렸다.

이교도는 마력을 다룰 줄 아는 실력자였다. 그리고 그 얘기는 기사급에 이르는 실력자라는 얘기다. 통상적으로 기사급의 실력자가 훈련받은 병사 다섯에서 많게는 열 명까지도 상대하는 경우가 흔히 있음을 생각할 때, 병사 하나를 잃고 적의 실력자를 잡은 것은 분명히 이득이었다.

그러나 이미 이전에 놈들에게 휘하의 기사 다수가 죽은 것을 생각하면 그것이 딱히 그렇지만도 않은 실정이었다. 게다가 아직 중심인물이 잡히지 않고 있었다.

'……부지부장, 그리고 놈의 보좌관이 잡히지 않았다.'

일일이 살피고 있음에도 불구하고 아직까지 발견되지 않은 것을 보면 대단한 집념이 아닐 수 없었다.

"어디까지 도망칠 수 있는지 두고 보겠다."

"대장님! 또 한 명 잡았습니다."

들려오는 부하의 목소리에 정신을 차린 그는 급히 그리로 뛰어갔다. 이번에야 말로 부지부장, 혹은 놈의 보좌관이길 기대하면서 말이다.

그러나 그의 기대는 여지없이 빗나갔다.

벌써 산의 제법 높은 곳까지 올라온 상황이었다.

"부지부장으로 알려진 놈이 상처를 입은 것은 확실한 것이냐? 어떻게 아직도 안 잡힐 수가 있지?"

"그것은 확실합니다만…… 그 부지부장으로 알려진 이교도의 실력도 제법 출중한지라……."

"쯧! 절대로 잡아 죽여야 한다. 곁가지들은 쳐내봐야 의미가 없어. 이번에 대대적인 이교도 토벌에 관한 이야기가 위에서 내려온 만큼, 일을 제대로 처리해야 한단 말이다."

"예, 물론입니다. 조금만 기다리십시오. 곧 잡힐 것입니다."

힘차게 대꾸한 또 한 명의 기사는 고개를 수그리고는 앞으로 나아가면서 병사들을 더욱 다그쳤다.

"빨리 찾아내야 한다! 놈들을 잡아내는 이들에게는 후한 상이 내려질 것이며, 만약 못 찾을 시에는 찾아낼 때까지 이곳에서 몇 날 며칠을 보내야 한다는 사실을 기억하도록!"

그의 말이 곳곳에 울려 퍼지자 병사들의 눈에 독기가 어리기 시작했다. 이런 곳에서 몇 날 며칠을 보내는 것은 결코 하고 싶지 않은 일이었다. 길이 평탄치 못해 이렇듯 돌아다니는 것만 해도 힘든 상황인데, 노숙까지 한다는 것은 끔찍했다. 지금은 다수가 활발하게 움직이고 있어 보이지 않지만 분명히 몬스터도 출몰할 터였다.

그런 불안과 함께 절대로 찾겠다는 의지가 이들 사이로 퍼지고 있을 때였다.

"으아아아아악!"

콰앙!

비명이 울리고, 갑자기 오른쪽 편에서 폭발이 일어났다.

"무, 무슨 일이냐! 상황을 보고해!"

"흙먼지 때문에 잘 보이지 않습니다!"

"몬스터인가!"

그리고 그 순간, 흙먼지를 뚫고 검붉은색이 감도는 빛줄기가 쏘아져 나왔다.

그것을 보자마자 기사들은 즉각 몸을 날렸다.

콰앙!

"마, 마법사가 있다!"

"마, 마법사?"

마법사가 아군을 공격한다는 사실에 병사들의 표정이 창백해졌다.

"마법사라니?"

"조, 조금 전부터 전방에서 누군가가 아군을 공격하고 있다고 합니다."

콰앙!

다시 거친 폭발음이 들리자 기사 대장의 얼굴이 일그러졌다.

"이런 빌어먹을……. 설마, 이교도들이 이곳에 둥지를 틀고 있었던 것인가?"

"어, 어떻게 하시겠습니까?"

이교도가 마법사를 대동하고 있다는 것과 이곳이 놈들의 본거지라는 게 사실이라면 이 정도 병력으로는 그들을 상대하기에 어림도 없을 터였다.

하지만 그렇다고 해서 아무것도 제대로 확인하지 못하고 물러날 수는 없었다.

"마법사가 몇 명이나 되는지, 또 적의 규모가 어느 정도인지 알아봐!"

"예!"

서둘러 달려 나가는 보좌관의 모습을 보면서, 그는 쯧쯧 혀를 찼다. 그의 입가에는 묘한 미소가 떠올라 있었다.

'이거, 생각보다 공을 크게 챙길 수 있을지도 모르겠어.'

콰콰쾅!

조금 전까지의 소리보다 더욱 요란한 폭발음이 울려 퍼졌다.

"흙먼지가 전방에 자욱하게 퍼지는군."

"저희들이 확인하도록 하겠습니다."

"아니야. 자네들을 잃을 수는 없다."

"대장님……."

그의 주변에 서 있는 기사들의 얼굴에 감격스러운 빛이 떠올랐다. 그러나 기사 대장은 만약 적들의 규모가 상당할 경우 자신이 이곳에서 빠져나가기 어려우리란 것을 계산하고 있었다.

'네놈들이 모두 죽으면 자칫 나까지 위험할 수 있으니 말이야.'

그때, 전방의 수풀을 헤치면서 그새 흙먼지로 지저분해진 얼굴의 보좌관이 모습을 드러냈다.

"헉헉!"

"무슨 일인가? 적의 규모는 어느 정도나 되지?"

"저, 적은……."

"빨리 말하라!"

"적은…… 다, 단 한 명입니다."

"뭐, 뭣이……?"

기사 대장의 얼굴이 일그러졌다. 그리고 그것은 주위 기사들 역시 마찬가지였다.

"그게 무슨 말인가?"

"한 명이라니?"

"마법사 한 명이 지금 이 정도 폭발력을 지닌 마법을 연사하고 있다는 얘긴가?"

"마, 마법사가 아닌 듯싶습니다."

보좌관이 굳은 얼굴로 대답하자 다시 기사들이 얼굴을 찌푸렸다.

"마법사가 아니라니?"

"거, 검사였습니다."

"거, 검사……?"

"설마……."

기사들이 기묘한 표정을 짓고 있을 때, 기사 대장이 눈살을 찌푸렸다.

"한 명인 건 확실하겠지?"

"예!"

"놈의 행색은?"

"검은 후드와 로브로 모습을 감추고 있었습니다. 그리고…… 칠흑색의 기괴한 검을 들고 있었습니다. 검신이 물결 형식으로 단 한 번도 보지 못한 양식의 검이었고, 얼핏 보기에 가드(칼날받이)가 없는 듯싶었습니다."

"……정말 기괴한 검을 들고 있군. 그런 검으로 무슨 싸움을 할 수 있단 말인가? 아무래도 놈은 우리를 교란시키려고 하는 것 같군."

검사가 발출하는 마력이라고는 상상도 할 수 없을 정도의 파괴력이었다.

"놈은 마법사일 것이야. 아무래도 놈이 시간을 끌고, 후방에서 지원을 하는 식의 교란 작전 같은데……. 놈, 순순히 놀아줄 생각은 없다. 당장 전방으로 간다! 병력을 산개시키면서 삼중 사중으로 포위해!"

"옛!"

한편, 마법사로 오인받은 라트는 조금도 물러서지 않는 적들을 보면서 눈살을 찌푸리고 있었다.

'멍청한 것들……. 주제 파악을 못하는군.'

라트의 눈이 점차 차갑게 굳어갔다.

그 순간, 마력의 폭풍이 일어나면서 뜨거운 열풍이 퍼져 나갔다.

"으윽!"

"무, 무슨!"

"놈은 마법사다! 틈을 주지 마라!"

병사들이 동요하는 순간, 그들의 뒤쪽에서 낮고 굵직한 명령이 울려 퍼졌다.

'마법사?'

라트의 얼굴에 일순 비웃음이 어렸다.

하지만 곧 그들 사이에서 뛰쳐나온 이십 대 후반의 장정들을 본 순간, 그 웃음은 지워졌다.

그들이 무의식중에 풍기는 마력, 그리고 검을 든 자세에서 느껴지는 상당한 위압감이 라트를 짓눌러오고 있었다.

『오래간만이군.』

지크로트가 소름끼치는 목소리로 웃었다.

"……그렇군."

『자, 한번 보여다오. 그동안 복수를 위하여 쌓은 너의 힘을 말이야.』

지크로트가 재촉하지 않아도 그럴 셈이었다. 신관이든 아니든, 교단의 명령을 들으며 자신의 앞을 막고 약자들을 핍박하는 놈들은 결코 살려두지 않을 것이다.

칠흑의 검에서 검붉은 기운이 넘실넘실 피어올랐다.

쿠웅-!

"이, 이건……."

"이, 이럴 수가……!"

주위를 짓누르는 어마어마한 마력에 기사들의 얼굴이 새하얗게 질렸다. 이 정도의 마력이라면 자신들은 상대도 안 될 터였다.

그리고 기사들이 주저하는 사이, 검붉은 기운은 이내 빛무리처럼 그의 검에 얽히기 시작했다. 그리고 그것을 본 순간, 기사들과 병사들의 신음성이 터져 나왔다.

"허억!"

스스스.

라트의 몸이 미끄러지듯 쏘아져 나갔다.

카아앙!

"크으윽!"

라트의 검을 받은 기사가 그대로 뒤로 밀려나면서 입에서

핏물을 토했다. 조금 전의 공격으로 그의 몸 내부에 침투한 라트의 마력이 본래의 마력과 얽혀들면서 통제를 벗어나 날뛴 것이다.

"이, 이런 빌어먹을 놈이!"

카아앙! 카캉!

기사들의 공격은 강인했고 또 매서웠다. 예전의 라트였다면 그들의 공격을 받으면서 있는 대로 마력을 폭발시키는 방식으로 대응했을 터였다.

사선으로 베어오는 검이 기형검의 물결치는 칼날 부분에 막히면서 힘이 분산되었다.

"이익!"

검의 특수성 때문에 합격이 먹히지 않는다고 생각했는지, 그들은 이내 일정 거리를 두고 차륜전을 펼치기 시작했다. 수의 우위를 살려 한 명씩 상대하다 빠져 휴식하기를 반복했다. 그렇게 시간이 지날수록, 그들은 처음에 느꼈던 엄청난 위압감과는 달리 상대가 생각보다 그렇게 엄청나지는 않다는 생각을 하고 있었다.

'우리들에게는 까마득하게 벅찬 상대지만……'

'느꼈던 마력에 비해서 검술의 기교나 움직임은 그 수준에 못 미친다.'

기사들의 생각대로, 라트는 이들을 상대하는 것이 생각 이상으로 불편하다는 느낌을 지울 수가 없었다.

일단 그가 봉그리드 외에는 대련 상대가 없던 탓에 다수와의 대련을 해보지 못했다는 데서 오는 경험 부족이 첫 번째, 그리고 봉그리드가 말한 대로 힘을 쓰는 요령을 아직까지 깨우치지 못했다는 것이 두 번째 이유였다. 마지막으로 빨리 결판을 내지 못하는 것 때문에 초조해하고 있다는 것이 세 번째 이유였다.

'빌어먹을…… 이런 놈들에게…….'

"쯧!"

혀를 찬 라트는 검신에 마력을 응축시키는 대신 검과 오른손에 마력을 집중시키기 시작했다. 억제되고 있던 마력은 탈출구라도 찾은 듯이 오른손으로 빨려 들어갔다.

다시 주위를 압도하는 어마어마한 마력이 느껴지자 기사들이 얕보던 마음을 다잡고 긴장의 끈을 조였다. 맨 처음 일격을 받은 기사의 움직임이 제일 둔한 것을 생각하면 정면 대결만은 절대로 피해야 했다.

"교단의 개들이 설치는 것도 여기까지다."

그리고 그 순간, 지극히 수동적이고 방어적인 움직임을 보이던 라트의 검술이 형태를 달리하기 시작했다. 조금 전의 섬세한 검술과는 또 다른, 지극히 파괴적이고 폭발적인 호선을 그리면서 그들을 압도했다.

카아앙!

"컥!"

그의 검을 받아낸 기사 하나가 울컥 피를 토했다. 미처 마력의 흐름을 읽지 못한 기사가 라트의 검을 정면으로 막아낸 것이다.

그 순간을 라트는 놓치지 않았다.

다시 한 번 화력을 높이듯 마력을 밀어 넣자 검의 검붉은 기운이 더욱 선명해지더니 이내 부르르 떨리며 일렁였다. 그리고 기운이 일렁인 그 자리에 지크로트와 같은 형상을 한 검이 생겨나기 시작했다.

"저, 저게 무슨……."

경악할 만한 광경에 기사 하나가 신음을 낸 순간, 검붉은 기운으로 만들어진 검이 그 기사의 몸을 그대로 꿰뚫었다.

"끄륵……."

피를 뿜으며 뒤로 쓰러진 기사의 몸에는 다섯 개의 검상이 나 있었다.

"이, 이교도가 감히!"

"뭐, 뭣들 하고 있나! 놈을 죽여야 한다!"

뒤쪽에서 들리는 명령에 손 놓고 있던 병사들이 흉흉한 얼굴로 라트에게 다가갔다. 이제 기사들과 라트의 싸움이 아니라 거기에 병사들까지 합세한 것이다.

"버러지 놈들이……."

라트의 눈이 살의로 번뜩였다.

지크로트가 호선을 그리며 대기를 가르고, 곧이어 폭발음이 터졌다.

콰앙!

"크윽!"

또 한 명이 라트에게 팔이 잘려나갔고, 곧 상체가 갈기갈기 찢겨 대지에 나뒹굴었다.

"히이익!"

슬슬 압도적인 라트의 실력에 공포를 느꼈는지 도망가는 병사들이 생기기 시작했지만 기사들은 전혀 물러날 기색이 없어 보였다.

"네놈을 죽이지 못한다면 이 나라의 정의는 죽고 말리라."

"광명의 신께서 우리를 비추고 계신다!"

신을 찾는 그들의 태도에 라트는 분노가 치밀어 오르는 것을 느꼈다.

"내 앞에서 그 더러운 신의 이름을 나불거리지 마라. 네놈들의 신은 이 나라에 횡행하는 악행조차 그저 방관하고 있는 진정한 악마다!"

"이, 이런 처 죽일 놈!"

"용서하지 않겠다!"

라트의 말에 기사들의 얼굴이 하나같이 시뻘겋게 달아올랐다. 그리고 분기에 차 실로 매섭게 돌진했다.

카앙!

기사들의 검을 막으니 그들의 검에서 유형화된 마력의 빛이 부스러져 흩어지는 것이 보였다.

그러나 실력으로나 마력의 양으로나 그들은 라트의 상대가
아니었다. 기형검으로 힘을 흘려보낸 라트는 날아드는 검을
피해 몸을 낮췄다가 그대로 검을 쓸어 올렸다.

쓰거걱!

촤아아아아악!

"끄아아아아아아악!"

복부부터 얼굴까지 단번에 베인 기사 한 명이 그대로 나뒹
굴었고, 그 모습을 감상할 새도 없이 라트의 검은 큰 공격을
펼친 탓에 잠시 방어가 허술해진 기사의 몸을 향해 날아들었
다.

카앙!

"끄으으윽……."

"……!"

단번에 도륙 낼 생각으로 마력을 제법 실은 공격이었다. 무
엇보다 무너진 자세로 막을 수 있을 만큼 만만한 속도도 아니
었다. 그런데도 라트의 검은 막혔다.

그의 검을 막은 이는 후방에 있던 기사였다.

'맨 처음 공격을 받아냈던…….'

기사는 이제 하얗게 질린 얼굴로 울컥울컥 검은 피를 토하
고 있었다. 한 번도 아니고 두 번이나 라트의 공격을 정면에서
막은 것이다. 요동치는 마력을 막아낼 여력마저 잃어버린 기

사는 그대로 절명했다.

그리고 그가 만들어낸 찰나의 기회를 기사들은 놓치지 않았다.

사악!

"크윽!"

오른쪽 옆구리와 왼쪽 팔뚝을 베인 라트는 급히 뒤로 물러났다.

최대한 몸을 뺀다는 것이 늦은 모양이었다. 꽤 깊이 베인 듯, 옆구리의 화끈한 고통에 라트는 분노가 치솟는 것을 느꼈다.

"건방진 놈들이……."

그의 두 눈이 벌겋게 달아올랐다. 그 순간, 열풍이 거칠게 주위로 몰아쳤다.

라트가 한계까지 개방한 마력 앞에서 기사들은 하얗게 질린 얼굴을 하고 몸을 덜덜 떨었다.

그리고 라트가 마력을 밀어 넣은 순간, 그의 마력을 집어 삼킨 칠흑의 검에서 시뻘건 안개가 주위를 짙게 잠식하다가 곧 여러 개로 쪼개지면서 덩치를 키워가기 시작했다. 이윽고 라트의 마력을 한계까지 빨아먹은 유형의 검 다섯 자루는 어떠한 형태로 바뀌어 라트의 주위에 모여 있었다.

그것은 마치 거대한 손아귀 같은 모습이었다.

"이, 이럴 수가……. 아, 악마가 나, 나타났다……."

그들이 마지막으로 내뱉은 말이었다.

라트가 내리친 지크로트의 궤적을 그대로 따라간 손아귀는 단숨에 그들 전부를 집어삼켰다.

쿠콰아앙-!

주위의 땅이 요동치면서 흔들렸다.

그들을 삼킨 시뻘건 안개는 이내 천천히 사그라지고, 주위를 짓누르던 마력도 온데간데없이 사라졌다. 한계까지 폭발시킨 마력이 자연으로 흩어진 것이다.

"으아아아아악!"

"아, 악마다! 악마였어!"

병사들의 비명 소리가 울려 퍼지는 가운데, 라트는 거친 숨을 몰아쉬었다. 마지막에는 냉정을 잃어서 마력 조절에 실패했다. 한계까지 마력을 뽑아낸 탓에 그의 온몸은 피로에 찌들어 있었다.

"흐으음······."

왼손으로 옆구리에 손을 댄 라트는 욱신거리는 고통에 얼굴을 일그러뜨렸다. 그리고서 신음성이 섞인 혼잣말을 토했다.

"다 죽여야 되는데······. 이곳이 알려져서는······."

"멍청한 녀석."

익숙한 목소리가 뒤쪽에서 들리자 라트는 천천히 고개를 돌렸다.

"그딴 이도저도 아닌 이상한 검술을 바리엘 분검식이라고 할 수는 없다."

"……저도 알고 있습니다."

"겨우 기사 일곱에 쩔쩔매다니……. 2년이 지난 지금도 네 놈의 성장 순서는 아주 엉망이다."

봉그리드가 한심하다는 듯 혀를 차면서 그에게 다가왔다. 그리고 옆구리의 상처를 보면서 인상을 찌푸렸다.

"이 정도 상처까지 입다니. 네놈이 그 악마와 계약만 안 했어도 이미 내장을 쏟으며 죽었을 거다."

"……"

라트는 아무 말도 하지 않았다.

『오랜만의 싸움, 그 결과는 그리 좋지 않지만, 썩 나쁘지도 않군. 이쯤이면 슬슬 날뛰어도 괜찮지 않을까 싶은데 말이야. 네놈의 궁극적인 목표를 생각해.』

악마의 속삭임을 들으면서 라트는 주위를 살펴보았다. 그의 손에 죽어나간 기사들과 병사들 십여 명의 흔적이 곳곳에 보였다.

오랜만에 맡는 피비린내.

잠깐 잊고 있었다. 자신이 걸어야 할 길은 이런 분노와 원한, 그리고 허무로 일그러진 길이었음을 말이다.

라트는 싸늘한 얼굴을 하고 자신의 얼굴에 묻은 피를 왼손으로 거칠게 닦았다.

"뭘 하고 있어? 상처도 제대로 봐야 되고, 몸도 씻어야 할 것 아니냐!"

봉그리드가 앞서 걸어가며 심기 불편한 목소리를 냈다.

라트는 다시금 이곳에서 벌어진 싸움을 떠올린 뒤 이내 봉
그리드를 따라 발걸음을 옮겼다.

제4화
준동

Holy War

"이, 이럴 수가······."

"지, 지금······."

텔리시아가 갑자기 모습을 감춘 뒤부터 조심히 산의 아래를 살피고 있던 부지부장과 제리카는 곧 엄청난 폭발음과 함께 흙먼지가 사방으로 튀어 오르는 것을 보고 비명이 울려 퍼지는 것을 들었다.

그렇게 얼마나 시간이 흘렀을까. 갑자기 산 위에서도 확연하게 보일 정도로 크고 사악한 기운이 어떤 형태를 잡기 시작했고, 그것은 이내 한곳으로 쏠려간 뒤 폭발을 일으켰다.

그리고 더 이상 접전은 없었다.

"그, 그게 무엇이라고 생각하십니까?"

"자네씩이나 되는 사람도 모르는 걸 어찌 내가 알겠는가?"

부지부장의 얼떨떨한 대꾸를 들으면서 제리카는 눈앞에서 벌어진 것이 믿기지 않는다는 표정을 지었다. 그러나 머리로는 절대로 저자를 놓쳐서는 안 된다는 생각을 하고 있었다.

'저렇게 엄청난 사람이 은십자 기사단에 들어온다면……'

큰 출세욕이 없는 제리카라고 해도 저런 실력자를 끌어들인 공을 위에서 무시하지는 않을 것이라는 생각이 들었다.

"저 사람이 어떤 사람인지는 모르겠지만, 은십자 기사단에 끌어들여야겠습니다."

"으음, 그래야겠지……."

고통에 찬 신음성을 내뱉은 부지부장을 본 제리카는 입술을 깨물었다.

"많이 고통스러우십니까?"

"으음…… 그렇군. 하지만 별다른 방법도 없으니 큰일 났군……."

앞으로 여기에 얼마나 더 숨어 있어야 할지 알 수 없는 상황이었다. 도시와 떨어진 산속에서 제대로 된 치료를 할 수 있을 리가 없었다.

그때, 바람이 불었다.

"이자들이군."

"……누, 누구!"

제리카는 목소리와 함께 뒤쪽에서 돌연 나타난 두 명의 남자를 보면서 긴장한 기색을 감출 수 없었다.

한 명은 아까 전에 본 얼굴로, 그때와는 달리 지친 기색이 역력하고 얼굴에 피도 묻어 있었다.

'저, 저자가…… 저자가 추격자들을 모두…….'

그리고 그와 함께 나타난 다른 한 명은 단 한 번도 보지 못한 얼굴이었지만, 제리카는 그도 결코 범상한 사람이 아님을 무의식중에 느끼고 있었다.

"다, 당신은 누구십니까?"

"그러는 네 녀석은 누구냐?"

입이 걸걸한 상대의 말에 제리카는 당황한 표정을 지우지 못했다. 머리카락을 꼿꼿이 세운 이상한 외관을 한 삼십 대 초중반의 남자는 무거운 시선으로 자신을 내려다보고 있었다.

"저는……."

상대는 적어도 교단의 사람은 아니다.

"이, 이보게……."

"괜찮을 겁니다, 부지부장님. 저 사람들은 교단의 개들과 싸우지 않았습니까? 다시 말하면 저희를 살려준 겁니다."

부지부장이 핏기가 가신 얼굴로 불안한 표정을 지었지만, 제리카는 눈앞의 두 사람이 이미 자신들의 생사여탈권을 쥐고 있다는 생각을 하고 있었다. 그리고 반대로 이는 기회가 될지도 모른다는 생각도 말이다.

"저는 은십자 기사단의 제3십자대 소속, 지르바 지부 부지부장 보좌인 제리카 리튼이라고 합니다."

"은십자 기사단?"

봉그리드와 라트의 눈이 날카로워졌다.

"은십자 기사단이라면 교단에 반하는 세력일 텐데, 어째서 이곳으로 도망치고 있었지? 이쯤이면 분명히 저 아래의 화전촌을 보았을 텐데?"

봉그리드의 서슬 퍼런 힐난에 제리카는 절로 몸이 움츠러드는 걸 느꼈다. 라트가 풍기던 힘과 같은 압박은 조금도 없었지만, 그에게서는 형용하기 어려운 분위기 같은 것이 있었다. 그 때문에 제리카는 봉그리드와 나이 차이도 얼마 나지 않을 것이라는 생각을 하면서도 깍듯한 태도를 취하고 있는 것이다.

"예, 보았습니다."

"화전민들이 병사들에게 발견되면 어떻게 되는지, 설마 모르고 있었다고는 하지 않을 테지. 은십자 자유 기사단이라고 자신을 일컫는 자들이 주로 하는 일들이 낙인자 해방이 아닌가?"

"……저희에게는 선택의 여지가 없었습니다."

"선택?"

"……예, 뒤늦게 이런 곳에 화전촌이 있다는 사실을 알았으나, 이미 많은 단원들이 아실반 산맥에 숨어든 상태였습니다."

"뒤늦게? 모르고 있었다는 것인가?"

"다, 당연한 일이 아니겠습니까. 저희는 은십자 기사단의 단원입니다. 이 나라와 부패한 교단이 행하고 있는 악업을 뿌리 뽑고자 하는 이념으로 뭉쳤단 말입니다."

제리카의 분기탱천한 대꾸에 봉그리드의 입가에 싸늘한 조소가 떠올랐다.

"그렇게 대단한 은십자 기사단이 어째서 그런 선택을 한 것인가? 끝까지 화전민들을 지키고자 하는 것이 아니라, 어째서 어쩔 수 없었다는 변명을 하고 있는 것이냐 말이다."

부지부장의 얼굴이 꺼멓게 죽어갔다. 결단을 내리지 못하고 있던 제리카에게 내려가야 한다고 말한 사람은 바로 그였던 것이다.

제리카는 억울하다는 듯 악에 받친 소리를 냈다.

"저희들이 이곳에서 싸우다가 죽었다면 저들이 무사할 수 있었겠습니까?"

"……."

"만약 그랬다면 저는 싸웠을지도 모르겠습니다. 설사 이곳에서 죽는 한이 있더라도 말입니다."

제리카의 이글거리는 시선을 받아내는 봉그리드의 눈동자는 담담하게 변해 있었다.

"하지만…… 절대 그렇지 않을 겁니다. 약자에게는 한없이 잔인하고 집요한 놈들입니다. 놈들은 이 산맥을 샅샅이 뒤질 테고, 결국 저 화전촌을 발견하겠지요."

봉그리드는 침묵했다. 그러나 이번에는 라트가 나섰다.

"그렇다고 해서 네놈들이 하려던 짓이 용서받을 수 있는 일인 건 아니야. 저 마을 사람들은…… 낙인자가 될 뻔했어."

"……."

제리카는 가만히 있던 라트가 나서며 눈동자를 불태우자, 입을 다물었다.

'분명히 마을 사람들은 도망쳤겠지만…… 모두가 그들의 손아귀에서 온전히 도망칠 수는 없었겠지.'

하지만 제리카는 다시 한 번 같은 상황에 처한다고 해도 모두 구하지 못하는 것보다는 소수나마 구하는 길을 택할 것이다. 그래서 부지부장의 뜻을 따른 것이고 말이다.

"당장 이곳에서 꺼져. 이곳의 평화를 더 이상 깨지 말란 말이다."

라트가 도저히 용서할 수 없다는 듯 분노를 불태웠다.

'화전민이었나.'

봉그리드는 어느새 라트를 가만히 살피고 있었다. 라트가 이렇게 악의를 짙게 품은 것은 실로 오랜만의 일이었다. 봉그리드의 유쾌한 성격에 그간 라트의 성격은 조금씩 둥글게 감화되어가고 있었던 것이다. 헌데, 이번 일이 라트의 가슴 깊은 곳에 잠들어 있던 무언가를 건들고 만 게 틀림없었다.

잠깐 침묵이 내려앉은 가운데, 한쪽에서 텔리시아의 여유로운 목소리가 들렸다.

"저 사람 죽어가고 있는데, 괜찮은 거야?"

그제야 부지부장의 상태를 확인한 라트의 날카로운 눈이 조금 부드럽게 변했다.

왼쪽 팔뚝에 급하게 천을 휘감고 묶어 두었지만, 출혈이 심해 붉은 피가 계속 흐르고 있었다. 출혈이 얼마나 계속되었는지, 부지부장이라고 불린 사내의 얼굴은 핏기가 하나도 없이 창백했다.

"부지부장님, 정신 차리십시오."

"으음…… 머리가 찔한 것이…… 아무래도 여기까지인가 보군……."

"그, 그런 말씀 마십시오!"

"제 보좌관은 심성이 올곧은 사람입니다. 저 마을로 내려가자는 말은 원래 제가 먼저 꺼낸 것이고, 그는…… 그저 따른 것일 뿐입니다……."

"무, 무슨 말씀을 하시는 겁니까? 부지부장님, 그건 제 뜻이기도 했습니다. 저는 다시 그 순간으로 돌아가더라도 같은 선택을 할 겁니다."

"뭣이?"

라트가 분노로 일그러진 눈으로 그를 노려보았다.

그런 그의 태도를 보면서 오히려 제리카의 눈빛이 싸늘하게 가라앉았다.

"……저는 당신처럼 강하지 않습니다."

"……."

"저는 당신처럼 그렇게 엄청난 힘을 가지고 있지 않으니까, 가장 합리적인 선택을 할 수밖에 없는 겁니다. 그리고 부지부장님 역시 마찬가지입니다. 이곳으로 도망친 것은 실로 어쩔 수 없는 일이었고, 이 앞에 화전촌이 있다는 것은 저희가 예상하지 못한 불행이었습니다. 바로 뒤에서 교단의 병사들이 추격해오고, 앞으로는 화전촌. 그런 상황에 이곳에서 멈춰서 싸운들 도대체 무엇이 달라진단 말입니까? 화전촌은 병사들의 손에 유린당할 것이고, 저희는 이곳에서 개죽음을 당할 겁니다. 그게 옳단 말입니까?"

제리카의 말에 라트는 주먹을 말아 쥐었다.

"……적어도 저희가 화전촌에 가서 병사들이 이곳에 오고 있음을 알린다면…… 모두는 아니더라도 몇 명은 구할 수 있었을 겁니다."

"멋대로 떠드는군. 어쩔 수 없었다느니, 이미 벌어진 일이라느니…… 그따위 말이나 지껄이면서 타인의 삶을 짓밟아도 된다고 생각하는 모양이지? 네놈들이 이 나라의 더러운 교단과 무엇이 다르단 말이냐!"

라트의 검에서 검붉은 기운이 솟구치기 시작했다.

"그만둬. 이성적으로 생각해."

봉그리드의 제지에 라트가 몸을 부들부들 떨었지만, 곧 고개를 돌렸다.

제리카도 천천히 다시 부지부장에게 시선을 돌렸다.

"부지부장님, 정신 차리십시오."

하지만 부지부장은 정신을 잃은 채 축 늘어져 있었다.

봉그리드는 그의 모습을 지켜보다가 어쩔 수 없다는 듯 말했다.

"이럴 게 아니라 마을로 가지."

"그들은 외지인이란 말입니다!"

라트가 믿을 수 없다는 듯 고함을 내질렀다.

"멍청한 녀석. 진정해. 우리도 처음에 이곳에 왔을 때는 외지인이었어. 그 사실을 잊은 거냐?"

"저런 놈들과 우리가 같단 말입니까?"

"라트, 이 멍청한 녀석아. 냉정하게 생각하란 말이다. 감정이 가는 대로만 행동해서는 아무것도 할 수 없어. 냉정하게 생각해라. 저들 또한 너처럼 교단에 대항하는 자들이라는 것을 어째서 모르는 거냐?"

"……."

라트는 이를 악물었다. 그는 제리카와 같은 생각은 할 수 없었다. 그는 한때 화전민으로 살다가 모든 것을 잃었기 때문이다. 그렇게 쉽게 냉정한 판단을 내릴 수 없었다.

"제리카라고 했나? 자네가 그 사람을 엎도록 하게. 당장 마을로 가지. 전문적인 치료는 할 수 없지만, 그래도 이런 곳에서 죽어가도록 놔둘 수는 없는 일이니."

"가, 감사합니다……."

봉그리드에게 고개를 수그린 제리카는 여전히 이를 악문 채 분노를 불태우는 라트를 힐끗 쳐다본 뒤 부지부장을 엎고 산을 내려갔다.

봉그리드도 그의 뒤를 따르다가 잠깐 멈춰 라트에게 말했다.

"좀 진정되면 마을로 와라."

여느 때와는 다른 냉정한 말을 듣고 그곳에 남은 라트는 그대로 지크로트를 땅에 박았다.

푹!

깊숙이 박힌 검을 보면서 라트는 이를 갈았다.

"빌어먹을……."

"라트, 뭐가 그렇게 무서운 거야?"

"닥쳐! 난 그저…… 화가 나서 참을 수 없을 뿐이야."

"뭐가 그렇게 화가 나는데?"

텔리시아가 천천히 다가와 부드러운 목소리로 그를 달랬다. 그의 불안한 마음을 대변하듯 조절되지 않은 마력이 불안하게 뿜어져 나오고 있었다.

"2년 동안…… 무엇 하나 바뀌지 않은 이 나라, 이 세상이 너무나도 증오스러워서 참을 수가 없어."

"무언가 바뀔 거라고 생각했어?"

"길다고 하면 긴 시간이었어. 어째서 저 마을 사람들은 저렇게 숨어 살아야 되는 거지? 평범한 사람들이야. 전염병에 걸린 사람들도, 장애를 가진 사람들도 아니야. 그냥 평범한 사람들이라고!"

"그래, 그저 세금을 낼 여력이 되지 않아서 도망친 사람들이야. 그저 그것뿐이야. 그리고 그것 때문에 그들은 잡히면 낙인자가 되는 거야. 너처럼."

텔리시아의 말이 비수처럼 그의 가슴을 쑤시자 상처가 불타는 듯이 욱신거렸다.

세찬 바람이 불어왔다. 라트의 머리칼이 휘날렸다. 그리고 그의 얼굴에 떠올랐던 분노도 조금씩 그 모습을 지워갔다. 사라진게 아니다. 보이지 않게 가슴속으로 스며들고 있는 것이다.

"······잠깐 잊고 있었어. 아니, 잊으려고 했는지도 모르지."

"······."

화를 내고 있을 때보다 더 좋지 않은 반응이었다. 텔리시아의 얼굴이 측은하게 바뀌었다.

"오르베니를 잠들지 못하게 하고서 얻은 힘이야. 그리고 복수를 하기 위해 스승님의 아래에서 정진해온 거야. 그런데 나는 그저 2년이라는 시간이 흘렀으니까 세상이 바뀌었기를 안이하게 소망하고 있던 거야."

"······네가 이제 오르베니를 잊었으면 좋겠어."

"잊으라고? 아니, 절대 못 잊어. 잊을 수도 없고, 잊지도 않을 거야. 고통 속에 죽어간 오르베니, 그리고 나 때문에 악마에게 사로잡힌 불쌍한 오르베니······."

"라트······."

담담한 라트의 얼굴 위, 검은 눈동자에 다시금 예전과 같이 한없이 고독하고 차가운 빛이 어리기 시작했다.

　"모든 것을 부수고 없애기 전까지는 쉬어서는 안 돼. 난 악마니까. 악마라면 이 세상에 혼돈을 가져와야지."

　"넌 악마가 아니야."

　텔리시아의 단호한 말에 라트가 자조했다.

　"……우습군. 악마에게 악마가 아니라는 위로를 받다니."

　"세상에 나갈 거야?"

　텔리시아는 조심스럽게 물었다. 묻는 이가 이미 돌아올 대답을 알고 있는, 그런 어리석은 질문이었다.

　"그래."

　라트가 천천히 바람이 불어오는 저 산 너머로 시선을 돌렸다.

　"……할 일을 잊어서는 안 되겠지."

　아실반 산맥의 깊은 산속에 있는 화전촌은 지금 느닷없이 나타난 두 명의 새로운 외지인 때문에 난리가 난 상황이었다. 그나마 다행인 것은 마을의 구세주인 봉그리드가 옆에 있었기 때문에 마을에는 무거운 분위기가 감돌긴 할지라도 별일이 일어나지는 않았다.

　"봉그리드 님…… 도, 도대체 저 자들은 누, 누구입니까?"

　"보면 모르겠나? 외지인이지."

　"그, 그런 걸 묻는 게 아니지 않습니까……."

사십 대의 젊은 마을 촌장이 겁에 질린 얼굴로 그렇게 묻자 봉그리드가 살짝 웃었다.

"은십자 자유 기사단이라고 하면 혹 알겠는가?"

"허억……!"

촌장의 얼굴이 창백하게 질렸다. 체구가 왜소한 촌장은 가엾게도 파들파들 떨고 있었다.

"보, 봉그리드 님…… 그, 그게 도대체 무슨 말씀이십니까? 예? 아이고…… 도대체 왜 그러십니까."

당장이라도 울 것처럼 손을 싹싹 비는 촌장을 보면서 봉그리드의 눈이 측은해졌다.

"저희는 이제 어디로도 못갑니다. 여기가 마지막입니다. 예? 봉그리드 님, 제발 부탁드립니다. 이제 이곳 사람들…… 그 어디 갈 곳도 없습니다."

촌장은 아예 무릎을 꿇고 싹싹 빌었다.

봉그리드는 그의 몸을 번쩍 일으켜 세웠다.

"이러지 말게."

"봉그리드 님, 안 됩니다. 으, 은십자 기사단 사람들은 안 됩니다……. 분명히 이 마을에 화가 미칠 겁니다."

"나도 잘 알고 있네. 하지만 아무래도 늦은 것 같네."

"그, 그게 도대체 무슨……."

"그건 제가 말씀드리겠습니다."

문을 열고 성큼성큼 다가온 제리카가 굳은 얼굴로 촌장에게

다가가 고개를 깊이 수그렸다.

"아, 아이고! 왜, 왜 그러십니까. 제발 이러지 마십시오."

"……잘 들으십시오. 이런 말씀을 전해드리는 것에 대해 정말 유감스럽게 생각합니다. 하지만 결코 저희들이 원해서 이런 일이 일어난 것이 아닙니다. 그렇다고 이 일이 저희 기사단과 전혀 무관하다고는 또 할 수 없습니다."

"도, 도대체 무슨 일이……."

제리카의 말에 촌장은 덜덜 떨 뿐 아무 말도 하지 못했다. 봉그리드, 그리고 외지인인 제리카의 태도를 보건대 일이 심상치 않은 것 같았다.

"조금 전, 바로 코앞까지 지르바 관령의 병사들이 들이닥쳤었습니다."

"어, 어째서……."

"간단하게 설명해드리겠습니다. 놈들이 저희 지부를 급습했고…… 저와 단원들 몇몇은 인적이 뜸한 아실반 산맥으로 도망을 가면 되겠다는 생각을 했습니다. 헌데, 이곳에 설마…… 화전촌이 있을 줄은……."

"아이고, 아이고……."

촌장의 얼굴에서 눈물이 뚝뚝 떨어지기 시작했다.

"어째서 이런 일이…… 어째서……."

"……죄송합니다, 촌장님."

촌장의 눈물을 본 제리카는 굳은 얼굴로 고개를 수그렸다.

그런 그의 태도를 보는 촌장의 눈에 독기가 어렸다.

"이, 이게…… 고작 그 죄송하다는 말로 끝날 일이란 말입니까? 이제 이 마을의 사람들은 다 어디로 가야 하는 것입니까!"

"으음…… 진정하게."

봉그리드의 말에도 촌장은 진정할 수 없었다.

"아, 아니요! 진정할 수 없습니다. 이제…… 이제 어떻게 하란 말입니까! 봉그리드 님, 분명 봉그리드 님께서 저희 마을 사람들을 구해주신 것, 감사하게 생각합니다. 봉그리드 님께서 이곳에 오시지 않았다면 분명히 마을 사람들은…… 습격해오는 몬스터들 때문에 더 큰 피해를 입었겠지요……. 하지만…… 하지만 이제 어떻게 해야……."

봉그리드는 이성을 잃은 촌장을 측은하게 바라보았다. 마을 사람들의 중심이나 다름없는 그가 이렇듯 이성을 잃는 것도 무리는 아니다.

한편, 제리카는 다른 의미로 얼굴이 새하얗게 질려 있었다.

'이, 이럴 수가…….'

그의 시선은 푸른 머리칼을 꼿꼿이 세우고 있는 덩치 큰 삼십 대의 남자에게 꽂혀 있었다.

그가 엄청난 실력자라는 사실은 만나자마자 눈치챘지만…….

'봉그리드…….'

그 이름을 그가 모를 리가 없었다. 검사라면, 검사라고 자처

하는 사람들이라면 적어도 한 번쯤은 들어봤을 이름이다.

'봉그리드 헬라스트롬!'

천검의 주인이라고 불리는 엄청난 실력자로, 보기 드문 마스터급의 실력자가 지금 그의 눈앞에 있는 것이다.

라트에 대한 생각은 온데간데없이 지워졌다.

'그는 봉그리드를 스승님이라고 불렀다. 그렇다면 그는 천검의 주인의 제자……. 그렇다면 그 엄청난 실력도 납득할 만하다. 그렇다면 그가 아니라 그의 스승인 봉그리드, 바로 이 사람을 끌어들여야 한다. 그렇게만 하면 제자는 자연히 따라올 터.'

마른침이 넘어갔다.

"그, 그 점에 대해서는…… 거, 걱정 마십시오. 은십자 기사단이 도움을 드릴 겁니다."

"무슨 말이지?"

봉그리드의 대꾸에 제리카는 긴장한 표정을 지었다.

"이미 이곳에 더 이상 있을 수 없다는 것은 알고 계실 겁니다."

"흐음……."

"지금 촌장님…… 아니, 마을 사람들에게는 선택권이 없습니다. 이곳은 이미 알려졌습니다. 병사들을 물리치기는 했지만 모두 죽이지는 못했습니다. 아니, 설사 모두 죽였다고 해도 머지않아 이곳으로 병사들이 몰려왔을 겁니다."

"그, 그럼……."

촌장의 간절한 눈을 보면서 제리카는 대답했다.

"이곳을 떠나야 합니다."

"하, 하지만…… 가, 갈 곳이 없단 말입니다!"

촌장의 절규에도 제리카는 꿈쩍도 하지 않았다. 그는 낙인자 구출 작전에도 참가한 적이 있는 사람이었다. 그런 만큼 낙인자, 그리고 화전민처럼 갈 곳 없는 사람들을 어디로 보내야 하는지도 잘 알고 있었다.

"제피린 관령, 그곳으로 가야 합니다."

"제피린……?"

"과, 관령이라면…… 도, 도시가 아닙니까. 저희는 갈 수 없습니다. 분명 모두 잡히고 말 겁니다."

봉그리드도 다분히 회의적인 표정을 짓고 있었다.

"겨우 생각해낸 방안이…… 도시로 가는 것이란 말인가? 왜 그들이 화전민이 된 건지 이해하지 못하는 것인가? 가난하여 세금을 낼 수 없었기 때문이야. 그리고 지금 시국이 어떤 시국인데 이런 다수의 외지인을 받아들이는 도시가 있단 말인가? 도착하자마자 모두 잡혀서 낙인자가 될 게 불을 보듯 뻔한 일이지 않나."

"예, 제피린이 어떤 곳인지 잘 모르시니 그런 말씀을 하실 수도 있지요. 철저한 관리가 이루어지고 있으니 교단도, 그리고 심지어 그곳에 살아가는 대다수 사람들도 모르고 있을 겁니다."

"뭘 모른다는 얘기지?"

"제피린 관령, 그곳이 바로 은십자 기사단 제3십자대의 거점입니다."

"거점……?"

봉그리드의 눈이 기묘하게 바뀌었다.

제아무리 천검의 주인이라고 해도 이 사실까지는 모르고 있던 것이 틀림없었다.

"그, 그렇다면……."

"예, 촌장님. 걱정하지 마십시오. 그곳에 가기만 한다면 백작님께서 모두를 받아들여주실 겁니다."

"그, 그게 정말이십니까?"

"하지만…… 이 마을 사람의 수가 좀 걸리는군요. 얼핏 보기에도 30가구 이상인 꽤 큰 규모입니다."

"초, 총 38가구입니다. 이미 근 40년가량을 이곳에 살아가고 있으니……."

"으음…… 그건 좀 많긴 하군요."

제리카가 다소 힘들겠다는 태도를 보이자, 촌장의 얼굴이 다급하게 변했다.

"어, 어떻게…… 아, 안 되겠습니까? 저희는 정말 갈 곳이 없습니다!."

"으음……."

"보, 봉그리드 님도 한 말씀 해주십시오. 제발 부탁드립니다."

제리카에게 사정하던 촌장은 봉그리드의 팔을 붙잡고 연신 고개를 조아렸다.

"어떻게 안 되겠나?"

그 순간, 고심하고 있는 듯하던 제리카의 눈에 별안간 빛이 번뜩였다.

"저도 도와드리고 싶은 마음이 굴뚝같습니다. 하지만 저는 일개 지부의 부지부장 보좌…… 허락된 권한이 그리 크지 않습니다."

실로 유감스럽다는 듯한 태도를 보이는 제리카의 모습을 보면서 봉그리드는 눈살을 찌푸렸다.

"흐음……."

"원래 이건 외부인에게 해서는 안 되는 이야기입니다. 하지만 아까 추격자를 물리치시는 모습을 보고, 저는 봉그리드 님? 예, 봉그리드 님과 제자 분이…… 부당하고 불합리한 이 나라에 대항하는 용감한 사람들이라는 것을 알 수 있었습니다."

처음 들었다는 듯 봉그리드의 이름이 긴가민가하는 모습까지 보이는 제리카의 태도는 철두철미했다.

봉그리드라는 이름을 듣고도 자신을 몰라본다는 사실에 봉그리드의 얼굴에는 일순 불쾌감이 감돌았다.

"무슨 말을 하고 싶은 것이지?"

"은십자 자유 기사단은 혁명을 꿈꾸고 있습니다. 오랜 시간, 이 나라는 너무나도 부패했습니다. 종교와 정치가 맞물리면서 교단은 부패하고, 이는 악의적인 힘이 되어 이 나라의 약자들을 마음대로 주물러온 것입니다. 하지만 앞으로도 그것을 두고 볼 수만은 없습니다."

제리카의 확고한 의지에 어느새 촌장이 이를 경청하고 있었다.

"이 나라에 정의를 다시 찾아오려면 큰 힘이 필요합니다. 교단의 압박과 힘 앞에서도 절대 굽히지 않을 힘이 말입니다."

"그것이 이 사람들을 데려가는 것과 무슨 상관인가?"

"지금 저의 지위와 힘으로 이 마을 사람들 모두를 데리고 도시로 데려가는 것은 무리입니다. 오로지 이상으로만 거사를 행하기에는 현실의 벽이 지나치게 높으니 말입니다."

"본론을 얘기하게."

봉그리드의 말에 제리카는 마른침을 삼켰다. 그리고 천천히 속에 품은 말을 어렵게 내뱉었다.

"……당신의 힘을 정의를 위해 써주십시오."

봉그리드의 눈이 차가워졌다.

"그 말은…… 은십자 기사단에 투신하라는 것인가?"

"예, 당신처럼 강한 힘을 가진 사람이 은십자 자유 기사단의 뜻에 동참해주신다면 혁명은 곧 일어날 것입니다."

봉그리드의 얼굴에 씁쓸한 미소가 어렸다.

"내가 기사단에 투신하면 그 공적을 인정받아 마을 사람들을 모두 받아들일 수 있다, 이 얘기인가?"

"기분 나쁘게 듣지 말아주셨으면 좋겠습니다. 오로지 이상

144 바람의 라트

과 꿈만으로는…… 혁명을 일으킬 수 없습니다."

'혁명……'

봉그리드의 굳은 얼굴은 좀처럼 펴질 줄 몰랐다.

수도 없이 들어온 말이다. 혁명, 대의, 뜻…….

그가 이룩한 경지, 그리고 힘은 항상 그러한 세상의 소용돌이를 끌어들이는 것 같았다. 그리고 그것들이 불러오는 것은 오로지 피로 얼룩진 길이다.

봉그리드는 그런 수라의 길을 걷고 싶지 않았다. 그래서 그는 항상 세상에서 일어나는 많은 불행과 슬픔, 분노, 증오 따위에서 겉돌며 눈앞에 보이는 것들만을 지켜왔다. 그는 그렇게 철저하게 방관자의 삶을 살아온 것이다.

'이게 진정 옳은 일일까……?'

아무리 시간이 지나도 바뀌기는커녕 더욱 악화되어가는 현실에 그 나름의 결단을 내렸음에도 불구하고, 그는 또 흔들리고 있었다.

세상은 이번에도 그에게 무거운 짐을 건네고 있는 것이다.

"더러운 놈……"

어둑어둑한 어둠 저편에서 감정이 억눌린 목소리가 흘러나오자 봉그리드는 상념에서 깨어났다.

"스승님을 이 더러운 곳으로 끌어들이지 마라."

제리카가 살짝 굳은 기색으로 천천히 뒤를 돌아보았다.

피는 닦은 듯했지만, 여전히 피비린내는 지워지지 않은 라트가 검은 눈동자를 빛내면서 모습을 드러냈다.

"라트……."

"스승님은 그 정도가 좋습니다."

라트의 말에 봉그리드의 눈동자가 가늘게 떨렸다.

"네놈…… 스승님께 너무 많은 걸 지우려 하는군."

"……스승님께 너무 무례한 태도라고 생각하지는 않으십니까?"

라트의 태도에 제리카는 속으로 이를 갈면서 대꾸했다. 평상심을 가장하고 있었지만, 말투가 자연스럽게 날카로워진 것까지는 감추기 어려웠다.

"무례하다? 어느 쪽이 무례한지는 네놈이 더 잘 알 텐데? 네놈은 지금 스승님께 이 마을 사람들의 인생을 걸고 거래를 강요하고 있는 거야. 그건 네놈이 더 잘 알겠지."

라트의 사나운 태도에 촌장은 움츠러들었다. 항상 그는 라트를 불편해했지만, 오늘만큼 그가 무섭게 보인 것은 처음이었다.

"거래라니, 듣기 안 좋은 단어 선택이군요. 그렇다면 당신에게는 다른 수가 있다는 겁니까? 제겐 이게 최선의 선택입니다."

"그딴 게 최선이라니, 은십자 기사단이라고 하는 놈들의 수준은 안 봐도 뻔하군."

라트의 날카로운 말에 제리카의 표정이 거칠게 변했다.

"그렇게 말하는 당신은 좋은 방법이라도 알고 있는 모양이군요. 이 마을 사람들이 낙인자가 되거나 죽지 않고 살아갈 수 있는 아주 좋은 방법이 말입니다. 어디 한번 말해보시겠습니까?"

"……!"

라트는 아무 말도 할 수 없었다. 분했지만 그에게는 다른 좋은 방법이 없었다. 냉정하게…… 이성적으로는 제리카가 옳다고 생각하지만, 그의 감정은 그렇게 쉽게 그 사실을 받아들이지 않고 있었다.

제리카는 순간 어른답지 못했다는 생각을 하면서 다시 담담한 얼굴로 말했다.

"……저는 이 마을 사람들을 도와주고 싶습니다. 이 나라의 국법이라는 폭력에 짓밟히는 사람들을 도와주고 싶다는 말입니다. 하지만 방법이 없습니다. 일개 부지부장 보좌의 힘은 실로 미약합니다."

라트는 주먹을 쥐었다. 아직도 그의 생각은 변함이 없었다. 이건 거래다. 마을 사람들의 생명을 두고, 지금 제리카는 거래를 하자고 말하는 것이다.

'빌어먹을……'

하지만 그의 말대로 달리 뾰족한 수가 없었다. 교단 놈들을 죽이는 것은 얼마든지 할 수 있지만, 이 마을 사람들의 삶을 지켜줄 수 있는 힘은 없었다.

라트가 잠잠해지자 제리카는 다시 봉그리드에게 시선을 돌렸다.

"어떻게……."

"내가 하겠다."

다시 말을 끊긴 제리카는 눈을 크게 뜨고 라트를 바라보았다.

"은십자 기사단에는 내가 투신하겠다."

"라트, 네 녀석……."

봉그리드가 눈살을 찌푸리면서 라트를 쏘아보았다. 하지만 그 눈빛에 라트는 조금도 굴하지 않았다.

"스승님은…… 이 바닥에 계실 사람이 아닙니다."

"그럼 네 녀석은 그 바닥에서 구를 사람이란 말이냐?"

"예. 애초부터…… 전 그것만 바라보고 여기까지 오지 않았습니까."

한 치의 망설임도 없는 라트의 대답에 봉그리드는 입을 다물었다. 라트의 두 배…… 아니, 거의 세 배가량을 살아온 봉그리드다. 그러나 가끔 라트는 그런 봉그리드보다 더 어른스러워 보일 때가 있었다.

'스승님께는 싸움이 어울리지 않아.'

라트는 2년이라는 세월 동안 봉그리드와 함께하면서 그가 얼마나 유쾌한 사람인지, 그리고 동시에 얼마나 여린 사람인지 알 수 있었다.

그렇게나 큰 힘을 가지고 있으면서 그 힘에 의해 누군가 상처 받을 것을 두려워하는 사람인 것이다.

라트는 어색하게 웃으며 말했다.

"스승님과 은십자 기사단은 어울리지 않습니다."

"……멍청한 녀석."

봉그리드는 복잡한 표정을 지었다.

제리카는 핏기가 하나도 없는 부지부장의 얼굴을 가만히 보고 있었다.

그리 길지 않은 인연이었지만, 제리카는 그가 올곧고 성실한 사람이란 걸 잘 알고 있었다. 가족을 끔찍하게 생각하고, 항상 정의를 바로 세우겠다며 큰 포부를 떠들고는 했다.

"부지부장님, 이대로 가시는 겁니까……?"

'아무래도 무리일 것 같습니다. 상처가 너무 깊고, 출혈도 심해서……. 이런 산간 마을에서는 어떻게 할 수가…….'

이 마을의 의사라고 하는 사람은 그저 남들보다 병이나 상처를 치료하는 데 대한 지식이 많은 사람이었다. 하지만 역시 그뿐, 정식 의사도 아닌 자에게 그 이상을 바랄 수 없는 게 현실이다.

'도움이 되어 드리지 못해 죄송합니다…….'

안타까운 얼굴로 그렇게 고개를 수그리던 그 의사를 떠올리며, 제리카는 쓸쓸한 표정으로 웃었다.

"설마…… 이런 곳에서 눕게 되실 줄은 몰랐습니다. 항상 부지부장님께서 말씀하시던 게 맞는 모양이군요. 언젠가……

부지부장님은 집이 아니라 밖에서 죽을 거라고 하시던 그 말씀 말입니다."

죽음을 목전에 둔 부지부장을 보고 있자니 슬픔이라는 감정이 울컥하면서 솟구쳤다. 부지부장 이외에도 지부의 많은 단원들이 죽었을 것이다. 그것을 떠올리니 지금의 감정이 얼마나 자기중심적인가, 하는 생각에 그의 입에 자조가 떠올랐다.

자신은 이제 안전하니까…… 타인의 죽음을 슬퍼한단 말인가.

한참을 침묵하고 있던 제리카는 다시 중얼거리기 시작했다.

"라트…… 라고 하는 그 사람이 은십자 기사단에 들어오겠다고 합니다. 예, 부지부장님. 이제 이 마을 사람들을 구할 수 있을 겁니다. 그들이 가진 힘이라면 제3십자대에 엄청난 전력이 될 테니까 말입니다. 저 혼자 해낸 겁니다. 어떠십니까?"

부지부장은 아무런 대꾸도 하지 않았다. 핏기가 없는 그의 모습은 보는 사람마저 추워 보이는 모습이었다.

'벌써 내 딸을 못 본 지도 1년, 아니, 거기에 3개월은 더 흘렀군! 이야, 정말 예쁘게 자랐을 거야. 내가 아니라 아내를 닮았거든. 벌써부터 사내놈들이 꼬일 생각 때문에 밤잠을 설친다고.'

"1년이라고요? 3년, 4년은 더 지났을 겁니다. 부지부장님은 정말 팔불출이셨죠. 항상 가족에 대한 얘기를 들을 때마다 얼마나 속이 불편했는지 아십니까? 아, 나도 가족 만들고 올걸. 아, 누군가가 날 이렇게 생각해주면 얼마나 좋을까……"

'이봐, 그런 표정 짓지 마! 그렇게 쳐다봐도 내 딸은 네 녀석에겐 주지 않을 거야! 아아, 귀여운 내 딸, 메리릴! 네가 결혼을 한다고 하면 이 아빠 슬플 거야······.'

항상 딸 자랑 끝엔 베개를 끌어안고 우는 소리를 했다. 제리카는 듣기 싫다는 표정을 짓다가도 한번 만나러 다녀오는 것도 나쁘지 않을 텐데······ 그런 생각을 항상 했다.

"메리릴, 어떻게 할 겁니까? 분명히 울 겁니다······."

"······자네가 전해주게."

중얼거리던 제리카가 눈을 부릅떴다.

"부, 부지부장님!"

힘없이 눈을 감고 있던 부지부장이 어느새 두 눈을 크게 뜨고 그를 바라보고 있었다.

"어, 어떻게 이런 일이! 자, 잠시만 기다리십시오! 아무래도 이 마을 의사가 돌팔이인가 봅니다. 다시 불러오겠습니다."

"아니, 기다리게······."

듣기 힘들 정도로 작은 목소리였지만 제리카는 그것을 듣고는 밖으로 달려가려다가 움찔 그대로 멈춰 섰다.

"제리카."

"예, 부지부장님. 빨리 의사를······."

"쓸데없는 짓이란 건······ 자네도 알 텐데······."

"······."

제리카는 초연한 그의 목소리에 입을 다물었다.

"고마웠네. 자네는 실력도 있고, 총명하며…… 또 올곧은 심성을 지니고 있어."

"그, 그런 말씀 마십시오……."

"나와는 달리…… 자네는 은십자 기사단에는 꼭 필요한 인재일세……."

"부지부장님……."

"메리릴, 아네이스……. 보고 싶구나."

울컥, 가슴에 무언가가 치밀어 오르자 제리카는 이를 악물었다.

"만나러…… 가시면 됩니다."

부지부장의 힘없는 눈동자가 천천히 제리카에게 향했다. 벌게진 얼굴을 하고 필사적으로 이를 악물고 있는 그를 보면서 그의 입가에 주름진 미소가 떠올랐다.

"아아…… 그렇군."

"천검의 주인이 이곳에 있습니다. 그리고 그의 제자가 은십자 기사단과 뜻을 함께한다고 했습니다. 이제부터란 말입니다."

"그래, 해냈군……."

"예, 부지부장님과 제가 해냈습니다. 이제 더 많은 사람들을 구할 수 있습니다. 부지부장님은 이제 지부장님이 될 것이고, 저도 부지부장쯤은 되겠지요. 그러면 할 수 있는 일이 더 많아질 겁니다."

"그렇겠군……."

"저는 부지부장님의 말씀을 따라 항상 냉정하게, 이성적으로 사람들을 구할 겁니다. 이 썩어빠진 나라의 불행한 사람들을 도울 겁니다."

점점 격하게 바뀌는 제리카의 목소리를 들으면서 부지부장의 얼굴에 온화한 미소가 떠올랐다.

"그래, 자네라면…… 능히 할 수 있을 것이네."

"그리고…… 그리고…… 언젠가 부지부장님의 가족과 식사를 할 겁니다……."

제리카의 목소리가 축축해지자 부지부장의 눈가에도 눈물이 고이기 시작했다.

"좋은 생각이야. 우리 가족은…… 자네를 따뜻하게…… 가족처럼 대해줄 것이야……."

"할 일이…… 이렇게나 많습니다. 힘내십시오……."

"열심히…… 힘냈지만…… 아무래도 여기까지인 것 같군……."

"무슨 소릴 하시는 겁니까! 이렇게 말씀을 잘하시는데!"

"……부탁 좀 들어주게."

부지부장의 목소리에서 점점 생기가 사라지는 것을 느끼면서 제리카가 이를 악물었다.

"싫습니다! 부탁은 나중에 듣겠습니다."

"……제리카, 자네가 꼭 전해주게."

간곡한 그의 목소리에 제리카는 고개를 수그렸다. 목까지 차오른 욱신거리는 감정들 때문에 더 이상 말을 잇기가 힘들었다.

"사랑한다고…… 미안하다고. 그리고…… 행복하기를 기원한다고……. 내가 지켜줄 테니까…… 언제나……."

제리카는 대답 대신 고개를 미미하게 끄덕거렸다.

부지부장은 긴 한숨을 내쉬었다. 아쉬움과 슬픔만이 그의 가슴에 남아 있다. 아직 할 일이 많은데…… 시간은 이제 끝났다.

고향으로부터 멀리 떨어진 타지. 쓸쓸함과 다가오는 공포에 몸이 덜덜 떨려왔다. 그리고 그는 이내 힘없이 눈을 감았다.

긴 침묵이 흘렀다.

이윽고 제리카의 입술 사이에서 신음 같은 울음소리가 미약하게 흘러나왔다. 뺨을 타고 쉴 새 없이 눈물이 흘러내렸다.

"……."

희미하게 새어나오는 울음소리를 들으면서 라트의 얼굴에서 표정이 사라졌다.

그도 알고 있었는지도 모른다. 사실 제리카가 나쁜 사람이 아니라는 것을 말이다. 제리카는 그저 스스로 생각할 수 있는 최선의 방법을 선택했을 뿐이다. 그 방법을 선택하는 과정에는 사람들을 구하고 싶다는 마음도 분명히 있었을 것이다. 그의 울음에는 그런 마음이 절절하게 느껴지고 있었다.

신뢰하고 따르던 사람이 죽었다. 그럼에도 불구하고 제리카는 걸어 나가려고 한다.

라트는 시선을 내리 깔았다. 제리카는 자신보다 훨씬 강한 사람이다. 천천히 그 자리를 벗어나는 라트의 마음은 복잡했다.

그때, 어둠 사이에서 익숙한 인영이 다가왔다. 희미한 달빛을 받아 은은하게 빛나는 짙은 금발이 무척이나 아름다운 여인이었다.

"무슨 생각을 그렇게 하고 있어?"

"여기까진 무슨 일이야?"

"바보 같은 소리. 내가 텔리시아랑 계약한 건 잊었나 봐?"

"일일이 따라다닐 필요 없어."

라트의 퉁명스러운 대꾸에도 아르니는 기분 나쁜 내색 한 번 하지 않았다. 아니, 오히려 라트의 마음이 복잡한 것을 눈치채고는 그의 곁에 다가갔다.

"다쳤다면서?"

"안 다쳤어."

"거짓말."

"마음대로 생각해."

아르니가 투명한 눈동자로 눈을 가늘게 뜨고 바라보자, 라트는 가만히 고개를 돌렸다. 처음부터 거리를 뒀건만, 그녀는 어느새 이만큼이나 가까이 다가와 그의 곁에 있었다.

"라트…… 내게는 다 얘기해도 된다고 그랬잖아."

"아무 일도 없었고, 아무렇지도 않았어."

"그럼 왜 그런 표정을 짓고 있는데?"

"......."

라트는 아무런 대꾸도 하지 않았다. 지금 자신이 어떤 표정을 짓고 있는지는 스스로도 모른다. 고개를 돌린 라트는 속내를 들키지 않기 위해 더욱 사나운 표정을 지었다.

"라트, 네게는…… 사람이 필요해. 다른 사람이 필요하단 말이야."

"몇 번이고 말하게 하지 마. 필요 없어. 그 말은 너도 필요 없다는 얘기야."

짜증스럽게 내뱉은 라트는 아르니의 눈이 벌겋게 변한 것을 보고 입을 다물었다.

잠깐의 침묵이 흐른 후, 아르니가 입술을 뗐다.

"……나라고 예전처럼 짐만 되는 건 아니야."

"넌 너 스스로만 지켜. 이건 내 싸움이니까."

"싫어!"

아르니가 버럭 소리를 지르자 라트는 깜짝 놀란 표정을 지었다가 이내 얼굴을 일그러뜨렸다.

"멍청하긴! 도대체 뭘 하고 싶다는 거야? 네 손을 피로 더럽히고 싶어? 싸우지 못해 안달이라도 난 거야?"

"그럼 라트는 싸우지 못해 안달 난 거야? 아니잖아!"

"아니, 난 안달 났어. 모두 없애고 파괴하고 싶어! 지금도 나와 이 마을을 위협하고 있는 교단을 산산조각으로 부수고 싶어서 견딜 수가 없어! 그 외에는 아무 것도 없어."

"또 거짓말."

아르니의 말에 라트는 고개를 돌렸다.

'제길……'

2년 전, 따뜻한 바람이 불어오던 어느 날이었다.

　　"편하게…… 부르고 싶어요. 언제까지고…… 이렇게 불
편한 사이로 있고 싶진 않아요."

　　"그래! 좋은 생각이군. 그래, 라트. 여동생이 생겼다고 생
각하면 되잖아! 얼마나 지내게 될지는 모르겠지만 가족처
럼 생활하고 있는데 딱딱한 것도 좋지 않지!"

　　"여동생이라니요! 오빠 따위는 필요 없어요."

　　"뭐, 뭐야…… 편하게 하고 싶다면서?"

　　"그건…… 그게 아니라…… 라트…… 라고 편하게 부르
고 싶다는…… 그런……."

　　아르니의 말에 봉그리드는 크게 웃었다.

그때 제대로 거절하지 못했기 때문에 이렇게 된 것이다. 가
족이라는 그 말 때문에…… 잠깐 정신을 못 차렸던 거다. 아
니, 좀 더 그 이전에…….

그때, 아르니가 다시 말했다.

"……라트의 말이 왜 거짓말인지 알아?"

"……"

"정말 그게 진심이라면…… 왜 이 마을 사람들을 도와주고 싶은 건데?"

"뭐……?"

아르니의 말에 라트는 충격 받은 얼굴로 아무 말도 하지 못했다.

"라트가 정말로 복수만 생각했다면…… 이런 마을 사람들 따위는 아무래도 좋았을 거야."

"그, 그건……."

"그 점에 대해서…… 고민 하고 있는 거지?"

"……"

라트는 더 이상 아무 대꾸도 할 수 없었다. 지금 그는 지킨다는 것과 파괴한다는 것, 그 두 가지의 길에서 갈피를 잡지 못하고 있었다.

자신과 같은 처지의 사람들은 지키고 싶다. 낙인자가 되는 것은 절대로 막아주고 싶었다. 하지만 그와 동시에 교단을 무너뜨리는 것은 어려운 일이었다. 이번처럼 누군가를 지키는 것만으로도 라트는 힘에 부칠 것이다.

라트가 복잡한 표정으로 아무런 대꾸도 하지 못하자 아르니는 부드러운 미소를 지었다.

"자기 마음을 속이지 마."

"……"

"라트, 지금은 어떻게 하고 싶어?"

"……마을 사람들을 구해야겠지. 그러지 않으면 모두 낙인자가 될 테니까."

"그래? 그럼 그렇게 해."

"뭐?"

아르니가 머리를 묶고 있는 끈을 풀면서 머리를 털었다. 탐스러운 금발이 흩날렸다.

"라트가 원하는 걸 해. 지금 라트는 저 힘없는 마을 사람들을 지켜주고 싶은 거잖아. 그럼 그들을 지켜줘."

"하지만…… 저들을 지키는 것보다, 차라리 그보다 빨리 교단을 무너뜨리는 게 더 나을지도 모르지. 그러면 더 많은 사람들이……."

라트는 차갑게 중얼거리다가 말꼬리를 흘렸다.

아르니는 불안한 표정을 지었다.

"하지만 그건 너무 위험해. 라트가 2년 동안 봉그리드 씨에게 검술을 사사했다고 해도……."

아르니는 자연스럽게 라트의 옆구리로 시선을 옮겼다. 텔리시아는 그가 적과의 싸움에서 옆구리에 상처를 입었다고 했다. 그러나 악마의 힘 때문인지 이미 상처가 났다는 흔적조차 없었다.

그러나 아무리 상처가 금세 낫는다고 해도 라트 역시 사람이다. 그렇게 큰 상처를 계속 입다 보면 언젠가는…….

"알고 있어. 그러니까…… 일단은 저 사람의 말에 따를 생
각이야."

"뭐?"

"은십자 기사단…… 어떤 사람들인지 볼 거야."

아르니의 표정이 빠르게 굳었다. 그녀가 어렸을 적부터 들
어온 은십자 기사단, 즉 국가에 반하는 이교도들에 대한 이야
기는 하나같이 악독하고 무서운 것들뿐이었다. 선악의 가치관
이 모호한 지금도 은십자 기사단과 엮여서는 안 된다는 생각
이 막연하게 들었다.

"은십자…… 기사단에?"

"그게 마을 사람들을 구할 수 있는 길이라고 하니까."

그것이 잘하는 일인지, 라트는 확신할 수 없었다. 하지만 더
이상 이곳에서 가만히 있을 수만은 없다는 생각이 그보다 더
컸다.

'은십자 기사단…….'

그를 가만히 지켜보는 아르니의 불안한 얼굴에도 점차 굳은
결의가 떠오르고 있었다.

'그래, 어렸을 때 들은 얘기는 믿을 수 없어.'

힐끗 라트의 혼란스러운 얼굴을 보면서 아르니는 결심을 굳
혔다.

'이교도도, 악마도…… 난 내 눈으로 본 것만 믿겠어.'

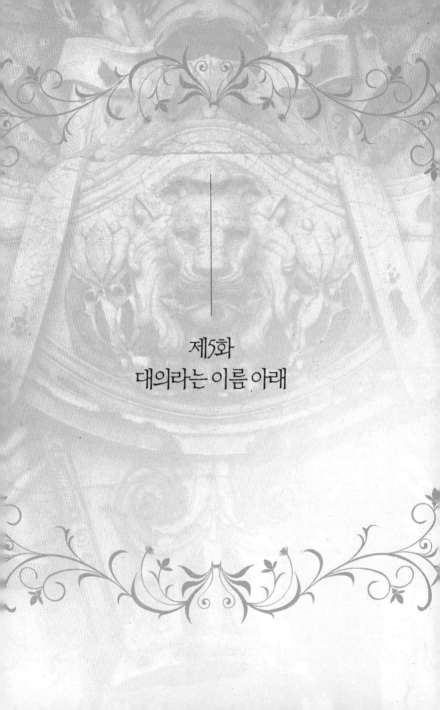

제5화
대의라는 이름 아래

Holy War

　"그게 무슨 소리지?"

　"……말 그대로의 의미입니다. 요즘 교단의 움직임이 이상합니다. 그리고 이미 말씀드렸다시피, 저희 지르바 관령 지부는 놈들의 습격을 받았습니다."

　"은십자 기사단은 교단의 뜻에 대항하는 세력이지 않나? 습격을 받은 것을 이상하게 여길 이유는 없다고 생각되는군."

　"예, 저도 그렇게 생각했습니다만…… 은십자 기사단의 세력은 그리 작은 게 아닙니다."

　"그게 무슨 말이지?"

　"일개 관령 백작이 대대적인 토벌 명령을 내릴 권한은 없습니다. 그런데 이번 사태가 일어난 것입니다. 일이 결코 작지 않다는 생각이 듭니다. 물론 그저 우려에 지나지 않을 수도 있습니다만…… 어쩌면 기사단에 대한 대대적인 공격이 시작된 것인지도 모릅니다."

제리카가 조심스럽게 말하자 봉그리드는 굳은 얼굴로 인상을 썼다.

"요 근래에는 기사단이 모든 활동을 멈추고 상황을 살피고 있었다고 하지 않았나?"

"예, 대대적으로 경비가 강화되어…… 낙인자들을 구해내는 것도 쉽지 않게 되었지요."

"헌데, 어째서 이렇듯 경비가 강화된 거지?"

"저도 자세히는 알지 못합니다만, 아무래도 2년가량 전쯤에 펜게른 령에서 일어났던 사건 때문인 것 같습니다."

봉그리드의 눈썹이 움찔했다. 그리고 여태까지 가만히 듣고 있던 라트와 그녀의 곁에 있던 아르니의 얼굴도 핏기가 사라져 창백해졌다.

"그 사건?"

"예, 저희 기사단 내에서도 진상을 조사하기 위해서 백방으로 수소문했지만, 결국 어떻게 된 일인지 알아낼 수가 없었습니다. 이후에도 계속해서 그들이 활동했다면 꼬리를 찾아냈겠지만…… 펜게른 교구의 직할령인 오프할에서 신전 습격 사건을 일으킨 이후로 완전히 모습을 감추었습니다."

"……그게 바깥세상에 갑작스럽게 경비가 강화된 원인이란 말인가?"

"예, 아무래도 그럴 가능성이 높습니다. 이후 얼마 지나지 않아서 파르칼과 펜게른의 십자대에 모든 활동 정지라는 유래 없는 명령이 떨어졌으니 말입니다. 헌데, 왜 이런 걸 물으시는지……."

"……."

봉그리드가 복잡한 표정을 지었다. 제리카는 라트의 흔적을 찾지 못했다고 말하고 있지만, 이렇듯 교단의 경비가 강화된 상황이라면 또 알 수 없는 것이다.

'라트가 바로즈 관령에 머문 시간이 길다고는 할 수 없지만, 그렇다고 짧다고도 할 수 없는 시간이다.'

만약 교단이 어떤 실마리를 찾아 바로즈 관령의 모든 사람들을 심문이라도 했다면…….

'마을 사람들이 위험에 처했는지도 모른다.'

생각이 거기까지 미치자 봉그리드는 속이 답답해지는 것을 느꼈다.

"……언제 이곳을 떠날 생각이지?"

"예?"

"마을 사람들을 데리고 떠나는 게 언제냐고 물었네."

조금 전과 달리 봉그리드의 기세가 날카롭게 변한 것을 느낀 제리카는 저도 모르게 긴장한 얼굴이 되었다.

"적어도 내일 안에는 떠나야 합니다."

"난 은십자 기사단에는 들어갈 수 없네."

확고한 그의 대꾸에도 제리카는 조금도 실망한 기색을 보이지 않았다. 처음에는 그를 끌어들여야 된다는 생각을 했지만, 그게 과욕이라는 걸 깨달았기 때문이다.

"예, 알고 있습니다."

"미안하군. 할 일이 생겼네."

"아닙니다. 기사단은 이념을 강요하지 않습니다."

부드럽게 대꾸하는 제리카를 보면서 봉그리드는 고개를 끄덕였다.

"남쪽으로 가겠지?"

"예."

"난 일이 생겨서 북쪽으로 가야겠네."

"예, 물론입니다. 제가 감히 천검의 주인의 앞을 막을 수는 없지요."

"자네, 알고 있었나?"

"그 이름을 모르는 이가 이 나라에 있을까요?"

제리카가 겸연쩍게 웃자 봉그리드도 낮게 웃었다. 그리고 봉그리드와 제리카의 말을 가만히 듣고 있던 라트는 봉그리드가 어디로 가려는 것인지 바로 눈치챘다.

말없이 자신을 쳐다보는 봉그리드의 시선을 느낀 라트는 어색하게 미소 지었다.

"가십니까?"

"그래, 이 멍청한 녀석아."

"언제 가려고 하십니까?"

"지금 당장이지. 난 언제나 즉흥적인 사람이란 걸 아직도 모르는 거냐?"

"그렇군요. 스승님은 항상 그런 사람이었죠. 제가 그만 잠깐 상식적인 사람을 대하듯 했습니다."

"뭐, 뭐라? 이 시건방진 녀석이!"

봉그리드가 평소처럼 눈을 크게 뜨고 벌떡 일어나자 라트는 천천히 일어나서 밖으로 나갔다. 그러자 봉그리드가 입술을 씰룩거리면서 호기롭게 밖으로 나갔다.

그 모습을 본 제리카가 당황한 표정을 지었다.

"괘, 괜찮은 겁니까?"

"……예, 괜찮을 거예요."

그 자리에 남은 아르니가 약간은 슬픈 얼굴로 어색한 미소를 지었다.

카카카캉!

카칵!

"음, 제법 실력이 늘긴 늘었군!"

"스승님의 실력이 줄어든 게 아닙니까?"

"그 시건방진 말버릇도 늘었고 말이다. 흐압!"

검을 맞대고 물러섬 없이 서 있던 그 순간, 봉그리드의 기합과 동시에 전면으로 마력의 폭풍이 밀어 닥쳤다.

콰앙!

일순 검신에서 밀려오는 그 기세를 이기지 못하고, 라트의 몸은 그대로 튕겨져 날아갔다.

하지만 라트는 그대로 무너지지는 않았다. 곧 그의 검에 붉은 안개와도 같은 빛이 일렁이다가 수십 개로 나뉘기 시작했다. 바리엘 분검식의 분검(分劍)이 펼쳐지고 있는 것이다.

봉그리드의 입가에 미소가 맺혔다. 곧 그의 이가 다 빠진 검에도 빛무리가 얽히기 시작했다.

수십 개의 검이 둘의 사이를 수놓았다. 은은한 푸른빛과 짙은 검붉은빛이 한데 어울려 서로를 제압하려는 듯 마구 부딪치다가 이내 어느 쪽이 먼저라고 할 것도 없이 사라졌다.

사아─

바람이 불어왔다.

서로의 마력이 얽히고 부딪친 이 넓은 공터는 미미하게 달아올라 있었다. 그러나 조금 전에 벌어진 격렬한 대립을 증명하던 그 열기마저 이내 바람에 흩어졌다.

긴 침묵이 봉그리드와 라트의 사이에 가라앉았다. 그것을 먼저 깬 사람은 라트였다.

"고마웠습니다."

"말이 잘못됐군. 어째서 과거형이냐? 앞으로는 감사하게 생각하지 않을 셈이냐?"

"그런 건 아무래도 좋지 않습니까."

"아니, 중요하다! 아까도 들었겠지? 이 봉그리드 헬라스트롬을 모르는 사람은 이 나라에 없어. 엄청 유명한 사람이지."

"그 얘긴 몇 번을 듣는 건지 모르겠습니다."

"몇백 몇천 번을 더 들어도 좋은 이야기지!"

라트는 실소했다.

큰 목소리로 자신의 무용담에 대한 이야기, 그리고 이 나라에서 자신의 위상이 얼마나 대단한지에 대해 실컷 떠들던 봉그리드는 이내 미소 지었다.

"내가 그곳으로 갈 줄 알고 네가 기사단에 들어가겠다고 한 거냐?"

"그렇게 대단한 건 아닙니다. 그저…… 그런 큰일은 스승님과 어울리지 않는다는 생각이 들었을 뿐입니다."

"건방진 놈. 그게 얼마나 시건방진 소리인지 알고서 하는 거냐?"

"그저 느낀 대로 말씀드리고 있을 뿐입니다."

"……그래, 틀린 소리는 아닌 것 같다. 나는 그런 대의를 품기에는 다소 부족한 사람이지. 그저 눈앞에 있는 것만을 지킬 수 있다면 충분하다."

"예, 너무 무리하지 마십시오."

"누가 누구더러 하는 말이냐? 네놈이야말로 생각 없이 나서지 마라. 알겠느냐? 이건 정당한 싸움이 아니야. 철저하게 계산하고 또 생각해서 이길 수 있다고 생각될 때에만 나서란 말이다."

봉그리드의 목소리는 어느새 착 가라앉아 있었다.

"예전에도 그랬지만 지금도 마찬가지다. 절대로 사람다움을 잃어서는 안 되지만, 동시에 냉철하게 이성적으로 판단할 수도 있어야 한다."

"예, 알겠습니다."

라트는 순순히 대답했다.

"내 제자들 중에 네놈이 제일 문제야, 쯧쯧. 2년 만에 스승의 품을 벗어나다니……. 어디 가서 어설프게 싸울 거면 내 이름을 대지도 마라. 알겠느냐?"

"예, 물론입니다."

"그럼 됐다. 일러둘 말은 그게 다다. 이제 아르나나 텔리시아에게 인사를 하러 가야겠다."

"가시는 겁니까?"

"그래. 인사는 됐다! 인생사란 것이 다 돌고 도는 거다. 머지않아 또 만나게 될 것인데 인사가 무슨 소용이 있겠느냐!"

그렇게 말하고 성큼성큼 걸어가는 봉그리드의 듬직한 뒷모습을 보면서 라트는 고개를 천천히 수그렸다.

'고맙습니다.'

천천히 그동안 머물던 나무 집으로 들어가는 봉그리드의 얼굴은 조금 전의 유쾌한 목소리와는 달리 딱딱하게 굳어 있었다.

'네가 하려는 복수란 것이…… 뒤집어 보면 사람들에 대한 사랑임을 알기 때문에 난 네 스승이 되었던 거다. 악마, 자신, 그리고…… 사람들과의 싸움에서 절대 지지 마라.'

돌아온 집 안에서는 2년 전이나 지금이나 조금의 변화도 없는 칠흑색 머리칼의 여인이 의자에 앉아 매혹적인 눈으로 봉그리드를 바라보고 있었다.

"내가 올 걸 알고 있었나, 텔리시아?"

"떠나려는 모양이지?"

"그래. 그렇게 싫어하던 내가 떠나려는데, 그래도 조금은 서운한 모양이지?"

"설마 그럴 리가."

"이거 서운하군. 그래도 가족이었는데 말이야."

가족이라는 말에 텔리시아의 눈이 차갑게 가라앉았다.

"쓸데없는 얘기는 그만두지."

"그래. 뭐, 그런 한가한 얘기나 하려고 온 것은 아니니까 말이야."

서로를 그저 바라만 보고 있는 둘 사이에 무거운 침묵이 흘렀다. 그 침묵을 깬 쪽은 텔리시아였다.

"네가 바라는 대로 되었군. 이제 라트는 다시 피로 범벅된 길을 걷게 될 거야."

"내가 바라는 대로?"

"그래. 넌 라트가 그 끝없는 싸움 속에서 죽어가기를 바라지 않았나?"

봉그리드의 표정이 어두워졌다.

"내가 라트에게 싸우는 방법을 가르친 것이 그 길을 걷게 하는 일이 된단 말인가?"

"그래. 왜 그에게 힘을 준 거야! 더 많은 사람들이 고통받을 것이고, 그 고통들은 이후에 라트를 더욱 괴롭힐 거야!"

텔리시아가 입술을 깨물며 언성을 높이자 봉그리드의 눈매가 부드러워졌다.

"……정말로 악마가 맞긴 한 건가?"

"뭐라고?"

"어째서 악마인 네가 라트를 걱정하지?"

그 말은 언젠가 라트에게도 들었던 말이기도 하다. 텔리시아의 얼굴이 벌겋게 달아올랐다. 평소라면 아무렇지도 않게 넘길 수 있는 말이었지만 텔리시아는 발끈했다.

"……웃기지 마. 너희들이 멋대로 붙인 이름이잖아."

"무슨 말이지?"

"악마(惡魔)라는 말 따위! 너희 인간들이 멋대로, 자기 편하게 붙인 이름이잖아! 어째서 내가 인간들을 괴롭히고 혼란과 파괴를 일으키려고만 한다고 생각하는 거지? 그럼 너희 인간들은 왜 자기들끼리 싸우고 죽이는 건데!"

"……."

텔리시아가 매섭게 노려보자 봉그리드는 아연실색한 얼굴로 입을 다물었다.

그는 충격에 빠져 있었다. 자신은 세상 모든 편견과 선입견과 무관하다고 생각해왔건만, 전혀 생각지도 못한 부분에서는 정작 선입견에서 자유롭지 못한 것이다.

한참 동안 아무 말도 못하던 봉그리드는 조심스럽게 물었다.

"그럼 너희들을…… 뭐라고 부르지?"

"우린 마족(魔族)이야. 마족이라는 이름이 있어."

"마족……."

봉그리드는 마족이라는 말을 중얼거리면서 이내 허탈하게 웃었다. 악마라는 말 자체도 사실은 인간세상이 만든 마족들의 이미지란 말인가.

"그렇군. 미안하다. 무지했군."

"누, 누가 사과를 받고 싶은 줄 알아? 됐어! 어쨌든 내가 하고 싶은 말은 네가 라트를 싸움으로 밀어 넣었단 얘기야!"

"아니, 그대로 놔두었다면…… 라트는 죽었을 거야. 너도 알고 있잖아."

"……."

텔리시아는 입술을 깨물었다.

"당시 라트의 정신은 불안정했다. 금방이라도 부서질 정도로 말이야. 나는 계약이란 것이 어떤 것인지는 모르지만, 라트는 한순간에 거대한 힘을 가지게 되었고, 그 힘을 전부 사람을 죽이는 데 썼다. 슬픔과 죄책감을 모두 분노와 복수라는 것으로 억누르고 있었어."

"……."

"그리고 그 모든 것이 당장이라도 터질 것같이 불안정했다. 만약 그대로 뒀다면 끝없이 고독하게 싸우다가 결국은 죽었겠지."

텔리시아는 이를 악물고 아무런 대꾸도 하지 못했다. 알고 있었다. 봉그리드가 없었다면…… 라트는 이미 죽었을 것이다. 하지만 그래도 텔리시아는 봉그리드를 미워할 수밖에 없었다.

그녀의 어쩔 줄 모르는 표정을 읽은 봉그리드는 측은한 얼굴이 되었다.

"미안…… 해하는 것인가?"

흠칫!

텔리시아의 얼굴이 새하얗게 질렸다. 들켜서는 안 될 감정을 들킨 것처럼, 그녀의 얼굴에 노기가 어리기 시작했다.

"누가 미안해한다는 거지? 미안할 줄 알면서 미안한 짓을 하는…… 그런 악마는 없어. 그저…… 그저 다른 이유가 있을 뿐이야."

그렇게 말하면서 급하게 그의 옆을 지나 집을 나가는 그녀를 보면서 봉그리드는 따뜻한 미소를 지었다.

"이봐! 텔리시아! 난 오늘 떠나는데, 설마 그게 인사는 아니겠지!"

"시끄러워! 떠나든 말든 나랑은 상관없어!"

어느새 멀찍이서 들려오는 봉그리드는 그만 크게 웃었다. 마음이 한결 가벼워졌다.

그때, 밖의 수풀 너머에서 마지막으로 만날 사람이 걸어오고 있었다.

처음 만났을 때와는 확연히 다른 분위기를 풍기는 아르니는 그간 라트보다 더 크게 성장한 것 같았다. 내적으로나 외적으로나 말이다.

"나무 집의 가족 중 마지막으로 만날 사람이 찾아와줬군."

"네, 쓸쓸하네요."

"아르니, 네게는 긴말이 필요 없겠지. 내가 할 말은 모두 알고 있을 테니까 말이야."

"네."

아르니는 보조개를 보이며 밝게 웃었다. 아름다운 그녀를 보면서 봉그리드 역시 만면에 미소를 그렸다. 그리고는 조심스러운 태도로 물었다.

"이번으로 몇 번을 묻는지 모르겠군. 그래도 마지막으로 물으마. 혹시 후회하지는 않나?"

라트를 따른 것을 후회하느냐는 물음. 아르니가 라트를 만나고 바뀌게 된 삶에 대해서 들은 이후 2년간 몇 번이고 한 물음이다.

아르니는 이번에도 웃는 낯으로 대답했다.

"아니요."

*　　　　*　　　　*

"며칠 전에 그거 봤는가?"

"당연하지. 대단하더군. 그게 바로 성기사라는 위대한 칭호를 받는 사람들의 힘이겠지."

"그런데 왜 이런 별관에 기거하는 거지? 보통 성기사들은……."

"쉿! 목소리 낮춰."

"왜 그러는가?"

한 병사가 주위를 둘러보면서 눈치를 살폈다.

"어디까지나 소문이기는 한데……."

"음?"

"그 성기사가 낙인자라는 소문이 있어."

다른 병사가 믿을 수 없다는 듯 눈을 부릅떴다.

"그, 그게 사실인가?"

"어디까지나 소문이기는 한데…… 아무래도 그 때문에 좌천되었다는 이야기가 있지."

"하지만 낙인자는 성기사가 되면……."

"그래, 낙인자가 성기사에 발탁되면 암묵적으로 '성흔 기사단'에 들어가게 되어 있지."

더욱 작아진 병사의 목소리에 귀를 기울이기 위해 덩치 큰 병사는 숨을 죽였다.

"내 듣기로, 저 성기사님은 교단에 입교한 지 고작 2년가량만에 성기사의 지위에 올랐다고 하더군."

"2, 2년?"

덩치 큰 병사가 말도 안 된다는 듯 눈살을 찌푸리자 다른 병사가 고개를 끄덕였다.

"자네가 생각하기에도 좀 이상하지? 2년은 너무 짧아. 전투신관, 아니, 신관의 칭호조차도 받기 빠듯한 시간이 아닌가."

"으음…… 뭔가 이상하긴 하군."

수상쩍다는 덩치 큰 병사의 반응에 이야기를 하는 병사는 더욱 신이 나서 떠들었다.

"내 추측이기는 한데, 아무래도 모종의 거래가 있지 않았나 싶어. 저 성기사는 추기경끼리의 알력다툼에 정치적 도구로 이용된 거지."

"오…… 과연! 듣고 보니 그렇군! 역시 자네는 똑똑해!"

"에헴."

무지한 동료 병사에게 자신의 유식함을 자랑했다는 생각에 병사는 어깨를 펴고 거드름을 피웠다.

"뭐, 이 정도야 별거 아니지."

그때, 본관 쪽에서 기사 한 명이 급히 달려왔다. 조금 전까지 이야기를 나누던 병사는 황급히 제자리에 똑바로 섰다.

"무슨 일이십니까?"

"지금 이곳으로 빌라이엔 상위관님께서 오고 계신다."

병사 둘의 얼굴이 딱딱하게 굳었다.

넓은 연무장.

불어오는 바람을 맞으면서 검을 천천히 부드럽게 움직이는 남자가 있었다. 이제 기껏해야 스물 중반이나 되었을까 싶은 그 남자는 큰 키에 미남형의 얼굴인데, 옅은 금발을 단정하게 잘라 준수한 외모를 드러내고 있었다.

그는 진지하게 자신의 검 끝을 바라보고 있었다. 이마에 맺힌 땀이 햇빛을 받아 반짝거렸다.

그는 천천히 움직이기 시작했다. 그리고 그의 움직임에 점점 속도가 붙었다. 조금씩 빨라지면서 강단을 갖춰가는 그의 검은 정형화된 제국 검법과는 상당한 차이가 있었다.

스스스!

어느 순간부터 그의 검에 맺히기 시작한 푸르스름한 빛이 순식간에 새하얗게 변하더니 이내 쪼개지기 시작했다. 그것은 점차 불어나 수십 개, 그리고 그 이상으로 늘어났다. 그의 주변은 빛의 검으로 가득 채워져갔다.

그리고 마침내 검의 수가 어느 정도에 이르자 더 이상 쪼개지지 않았다.

"흐압!"

그의 주위를 가득 메운 백 개의 검은 기합과 동시에 한 곳으로 쏘아졌다.

쏴사사사사!

이곳이 넓은 공터가 아니었다면 그의 일으킨 검세에 지금쯤 초토화가 되었을 터였다.

곧 빛무리가 사라지면서 남자의 눈이 부드럽게 변했다. 천천히 검을 거두고 긴 숨을 내쉬는 그의 입가에 미소가 맺혔다.

'드디어 백형(百形)을 완벽하게 이루었다.'

손에 잡힐 듯 잡히지 않던 그간의 목표를 드디어 잡아낸 것이다.

성기사, 파토르는 주먹을 꾹 말아 쥐었다. 희열이 그의 가슴 속에 차오르고 있었다.

그때, 그의 뒤쪽에서 기척이 느껴졌다.

상념에서 빠져나온 파토르는 천천히 고개를 돌렸다. 조금 전까지 극한에 이르는 마력을 조절하고 있었기에 예민해진 신경이 아직 가라앉지 않았다. 그 탓인지 스스로 의식하지 못한 사이에 날카로운 목소리가 나왔다.

"무슨 일이냐? 이 시간에는 방해하지 말라고 했을 텐데."

"죄, 죄송합니다……."

시녀가 당황한 듯 고개를 깊이 수그리자 파토르의 매섭던 눈길이 부드럽게 변했다.

"아니, 아니다. 그런데 무슨 일이지? 내가 수련하는 도중에 이렇게 온 걸 보면 무슨 큰일이……."

"저, 그게……."

시녀가 어쩔 줄 몰라 하는 얼굴을 하고 있을 때였다. 연무장 입구 쪽에서 익숙한 얼굴이 보였다. 정갈한 의복을 입고 있는 사십 대 남성을 본 순간, 파토르는 눈을 부릅떴다.

"빌라이엔 상위관님……."

"오랜만이군, 파토르 경."

빌라이엔 상위관이 웃는 모습을 보면서 파토르는 드디어 때가 왔음을 직감했다.

그는 놀란 기색을 지우고 담담한 얼굴로 말했다.

"안으로 드시지요."

"그러지."

커다란 연무장을 제외하면 별관은 대단히 초라한 곳이었다. 이곳에 사는 사람이 파토르, 그리고 시녀들과 하인들에 지나지 않는다는 것만 봐도 그가 좌천되었다는 것을 알 만했다.

시녀가 커피를 탁자 위에 내려놓고 조용히 고개를 숙인 뒤 방을 나섰다.

"향이 괜찮군. 파토르 경, 그간 제법 풍취를 알게 되었군."

"아닙니다. 평소에는 잘 마시지 않습니다."

"그런가? 하지만 이제부터는 자주 마시도록 하게. 자네는 귀족보다 더 높은 지위에 있는 사람일세. 그에 걸맞은 모습을 보여야지."

"예, 알겠습니다."

파토르는 순순히 대답했다.

차를 천천히 기울이던 빌라이엔 상위관은 아무렇지도 않게 툭 던지듯 물었다.

"혹시…… 내게 서운한 감정이 있는가?"

파토르는 입가에 미소를 그렸다. 2년 전 어느 날, 갑자기 별관에서 자중하라는 명령을 받은 이후 빌라이엔 상위관과는 처음으로 만나는 것이다. 섭섭한 감정이 들 만도 하다. 하지만 파토르는 고개를 저었다.

"아닙니다. 명을 완수하지 못했으니 이 정도 처분은 당연하다고 생각합니다."

"그런가?"

빌라이엔 상위관은 그 대답에도 딱히 어떤 표정을 짓지 않았다. 그저 무덤덤한 표정을 유지할 뿐이었다.

"제법…… 무게감이 생겼군."

"그렇습니까."

"으음……. 그래, 그간 경에 대한 이야기는 줄곧 듣고 있었네."

"저에 대한…… 이야기를 말입니까?"

"당연하지 않은가. 경은 성기사란 말이네. 근신 처분을 받았다고 하여 그것으로 끝인 것은 아니지."

"감사합니다."

파토르가 고개를 수그리자 빌라이엔 상위관이 웃었다.

"이보게, 아직 아무 말도 안 했네. 감사는 무슨."

"저를 계속 지켜보고 계셨다는 말씀…… 이 파토르, 감동했습니다."

파토르가 정말로 약간 흥분한 얼굴을 하자 빌라이엔 상위관은 낮게 웃었다.

'……혹 그간 다른 생각을 품지는 않았을까 했는데, 다행이로군.'

"감동까지야……."

"헌데, 지켜만 보시던 상위관님께서 이곳까지 찾아오신 것은 어떤 연유이신지요?"

파토르의 말에 빌라이엔 상위관의 눈썹이 움찔했다. 이렇듯 갑자기 정곡을 찔러오다니, 그저 성질이 급한 것인지 아니면 의도한 것인지…….

"흠…… 성질이 급하군."

"죄송합니다. 오랜만에 상위관님을 뵈니 마음이 진정이 되질 않는군요."

"그도 그럴 테지. 2년이라는 긴 시간이었지 않나. 경같이 유망한 성기사를 오랫동안 이런 곳에 두어 좋을 것이 없긴 했지."

"그 말씀은······."

"이제 더 이상 이곳에서 근신할 필요는 없네."

빌라이엔 상위관의 말에 파토르의 눈에 별안간 번뜩이는 빛이 스쳤다.

'금방도 들었군. 하인이나 시녀들이 계속해서 정보를 전달한 모양이지? 하지만 조금 놀랍군. 그들이 바리엘 분검식의 백형을 알아볼 수 있다는 것이. 어찌 되었든, 다시 한 번 기회가 온 것이다.'

추기경은 자신의 검이 이전에 비할 데 없이 강해졌다는 소식을 듣고 생각을 다시금 한 것일 터였다. 그리고 생각 끝에 빌라이엔 상위관을 보낸 것일 테고.

생각은 길었지만 행동까지는 짧았다. 파토르는 급히 고개를 수그렸다. 그의 목소리에는 격정 어린 떨림이 있었다.

"가, 감사합니다! 감사합니다, 빌라이엔 상위관님!"

"으흠······ 그게 뭐, 어디 내 덕이겠는가? 모두 헬파스텐 추기경님의 은혜, 그리고 경의 끊임없는 자기 수행의 결과지. 이게 모두 광명의 뜻이라네."

그러나 그렇게 말하는 빌라이엔 상위관의 얼굴에 떠오른 자부심을 파토르는 놓치지 않았다.

"아닙니다. 빌라이엔 상위관님께서 절 지켜보지 않으셨다면 오늘 같은 날도 오지 않았을 것입니다. 그러니 상위관님의 은혜도 있는 것이지요."

"허허. 뭐, 경이 그렇게까지 얘기한다면야 기꺼이 감사를 받는 수밖에."

빌라이엔 상위관은 다시금 파토르를 살펴보는 중이었다. 이전에는 그저 무뚝뚝하기만 하여 굽힐 줄 모르는 단단한 나무를 대하는 느낌이었는데…… 이번에는 또 새삼 느낌이 다른 것이다.

'2년이란 세월이 짧지는 않았나 보군.'

그는 파토르가 스스로 기를 꺾었다고 생각했다.

보통 성기사에 오르면 추기경 직속 기사단에 배치되는 것이 일반적이다. 그리고 그때부터 상위관과 비등한 수준의 권력을 행사할 수 있다.

그런데 지금 성기사의 칭호를 받은 파토르가 이렇듯 자신의 앞에서 고개를 조아리고 있는 것이다. 기분이 좋지 않을 리가 없었다.

파토르에 대해 긍정적인 생각을 가진 채, 그는 말을 이었다.

"본론으로 돌아와 이야기를 좀 하자면, 현재 경은 공적이 많이 부족해. 성기사의 칭호를 가진 사람치고는 말이야."

"예, 그렇군요."

"해서, 이번에 경에게 이교도에 대한 처분을 맡길까 하는데, 어떤가? 잘할 수 있겠는가?"

일순 파토르의 속이 답답해졌다. 하지만 그는 조금도 내색

하지 않았다.

"물론입니다. 하명만 하십시오. 저를 받아들여주신 빌라이엔 상위관님, 그리고 헬파스텐 추기경님, 나아가 프로트 교단을 위해 저는 이 한목숨을 바칠 것입니다."

"음, 좋은 태도로군. 실로 신앙심이 깊은 자세야. 경의 마음이 그리 올곧으니 광명께서 유심히 지켜보고 계신 것이라 생각하네."

"혹시라도 제가 그분의 뜻을 저버리지 않았기를 그저 간절히 바랄 뿐입니다."

"그럴 리 없을 걸세. 이렇듯 신앙심이 깊은 경을 광명께서는 제대로 보고 계실 것이야. 그분은 따르는 종들에게는 한없이 관대하고 따스한 분이라네."

"예, 분명히 그럴 것입니다."

고개를 수그린 파토르의 눈이 예리하게 반짝였다. 그리고 그를 가만히 지켜보는 빌라이엔 상위관의 눈도 미소 뒤에서 예리하게 번뜩이고 있었다.

"오늘 내가 전할 이야기는 여기까지일세."

"오랜만에 상위관님을 뵈어 영광이었습니다."

"영광이랄 것까지야……. 그럼 조금만 기다리고 있게. 금방 사람이 올 게야."

천천히 일어나는 그를 따라 파토르도 일어섰다.

"아아, 따라 나올 것까진 없네."

"아닙니다. 상위관님께서 가시는데, 제가 어찌 배웅을 하지 않을 수가 있겠습니까?"

그의 싹싹한 태도에 빌라이엔 상위관의 입가에 미소가 맺혔다가 금방 사라졌다.

"어흠, 그럴 필요 없다는데도……."

상위관의 말이 진심이 아니라는 것을 알고 있는 파토르는 그를 별관 입구까지 배웅했다. 파토르는 그의 모습이 시야에서 완전히 사라진 이후에야 그곳에서 등을 돌렸다.

기거하는 별관으로 돌아오는 그의 눈은 더 없이 냉정하게 가라앉아 있었다. 예상하고 있던 일이지만, 역시 직접 듣는 것과는 차이가 있었다.

'이교도 처분…….'

빌라이엔 상위관은 파토르와 만난 이후 자신의 집무실로 향하지 않고 대교구의 중앙 대신전으로 향했다. 즉시 헬파스텐 추기경을 만나려는 것이다.

똑똑똑.

"들어오게."

대신전의 깊숙한 곳, 추기경의 집무실에서 들려오는 익숙한 목소리에 빌라이엔 상위관은 조심스럽게 문을 열고 안으로 들어갔다.

"빌라이엔 상위관이 헬파스텐 추기경님을 뵙사옵니다."

"일은 잘 처리하고 왔는가?"

"예, 추기경님. 조금의 문제도 없이 처리하고 왔습니다."

"조금의 문제도 없이?"

헬파스텐 추기경이 의아한 표정을 짓자 빌라이엔 상위관은 더욱 고개를 수그렸다.

"예, 강직하던 성격도 많이 둥글어진 것 같사옵니다. 아무래도 2년이라는 시간이 그렇게 짧지는 않았던 모양이옵니다."

"음, 그 '천검'의 제자가 말인가?"

"예, 실로 충성심 깊은 모습이었사옵니다."

빌라이엔 상위관의 말에도 헬파스텐 추기경은 여전히 믿기 힘들다는 얼굴로 말했다.

"흐음……. 그가 정말로 백형을 이루었던가?"

"예, 제가 시간에 맞춰 연무장에 가서 직접 보았사옵니다."

"정말로…… 그 백형이 맞던가?"

추기경의 질문에 상위관은 당황한 표정을 지었다. 정말로 맞느냐고 물어도 온전한 백형의 경지를 본 적이 없는 그로서는 파토르의 경지가 백형이 맞는지 명확히 구분할 수가 없었다.

"예, 아마도 그럴 것이옵니다. 수십 수백에 이르는 화려한 백색의 검들이 사방을 수놓았사옵니다. 그것이 백형이라고 불리는 것이 아니옵니까?"

"으흠……. 그가 정말로 백형을 이루었단 말인가. 그것은 바리엘 분검식의 정수 중의 정수……."

추기경의 혼잣말에 빌라이엔 상위관은 오늘 파토르와의 대화에서 받은 좋은 인상을 바탕으로 그에 대한 설명을 하기 시작했다.

"예, 이젠 예전의 그 앳된 모습도 찾아볼 수 없었사옵니다. 실로 훌륭하게 성장하여, 이제는 외적으로나 내적으로나 흠잡을 데가 없사옵니다."

"음, 그렇군. 그렇다면 자네도 이번 결정을 옳다고 여기는 것인가?"

"물론이옵니다! 어찌 그런 걸 물으시옵니까? 저는 언제까지고 헬파스텐 추기경님의 뜻을 따를 것이옵니다. 저의 충성심은 언제나 변함이 없사옵니다."

"음, 미안하구먼. 자네의 충성심을 의심한 것은 아니었네. 다만 지금 이 시점에서 내가 그를 밀어주는 움직임까지 보이는 것은 다른 추기경들에게 경계의 대상이 될 수 있기에 우려의 말을 한 것이지. 자네도 알지 않는가. 2년은 짧지도 않지만, 그렇다고 길지도 않은 시간이지."

빌라이엔 상위관은 입을 다물었다.

확실히, 지금 굴바엔 지방에 내린 대대적인 이교도 토벌령은 헬파스텐 추기경의 권력 남용이라고도 할 수 있는 것이다.

물론 최근 이교도들의 행태가 다소 의심스럽다는 데에는 다른 추기경들의 뜻도 같았기 때문에 이번 사안은 다수결로 허가되었다. 그러나 헬파스텐 추기경이 밀어붙인 사안에 대해 아즈라브 추기경이 썩 달가워하지 않았던 것도 사실이다.

"그리 걱정하실 필요까지야 있겠사옵니까? 혹 이번 토벌령으로 밀렌디 영애를 찾지 못한다고 해도 이교도들의 움직임이 수상한 것은 확실했사옵니다. 일이 틀어져 빗나가게 되어도, 이번 일을 앞장서서 확실히 처리하신다면 오히려 헬파스텐 추기경님은 교황 성하의 치하를 받을 수도 있을 것이옵니다."

"흠, 그건 확실히 그렇지."

"게다가 두 분의 추기경님들께서 헬파스텐 추기경님의 뜻을 지지하고 계시옵니다."

"그렇군. 내가 너무 과한 걱정을 했어. 그래, 몰아칠 때는 한 번에 몰아쳐야 하는 법이지. 파토르 경이 백형의 경지에 이른 실력을 지녔으니, 이제 성기사로서의 자질에 문제는 조금도 없는 셈이네."

"예. 이제 남은 것은 오로지 공적뿐이옵니다."

"그에게 이야기는 해뒀겠지?"

"예. 잡은 이교도의 처분을 모두 파토르 경에게 시킨 이후 그에게 지휘권을 넘겨 교구에서 암약하는 이교도들을 모두 축출토록 이르겠사옵니다."

헬파스텐 추기경은 고개를 끄덕였다.

"이제 파토르 경은 우리 쪽 사람이야. 절대로 다른 놈들에게 뒤처지는 일이 없게끔 해야 하네. 그는 단순히 교권을 수호하는 일뿐만 아니라, 정계에도 영향을 미칠 인물로 키울 것이야."

"예? 그, 그 말씀은……."

"천검이 뒤에 버티고 있는 자다. 이대로 그저 일반적인 성기사로만 길러내기에는 지금까지 만들어진 성기사단의 틀이 너무 단단하지. 그러니 정계 쪽까지 영향을 미칠, 새로운 수족으로 키워낼 것이야. 그러니 그를 영웅으로 만들어야겠지."

헬파스텐 추기경의 말에 빌라이엔 상위관은 마른침을 삼키면서 숨을 죽였다. 생각지도 못한 스케일의 이야기였던 것이다. 하지만 동시에 그는 어떤 질투와도 같은 감정도 느끼고 있었다.

'내게 고개를 조아리던 자가…… 정계에까지……?'

"최근 교왕 쪽도 꽤나 발버둥을 친다고 하지?"

"예? 교왕 말씀이십니까?"

교왕이란 황제를 다르게 부르는 말로, 교황청의 사람들은 누구도 황제라는 말을 쓰지 않았다. 신성제국에서 황제의 권력은 교황보다 아래였으니까.

"지금의 교왕은 교황청의 명령에 따르는 것을 썩 좋아하지 않는 눈치가 아니던가."

"예, 그 때문에 아즈라브 추기경님을 필두로 여러 추기경님들께서 최근 교왕의 중신들을 교황청 쪽으로 끌어들이고 계신다는 얘기는 저도 들었사옵니다."

헬파스텐 추기경이 입가에 미소를 그렸다.

"교황청의 권력층은 이상한 곳에서 딱딱한 면이 있어. 이미 정계에 뿌리를 깊숙이 내렸음에도 불구하고 굳이 권력을 나누어 교왕에게 명분을 주는 점이 바로 그것이지."

"설마, 추기경님은……."

"파토르 경은 교황청과 교왕 사이를 아우르는 인물로 키울 생각이네. 그의 입지가 굳으면 굳을수록 그와 함께 나의 지위도 높아지겠지."

원대한 꿈의 한 조각을 엿본 빌라이엔 상위관은 충격을 받은 얼굴로 말을 더듬거렸다.

"그, 그가…… 그, 그 정도의 인물…… 이겠사옵니까?"

"그 정도면 적격일세. 자네가 말했지. 그의 성격이 둥글게 변한 것 같다고 말일세."

"아, 아, 예……."

"너무 강직해서도, 그렇다고 너무 멍청하거나 뛰어나서도 안 되네. 뭐든지 적당한, 그러면서도 다른 생각은 갖지 않는, 그런 자를 원하는 것이야."

그런 사람을 원하는 것치고는 파토르의 능력이 적당한 수준을 훨씬 웃돌고 있지만, 만약 파토르가 그 정도도 되지 않는 인물이었다면 애초에 헬파스텐 추기경의 눈에 들지도 못했을 것이다. 그랬다면 이렇게 원대한 계획의 일환이 되기는커녕 성기사조차 되지 못했을 터였다.

"그나저나, 2년 동안 그를 가만히 놔둔 게 이렇게 되고 보니 오히려 좋은 방향으로 흘러가는군. 백형의 경지를 깨달았을 뿐만 아니라 다른 추기경들의 경계도 피하는 효과를 냈으니 말이야."

"모두 광명께서 추기경님의 앞길을 비추고 계시는 것이 아니겠사옵니까."

"음, 그런가?"

헬파스텐 추기경은 흡족하게 웃었다. 생각해 보니 자신이 주도하여 일으킨 일들이 모두 좋은 방향으로 흘러가고 있는 것이다.

그렇게 큰 일을 홀로 진행시킨다는 부담감에 한때 다소 흔들리기도 했지만, 애초에 프로트 교단에 대항하는 이교도들을 가만히 놔두는 것 자체가 이상한 일이었다.

역사가 기억하리라. 교단의 정의를 바로세운 위업은 헬파스텐 추기경으로부터 시작됐다고 말이다.

그렇게 생각하니 새삼 아즈라브 추기경과의 눈치 싸움 같은 건 하등 하잘것없는 일에 지나지 않는다는 생각도 불현듯 들었다.

한참 이야기를 더 나눈 후에 빌라이엔 상위관은 추기경의 방에서 나왔다. 이미 해가 지고 있을 때였다.

마차에 오른 그는 오늘 나누었던 대화를 생각하면서 머릿속을 정리했다.

'추기경님께서 파토르 경을 그 정도의 재목으로 여기고 계
신다니 나도 그를 단순하게 생각해서는 안 되겠군.'

턱을 괸 그는 천천히 고민하기 시작했다.

빌라이엔 상위관은 헬파스텐 추기경과 한 배를 탄 사람이
다. 지금은 그의 오른팔로서 모든 명을 수행하고 있지만, 조금
전의 대화로 미루어 보면 추기경은 적극적으로 파토르를 밀어
줄 생각인 것 같았다. 머지않아 자신이 오른팔에서 밀려날 수
도 있다는 얘기였다.

그 전에 다른 수를 써서라도 이 자리를 지키겠다는 생각보
다는 이후까지 염두에 두는 게 좋을 것이라는 생각이 들고 있
었다. 그는 과욕을 부리는 사람이 아니었다.

'성기사 파토르…… 인가.'

그로부터 이틀이 지난 뒤, 파토르는 빌라이엔 상위관으로부
터 정식 명령을 받았다.

명령서를 천천히 읽어 내리던 중, 그는 눈살을 찌푸렸다.

"이게 무슨? 사교 모임이라니……."

"네? 사교 모임이요?"

곁에서 탁자를 닦고 있던 시녀가 파토르의 혼잣말을 듣고
눈을 반짝였다.

파토르가 찌릿 그녀를 쏘아보자 그녀는 고개를 수그렸지만

호기심까지는 채 지우지 못한 모양이었다.

십 대 후반의 여인들은 사교 모임 같은 곳을 동경하기 마련이었다. 그리고 시녀 역시 십 대 후반이었고 말이다.

"으음……."

"뭐, 뭘까요……."

눈총을 받았음에도 불구하고, 시녀는 명령서의 내용이 궁금해서 참을 수가 없는지 힐끗힐끗 곁눈질로 훔쳐보고 있었다.

"벨리타."

"네에……."

또 한 번 눈총을 받은 시녀가 시선을 거두고 다시 탁자를 닦기 시작하자 파토르는 못 말리겠다는 듯 고개를 휘휘 젓고는 명령서를 마저 읽어 내렸다.

하지만 사교 모임에 대한 내용 외에는 아무것도 없었다.

'혹 잘못 온 게 아닐까?'

하지만 서신의 아래에 적혀 있는 서명과 서신의 봉인에 찍힌 인장은 빌라이엔 상위관의 것이 틀림없었다.

'왜 사교 모임 같은 곳엘…….'

도무지 빌라이엔 상위관의 의중을 파악할 수 없던 그는 턱을 괴고 저도 모르게 한숨을 내뱉었다.

"흐음……."

"왜 그러세요?"

"사교 모임이라……."

"역시! 사교 모임이죠? 성기사님, 모임에 가시는 건가요?"

"음?"

벨리타가 눈을 반짝이면서 그의 옆에 앉자 파토르는 별수 없다는 표정을 지었다. 애초에 그녀를 편하게 대한 파토르의 잘못이었지만, 설마 2년간 이렇게까지 격 없는 관계가 될 줄은 미처 몰랐다.

"벨리타, 너도 가고 싶은 게냐?"

"그렇게 늙은 사람처럼 말씀하시지 마세요. 안 어울려요."

"흠흠……."

나이나 신분에 걸맞지 않은 직위 덕분에 엄청난 신분상승을 겪은 파토르는 자신이 낙인자라는 이유로 무시당하는 일이 없도록 아랫사람들에게는 철저하게 하대를 해왔다.

지금은 그러한 하대가 무척이나 자연스러워졌지만, 벨리타는 파토르가 얼마나 착한 사람인지 이미 2년 사이에 속속들이 꿰고 있었다.

"그 점에 대해서는 얘기해도 들어 줄 수 없는 부탁이라고 이미 여러 번 이야기했을 텐데."

"알고 있어요. 그냥 안 어울려서 말해본 거예요. 성·기·사·님."

뾰로통한 벨리타의 대꾸 탓에 파토르의 얼굴에 일순 난감한 기색이 떠올랐지만 곧바로 흔적도 없이 사라졌다.

"어쨌든…… 벨리타, 너도 사교 모임이라는 곳에 한번 가보고 싶은 모양이지?"

"뭐, 그런 건 아니고요……. 그냥 평범한 귀족이었다면 저도 가지 않았을까 싶은 거죠."

벨리타가 처음과는 달리 관심 없다는 듯한 태도를 보이자 파토르는 얼굴을 살짝 찡그렸다.

눈앞의 벨리타 같은 소녀들이나 이십 대 여인들이 모이는 사교 모임을 자신이 왜 간단 말인가? 자신은 교단과 교권, 나아가 신성제국을 지키는 이 나라의 검이며 방패다. 성기사란 그런 것이다. 그런 자신에게 사교 모임이라니?

다시금 벨리타는 물었다.

"사교 모임…… 가세요?"

"흠……."

파토르는 대답하지 못했다.

명령은 명령인 만큼 일단 따라야 할 터였다. 지금 파토르는 찬밥 더운밥을 가릴 처지가 아닌 것이다.

처음으로 받은 중요한 명령을 제대로 수행하지 못하고, 악마에 대한 증거도 결국 못 찾으면서, 그는 장장 2년이라는 긴 시간 동안 근신을 처분받았다.

자칫 종교재판까지 갈 수 있었지만, 헬파스텐 추기경은 그렇게 일이 커지면 결국 제 살 파먹기 식이 될 것이라는 결론에 도달하여 파토르를 보호한 것이다.

무엇보다 그의 신앙심의 증거인 신성력(빛)은 진짜였고, 결정적으로, 루반 관령과 오프할에서 악마의 마법으로 추정되는 흔적이 발견되었다.

단순히 그가 말도 안 되는 거짓을 주장하고 있다고는 보기 힘들다는 것, 그리고 정치적인 이해가 얽히면서 그는 그저 근신 처분에 그치게 되었다.

그리고 2년이 지나 이제야 드디어 다시 한 번 기회가 왔다. 헌데, 그것이 사교 모임에 참가하라는 명령이라니.

'골치 아프군. 2년을 기다린 끝에 받은 명령이 사교 모임이라니……. 설마 이런 명령이 내려올 줄이야……. 이건 조금도 생각지 못한 일이로군.'

애초에 첫 임무를 그렇듯 처참하게 실패한 것부터 일이 꼬이긴 했지만 말이다.

"가시겠죠……?"

"상위관님의 명령이다. 근신에서 벗어날 길을 만들어주신 분의 명령을 어찌 거스르겠나."

그러자 벨리타의 얼굴이 시무룩해졌다.

"거긴 예쁜 분들 많겠죠……."

"모두 유명한 귀족 영애들인데다 잘 꾸미고 올 터이니, 필시 그렇겠지."

"네, 그렇겠죠……."

"벨리타, 너도 가고 싶은 모양이지?"

"네?"

"가고 싶어서 이렇게 계속 묻는 것 아니었느냐?"

"아, 가, 갈 수만 있다면 가고 싶긴 하죠……."

혹시나 하는 심정에 잔뜩 부푼 벨리타의 기대는 곧 파토르의 반응에 무참히 깨졌다.

"그렇군."

그저 무심히 고개를 끄덕이는 파토르의 모습을 보면서 벨리타는 울상이 된 얼굴로 입술을 삐죽 내밀었다. 애초에 데리고 갈 생각도 없었으면서, 왜 기대하게 만드는 거람?

일말의 기대가 깨지자 벨리타의 목소리는 통명스러워졌다.

"성·기·사·님은 좋으시겠네요."

"내가 좋아할 것 같아 보이나?"

파토르가 눈썹을 찌푸리면서 대답하자 벨리타의 표정이 조금 풀어졌다.

"그럼, 안 좋아하세요?"

"쓸데없는 짓이지."

"그럼 안 가시겠네요……?"

그렇게 묻는 벨리타의 얼굴에는 기대감이 어려 있었다. 물론 파토르는 이번에도 그녀의 기대를 무참히 짓밟았다.

"아니, 이건 명령이다. 내게 선택권이란 애초에 없었다."

"가, 가시는 거예요?"

"그래야겠지."

"거긴 여자들이 엄청 많을 텐데요? 화장을 덕지덕지 진하게 칠하고, 향수도 진한 것만 써서 코가 마비될 거예요. 성기사님처럼 말씀을 잘 못하시는 분들은 힘들 거라고요."

"으음, 그건 그렇겠지······."

벨리타의 생생한 사교 모임 현장의 묘사에 파토르의 얼굴은 점점 더 어둡게 변해갔다.

"그뿐만이 아니에요. 기분이 좋은 것도 아닌데 시종일관 웃어야 하고, 높으신 분들과 한 분 한 분 만나 뵙고 인사도 드려야 하고······."

"아아, 그만, 그만. 그렇게 자세하게 설명하지 않아도 그곳이 괴로운 자리라는 것은 나도 잘 알고 있다."

파토르의 긴 한숨 같은 대구에 벨리타는 새치름하게 입술을 닫고 가만히 곁눈질로 파토르의 눈치를 살폈다.

"그럼······."

"그렇다 해도 어쩔 수 없지."

벨리타가 얼굴을 찌푸렸다.

"꼭 가실 거예요?"

"음? 그렇······ 지."

조금 전과는 달리 싸늘하게 착 가라앉은 그녀의 목소리에 파토르가 저도 모르게 고개를 들어 그녀를 보았다. 그리고 그는 그녀의 얼굴에 떠오른 냉기를 피부로 느낄 수 있었다.

"으음, 왜 그러지?"

"제가 뭘요?"

쌀쌀맞게 대꾸하는 벨리타의 태도에 파토르는 당황한 얼굴
이 되었다. 지난 2년간 벨리타가 이런 모습을 보인 적은 딱 두
번이었다. 그때 역시 파토르는 연유를 몰랐지만 말이다.

"하찮은 일개 시녀가 뭘 알겠어요?"

"이봐."

"네, 네. 하찮은 일개 시녀를 부르셨사옵니까, 성·기·
사·님?"

"흠, 무엇 때문에 이렇게 골이 났는지 모르겠군."

"골이라니요? 저 같은 사람이 감히 그런 감정이나 품을 수
있겠습니까?"

그녀의 비꼬는 태도에 파토르는 고개를 저었다. 이런 이유
도 모르는 감정싸움을 하고 싶지는 않았다.

"알았으니 그만 나가봐."

"예?"

"나가보라고."

"나, 나가라고요?"

"내가 말을 어렵게 했던가?"

파토르가 이렇게 나오자 벨리타는 황당하다는 얼굴을 했다
가 이내 아랫입술을 질끈 깨물었다.

"흥!"

크게 콧방귀를 뀌고 나가는 벨리타의 태도에 파토르는 머리
가 아프다는 듯 이마를 짚었다.

"이게 무슨 짓인지……."

애초에 그녀와 파토르는 격이 다른 신분이다. 그런데 지금 그녀와 파토르의 사이는 티격태격하는 오누이 같은 모습이니.

이제는 다시 시작할 때가 됐으니 거리를 둬야 했지만, 그게 마음처럼 쉽지 않았다.

등에 손을 얹는 파토르의 얼굴은 차갑게 가라앉아 있었다.

손끝에서 성흔이 느껴졌다.

"낙인자가 신분의 격을 따지고 있다니, 참으로 우스운 일이 아닐 수 없군……."

늦은 저녁시간이 되자 별관은 고즈넉한 분위기만이 감돌았다. 하루가 끝나가면서 이제 시녀들과 하인들도 조금씩 긴장을 풀고 방으로 돌아가 휴식을 취했다. 이제 밖에 보이는 사람은 몇 되지 않았다. 오로지 별관 곳곳에 켜져 있는 불빛만이 이곳에 사람이 살고 있다는 것을 말하고 있었다.

덜컥.

"미렌, 갈 시간이야."

"아, 벌써 시간이 그렇게 됐어?"

피곤한 기색으로 들어오는 이십 대 여인을 보면서 미렌은 급히 거울 앞에 가서 화장과 머리 모양을 확인했다.

"어때? 어디 이상하진 않지?"

"얘는, 그분이 그런 거 신경 쓰신 적 있어?"

"그래도……."

미렌이 뺨을 살짝 붉히자 조금 전까지 이야기를 나누고 있던 또래의 소녀들이 킥킥거리며 웃었다.

"미렌, 너 정도 체형으로는 어림도 없을걸? 돌처럼 꿈쩍도 안 하시는 분인데, 하물며…… 아직 어린애 같은 체형인 너로 되겠니?"

"뭐어……?"

미렌이 얼굴을 구기자 다른 소녀들까지 꺄르르 웃었다.

"그만하고 얼른 가봐. 조금이라도 시간을 지체했다가는 나중에 시녀장님께 혼날 거야."

조금 전에 들어온 방의 제일 큰 언니가 그렇게 얘기하자 미렌은 시녀장의 깐깐한 얼굴을 떠올리면서 급히 방을 나섰다.

연무장 쪽으로 탁 트인 복도를 걷던 미렌은 갑자기 발을 멈추었다.

"거, 거기 누구야?"

빛이 미처 닿지 않는 어둠에서 인기척이 느껴진 것이다. 그러나 천천히 걸어 나오는 이가 익숙한 사람임을 알아보고 미렌은 긴장하던 기색을 지웠다.

"뭐야, 벨리타잖아."

"성기사님께 가나 봐?"

"그래, 차를 드려야 할 시간이니까. 너랑 얘기할 시간 없어. 늦었다가는 시녀장님께 혼난단 말이야."

"잠깐!"

벨리타가 앞을 막자 미렌은 인상을 구겼다. 하마터면 벨리타와 부딪혀 찻잔을 떨어뜨릴 뻔한 것이다.

"뭐하는 거야! 떨어뜨릴 뻔했잖아!"

"이거, 내가 할게. 넌 가서 쉬어."

"뭐?"

"내가 해준다고."

벨리타가 선심 쓰듯 그렇게 얘기하자 미렌은 눈을 가늘게 떴다.

"왜?"

"뭐? 그, 그냥! 별 이유 없어!"

"그 소문 사실이야? 너…… 그분을 설마…….”

"뭐! 무슨 소문! 다 헛소리야. 얼른 내놔! 차가 다 식고 있잖아."

크게 당황하는 그녀의 모습을 보면서, 미렌은 한숨을 쉬었다.

"그건 바보 같은 짓이야, 벨리타."

"시끄러워."

미렌은 순순히 그녀에게 자신의 일을 주었다. 그녀의 모습을 보니 아무래도 정말로 마음속 깊은 곳에서 감정을 키우고 있는 모양이었다.

잘생긴 귀족의 품에 한번 안겨보고 싶다는 생각의 미렌이나 또래의 다른 시녀들과는 명백하게 다른 마음 말이다. 그 열병 같은 마음을 미렌도 잘 알고 있기 때문에 벨리타를 막을 수 없었다.

벨리타가 저 건너편 귀퉁이를 넘을 때까지 그 자리에 있던 미렌은 이내 처소로 돌아갔다. 벨리타를 끝까지 말리지 못한 자신에게 쓴웃음을 지으면서.

똑똑.

"들어오게."

문이 천천히 열리고, 벨리타는 조심스럽게 들어와 탁자에 찻잔을 올려놓고 조용히 차를 따랐다.

그때까지도 파토르는 벨리타가 왔는지 모른 채, 그저 책만 담담하게 읽고 있었다. 괜히 시녀들 사이에 돌기사라는 말이 도는 게 아니다.

잘 뻗은 콧날, 시원한 턱선, 윤기가 흐르는 아름다운 금발. 그 무엇 하나 흠잡을 데 없는 외모다. 벨리타도 그런 멋진 외관에 끌리지 않았다면 거짓말이리라.

하지만 그녀가 이런 마음을 품게 된 것은 비단 외관 때문이 아니었다. 은근한 상냥함과 배려, 바로 그것이었다. 하늘과 땅의 차이라고 봐도 무방한 신분 차이. 그럼에도 불구하고 파토르는 굳이 신분의 격을 상기시키게 하는 태도를 보이지는 않았다. 남을 낮추기보다는 스스로의 처신을 그에 걸맞게 높이는 것.

다소 눈치 없는 점도, 지나치게 딱딱하고 어색한 하대조차
도 벨리타에게는 멋지고 사랑스러워 보였다.

"무슨 일이라도……."

차를 따른 뒤에는 바로 인사를 하고 나가는 것이 일반적이
다. 그런데 오늘따라 이상하게 곁에서 가만히 있는 시녀의 행
동에 이상함을 느낀 파토르는 그제야 시녀의 얼굴을 보고 눈
을 가늘게 떴다.

"벨리타, 어째서 네가 여기에 있는 것이지?"

"아, 그게…… 오늘 그 아이가 아파서……."

"그래? 어제가 메리나였으니 오늘은 미렌이었군. 미렌이 많
이 아픈 모양이지?"

파토르의 대꾸에 벨리타의 눈가가 별안간 날카로워졌다.

"잘 알고 계시네요?"

"음, 정해진 순서대로 오는데 외우지 못하면 그게 더 이상
한 일이지."

"그렇군요. 미렌은 괜찮아요. 정말 딱 봐도 아무렇지도 않
을 정도예요."

"아무렇지도 않을 정도? 그렇다면 어째서……."

"아, 그런 게 있어요! 성기사님은 모르는 그런 날이 있단 말
이에요!"

"그런가? 뭐, 상관은 없지만 건강이 가장 중요한 일이니, 몸

조리 잘하라는 말이나 전해주게."

"흥! 성기사님이 그런 말씀 안 하셔도 알아서 몸조리 잘할 거예요. 미렌은 자기관리는 잘하는 애니까 말이에요."

파토르는 눈살을 찌푸렸다. 또다시 벨리타의 기분이 상한 모양이었다.

'도대체 왜?'

당최 그 이유를 모르겠으니 참으로 답답할 수밖에.

"흠흠, 수고했군. 그만 돌아가서 쉬는 게 좋지 않을까 싶은데. 이제 마시기만 하면 되니까 말이야."

"제가 금방 돌아갔으면 하시나 봐요."

"음, 그러면 밤도 깊었는데 이곳에 계속 있을 셈인가?"

파토르의 대꾸에 벨리타는 당황한 얼굴이 되었다.

"아, 아니…… 그런 건 아니지만……."

살짝 식은 차의 향을 음미한 파토르는 잔을 입술에 가져가 천천히 기울였다. 입에서 뜨뜻한 온기와 향이 감돌았다. 차를 왜 마시는지조차도 이해하지 못하던 2년 전과는 판이한 모습이었다.

쭈뼛쭈뼛 느린 걸음으로 문 앞에 선 벨리타는 얼굴을 잔뜩 찡그렸다.

"저……."

"무슨 할 말 있나?"

"아, 그게…… 그…… 사교 모임 말이에요……."

"흐음."

벨리타가 그녀답지 않게 쭈뼛거리면서 말을 제대로 잇지 못하자 파토르는 심각한 표정을 지었다.

'아무래도 굉장히 가고 싶은 모양이군.'

하지만 시녀의 신분인 그녀를 데리고 갈 수는 없다. 사교 모임에는 조금도 관심이 없지만, 그렇다고 가볍게 생각할 사안은 아닌 것이다.

확실히 잘라내지 못한 것이 혹여 그녀에게 기대감을 준 것은 아닌가, 하는 생각이 들었다.

파토르는 마음을 굳혔다.

"사교 모임……."

"미안하구나. 그곳에 널 데려갈 수는 없다."

"……네?"

"그곳에 널 데려갈 수는 없어. 나 혼자 가야 해. 이건 공적인 일이다. 상위관님의 명령이 내려진 만큼, 나는 이에 전력을 다해야 한다."

벨리타는 입술을 다물었다. 조금 전까지의 떨림도 이내 완전히 멎었다. 싸늘한 바람이 마음 한구석을 스쳐 지나가는 것 같았다.

"설마 제가 그런 곳엘 가려고 했겠어요? 말도 안 되죠. 주제넘게……."

"아니었나……?"

"성기사님도 참……. 전 귀족도 아닌걸요. 일개 시녀인데, 어떻게 그런 자리에 가겠어요."

평소같이 웃는 얼굴로 말하는 그녀의 얼굴을 보면서 파토르도 어색하게 웃었다.

"그렇군. 가고 싶어 하는 것 같기에…… 착각이었군."

"아, 곤란하셨겠네요. 이 어린 시녀가 그곳에 따라가겠다고 하면 어쩌나, 하고 말이에요."

"실망하지 않았다니 다행이군. 하지만 나는 그곳에 가는 것이 썩 달갑지 않아. 명령이니 따르긴 하지만…… 불편한 자리가 되겠지."

완곡하게 돌려 말하며 배려해주고 있지만 사실은 곤란했다고 긍정하는 말이었다. 벨리타는 자신이야말로 이 자리가 불편하다고 생각했다.

"……독서하시는 데 제가 방해가 되었네요."

파토르는 그저 살짝 웃었다. 걱정하던 것과는 달리 벨리타는 아무렇지도 않은 것 같았다. 좋은 결과다.

벨리타가 문을 열고 나가자 파토르는 품속에서 다시 서신을 꺼내서 읽었다. 날짜는 앞으로 이틀 후.

긴 한숨이 흘러나왔다.

별이 총총한 밤인데도 세상은 어두워 보였다.

벤치에 가만히 앉아 있는 벨리타는 조금 전에 파토르의 눈에서 읽은 감정 때문에 잠들 수가 없었다. 애초에 따라가겠다고 매달릴 생각도 없었지만, 그렇게 말하기라도 했다면……
단호하게 거절당했겠지.

'그냥…… 다른 귀족 영애들을 조심하라는 말을 해주고 싶었는데…….'

왠지 모르게 그녀는 마음이 아팠다. 아무리 신경 쓰지 않으려고 해도…… 신분의 차이라는 벽은 너무나도 거대하다. 이성은 여기서 멈춰야 한다고 경고하는데도 마음은 여전히 저쪽으로 향한다.

자신이 무엇을 어떻게 하고 싶은 것인지 갈피를 잡지 못한 채, 그녀는 그곳에서 가만히 앉아 시간을 보내다가 밤이 늦어서야 처소로 돌아갔다.

*　　　*　　　*

다그닥다그닥.

말발굽 소리를 내며 도심의 한복판을 조용히 나아가는 고급 마차 안에는 두 명의 남녀가 앉아 있었다.

남자는 오십 대 후반에서 육십 대 초반으로 여겨지는 중년인이었고, 여자는 이제 갓 이십 대나 되었을 법한 외관에 대단히 수려한 미모를 뽐내고 있었다.

"알아들었겠지?"

"또 말씀하시는군요. 귀에 못이 박힐 정도로 들었어요."

여인의 당찬 대답에 중년인의 눈썹이 휘어져 올라갔다.

"알리니벨, 이번 일은 너나 내 인생에 있어 대단히 중요한 일이다. 몇 번을 다시 듣고 각오를 다져도 모자라."

"그렇게 대단한 인물인가요? 아버지가 그렇게 한 사람을 높이 평가하시는 건 처음 보는 것 같은데요?"

여인의 흥미롭다는 듯한 태도에 중년인은 시선을 창가로 돌렸다.

"아직 그 정도의 인물인지까지는 모르겠다."

"그게 무슨 말씀이세요?"

"아직 어느 정도의 재목인지 정확히는 잴 수 없는 상황이란 말이다."

"그런데 어째서 제게 이런 일을 시키시는 건가요? 그저 평범한 인재라면 빌라이엔 상위관님의 딸이 나설 필요는 없지 않나요?"

빌라이엔 상위관, 그리고 그의 딸. 마차에 타고 있는 두 사람의 정체는 바로 그것이었다.

중년인, 빌라이엔 상위관은 당차게 대꾸하는 딸을 보면서 눈살을 찌푸렸다.

"알리니벨, 이 아비가 너를 이용하는 것이 불편한 것이냐?"

한 치의 흔들림 없이 묻는 아버지의 시선을 받아내면서 알리니벨은 부드럽게 웃었다.

"네, 상위관님의 딸인 저의 가치가 그 정도밖에 되지 않았나, 하는 실망감이 드네요."

"뭐라?"

빌라이엔 상위관이 낮은 목소리로 웃었다.

"역시 너는 딸이 아니라 아들로 태어나야 했어."

"가끔은 저도 그렇게 생각해요. 하지만 그러기엔 미모가 너무 뛰어나지요?"

다시금 빌라이엔 상위관이 웃었다. 넷째 딸인 알리니벨과는 이야기가 잘 통했다. 하지만 그 웃음 속에는 씁쓸함이 배어 있었다.

'아쉽군. 알리니벨이 아들이었다면……'

빌라이엔 상위관도 알리니벨의 속내는 여간해서는 파악하기가 쉽지 않았다. 그의 슬하에 있는 자식들 중 그를 이렇게 웃게 하는 것도 오로지 그녀뿐이었다. 정작 빌라이엔 가문을 이어야 할 적자는 어수룩하고 순해 빠져서 문제인 상황이니 그런 생각을 하는 것도 무리는 아니다.

아쉬움을 뒤로한 채, 빌라이엔 상위관은 무표정한 얼굴로 돌아갔다.

"그는 헬파스텐 추기경님께서 눈여겨보고 있는 인물이다."

"추기경님께서 말이에요?"

알리니벨의 눈가에 빛이 번뜩였다. 헬파스텐 추기경이라는 이름은 결코 가볍지 않다.

"으음, 그는 본래 일회용 정도로 쓰고 기대에 못 미치면 즉각 버릴 정도의 인물이었다."

"일회용……. 그런데 어째서……?"

"그가 가진 기량과 실력이 진짜이기 때문이다."

낙인자이기는 하나 그를 수용함으로써 천검의 주인의 제자가 교인이라는 사실과 더불어 천검의 주인씩이나 되는 인물이 교단과 함께하고 있음을 간접적으로 선전하려 했던 것이다.

하지만 그것도 얼마 전까지의 이야기다.

'백형…… 백 개의 형상.'

천검의 주인의 검술인 바리엘 분검식은 이미 제국 내에서도 유명하다. 그를 마스터의 자리에 오르게 만든 검술, 그리고 극히 소수의 제자에게만 전수한 탓에 신비성이 부각되어 더욱 크게 알려진 비전검술이다.

지금까지 알려진 바로, 바리엘 분검식의 정수는 백형을 깨우친 이후부터 드러난다. 그 검세가 이전과는 판이하게 다르고 대단히 변칙적일뿐더러 흐름에 끊임이 없어, 최강의 검술이라는 칭호를 받기에 부족함이 없었다.

백형의 증거는 이전보다 더욱 환하고 구체적으로 형상화된 백 개의 검기다. 실로 그 이름에 걸맞게 백 개의 검이 사방을 수놓는 모습이 바로 백형의 경지를 증명하는 것이다.

그리고 백형을 깨우친 자는 능히 성기사급의 실력에 이른다는 것이 일반적인 상식이었다.

"실력이 진짜라니요?"

"그가 정말로 성기사라는 이름에 걸맞은 실력을 이루었다는 얘기다."

알리니벨의 얼굴에 호기심이 어리기 시작했다.

"아직 젊은 나이라고 하지 않으셨나요?"

"아직 젊은 나이지. 거기다가 외모도 준수한 편이다. 대단한 실력과 젊은 나이, 준수한 외모에 올곧은 성품까지…… 헬파스텐 추기경님께서도 그를 일회용으로 쓰고 버리는 것은 아깝다는 생각을 하신 것이겠지."

"그렇게 말해주시니 저도 이해했어요. 그래서 아버지는 저를 사교 모임으로 데려가는 것이군요. 이제야 저도 그 성기사에게 흥미가 동하네요."

알리니벨이 흥미롭다는 얼굴로 눈을 빛내자 빌라이엔 상위관은 고개를 주억거렸다.

"일단은 그를 네 치마폭 속에 끌어들여야 한다."

"쉬울지 모르겠네요. 미리 알아보니 그는 시녀들 사이에서도 돌기사라는 별명으로 불린다고 하던데요."

사전에 알아보았다고 하는 딸의 말에 빌라이엔 상위관의 입가가 말려 올라갔다. 역시 알리니벨과는 이야기가 잘 통한다.

"돌기사라……. 그래, 나도 그에 대해서는 들었다. 여색을 가까이하지 않는다지."

"그런 분께는 다가가기 힘든데 말이에요."

여인의 몸으로 한 치의 부끄럼도 없이 그렇게 말하는 딸의 태도에 빌라이엔 상위관은 다시금 낮게 웃었다.

"그러니 너의 역할이 중요한 게다. 이번 기회를 놓치면 다시 그를 잡기가 어려워진다."

"어째서인가요?"

"내 힘으로 파토르 경을 잡고 시간을 끄는 건 며칠 되지 않는다. 그에게는 지금 추기경님으로부터 명령이 내려온 상황이다. 그리고 그 명령을 잘 이행하기만 하면 그에게는 막대한 공적이 쌓이지. 그 후에는 어떻게 되겠느냐? 그때쯤 되면 그는 더 이상 이름 모를 성기사가 아닐 것이다."

"그렇게 대단해질 수 있을까요? 그를 제외하고도 성기사는 수가 제법 될 텐데요?"

알리니벨의 대구에 빌라이엔 상위관은 피식 웃었다.

"알리니벨, 너는 아직 상위관, 그리고 추기경님의 권력에 대해서 제대로 알지 못하는구나."

"어쩔 수 없지요. 아녀자인 이상 정계에 대한 이야기는 오로지 귀로만 들을 뿐이니까요."

"기사단에 포함되지 못한 성기사, 아니, 설사 기사단에 포함된 성기사라고 해도 이번 일처럼 거대한 토벌령을 홀로 담당할 수는 없다. 하지만 추기경님의 입김이 작용하면 이야기가 달라지지. 헬파스텐 추기경님께서는 펜게른 영지, 즉 펜게른 교구의 토벌령에 대한 실지휘권을 그에게 맡기려는 상황이다. 그게 무슨 말인지…… 알리니벨, 똑똑한 너라면 잘 알 수 있겠지."

알리니벨의 표정이 묘하게 바뀌었다. 지극히 의도적인 몰아주기. 그렇게 되면 모든 공적은 당연히 한 사람에게만 쌓이게 된다.

"대단하군요. 새삼 이번에 그를 잡아두지 않으면 다음 기회가 오지 않을 거라는 아버지의 말씀도 알겠어요."

"그렇게 되면 그는 더 이상 내 아래가 아닐 것이다. 명성과 공적이 쌓인 실력과 성기사는 추기경의 휘하에서 보이지 않게끔 일하는 상위관에 결코 뒤지지 않는다."

"네, 잘 알겠어요."

알리니벨이 각오를 다지며 대꾸했을 때, 마차가 천천히 멈추었다. 어느새 사교 모임이 열리는 거대한 귀족 저택까지 이르렀다.

"자신이 있느냐?"

"예. 제가 가지고 싶은 걸 손에 못 넣은 적이 있던가요?"

"그를 손에 넣고 싶어졌다는 게냐?"

"일단, 지금은요."

알리니벨이 부드럽게 웃었다.

곧 마차 문이 열렸다.

"빌라이엔 영애께서 들어오십니다."

회장의 문이 열리고, 곧 들어오는 여인의 당당한 발걸음에 모임의 분위기가 바뀌었다. 조금 전까지 모여서 삼삼오오 떠들고 있던 귀족들의 얼굴에도 놀라움이 떠올랐다.

"오오, 저분은 빌라이엔 영애가 아니신가."

"사교 모임에서는 실로 오랜만에 뵙는군."

웅성거리는 소리가 커졌다. 모든 이들의 시선이 붉은 머리칼의 여인에게로 꽂혔다.

전에는 사교 모임에는 빠짐없이 모습을 드러내던 빌라이엔 영애는 근래 들어 여간해서는 보기 힘들었는데 오늘 이 자리에 얼굴을 보인 것이다.

'저 여인이 빌라이엔 상위관의 영애인가……'

회장의 외곽에서 와인 잔을 들고 있던 파토르는 부친을 전혀 닮지 않은 빌라이엔 영애를 바라보았다. 그리고 이곳으로 가라고 한 빌라이엔 상위관의 진의가 무엇인지 헤아려보았다.

'왜 이곳에……'

빌라이엔 상위관이 이곳에 없는 것으로 미루어볼 때, 그와의 연결고리는 그의 영애 정도밖에 없었다. 하지만 그녀에게 접근하기가 여의치 않았다.

"소문은 많이 들었어요. 빌라이엔 상위관님께서 눈여겨보시는 성기사님이 한 분 계시다는 말씀 말이에요."

"과분한 호의를 받고 있을 뿐입니다."

삼십 대 초반의 여인이 다가와서 말을 걸자 파토르는 여태

해온 것처럼 지극히 사무적인 어조로 대꾸했다.

하지만 여인의 호기심은 사그라지지 않았다.

"성기사님이 이런 사교 모임에 찾아오시는 경우도 그리 많지 않은 것으로 알고 있는데⋯⋯."

"그렇습니까? 저도 이런 자리는 그리 익숙지 않습니다."

"그러셨군요. 실례가 안 된다면 제가 좀 알려드려도 괜찮을까요?"

파토르는 귀족들에게 그리 많이 알려진 사람이 아니다. 그것은 그가 아무런 공적도 없이 단번에 출세했기 때문이기도 하고, 이제껏 신전 내부의 별관에 근신하여 모습을 드러내지 않은 탓도 있었다.

그래서 성기사라는 직위를 보고 다가오는 사람은 있어도 빌라이엔 상위관과 연관된 사실까지 알고 다가오는 경우는 흔치 않은 것이다. 그러니 이렇게 실례를 무릅쓰면서까지 접근하는 것에 아무런 의도도 없으리라고는 생각하기 힘들다.

'헬파스텐 추기경, 그리고 빌라이엔 상위관의 움직임을 주목하고 있는 것일지도 모르겠군.'

파토르는 눈앞에서 사람 좋게 미소 짓는 여인을 조금씩 경계하기 시작했다. 그러나 그러한 속내를 밖으로는 조금도 드러내지 않았다.

"실례일 리가 있겠습니까? 미숙한 부분은 배움을 청하는 것이 옳은 일이겠지요."

"솔직하신 분이로군요."

여인은 환하게 웃으면서 회장에 있는 유명한 귀족들에 대해 한 명 한 명 조곤조곤 설명했다. 그녀의 이야기를 들으면 들을수록, 파토르는 이 여인이 정계에 속해 있음을, 아니, 정확히는 그녀의 남편이 정계에 속해 있음을 알 수 있었다.

'문제는 이 여인이 지지하는 쪽이 헬파스텐 추기경인가, 아니면 다른 쪽인가 하는 것인데……'

사교 모임에 참석하라고 한 것은 바로 이런 이유 때문이었을까? 그렇게 생각하니 저 멀리에 있는 빌라이엔 영애는 자신과는 상관없이 그저 사교 모임에 참석한 것에 불과할지도 모른다는 생각이 들었다.

그런 이야기를 이어나가고 있다 보니 어느새 둘의 대화는 무척이나 자연스러워져 있었고, 둘 사이의 거리도 매우 줄어 거의 붙어 있다시피 했다.

"메르칸 부인의 부군께서는 정계에 계신 분 같습니다."

"예?"

조금의 우회적인 표현 없이 바로 직접적으로 물어오는 파토르의 말에 메르칸 부인의 얼굴이 일순 굳었다. 이 남자, 느닷없이 민감한 질문을 해온다.

"아, 예. 그렇지요. 그리 높은 자리는 아니지만 말이에요."

"메르칸 부인 덕분에 많은 것을 배웠습니다."

"더 많은 것을 가르쳐드릴 수도 있어요."

그렇게 말하며 한 걸음 가까이 오는 부인의 태도에 파토르는 일순 당황했다. 그녀와의 거리가 너무나도 가까웠던 것이다.

"무슨……."

당황한 파토르의 얼굴을 보면서 메르칸 부인은 요염한 미소를 지었다. 그리고 손을 슬쩍 뻗어 파토르에 팔에 얹었다.

파토르의 얼굴이 굳어갈 때였다.

"메르칸 부인, 정말 오랜만에 뵙네요."

뒤쪽에서 들리는 목소리에 메르칸 부인의 얼굴이 별안간 일그러졌다.

"이 목소리는……."

파토르의 시선도 그제야 그 목소리의 주인에게로 꽂혔다.

'빌라이엔 영애…….'

"예, 정말 그러네요, 빌라이엔 영애. 정말 오랜만에 뵈어요. 왜 그동안 통 보이질 않으셨나요?"

웃는 낯으로 빌라이엔 영애를 대하는 메르칸 부인이었지만, 조금 전과는 태도가 판이하게 달랐다. 그 차이를 느낀 파토르는 그녀가 빌라이엔 영애를 썩 달가워하지 않는다는 것을 알 수 있었다.

"그리 몸 상태가 좋질 않아서 나올 수가 없었어요."

"호호, 그런가요? 아직 어린 나이인데…… 건강을 좀 신경 쓰셔야겠네요."

"예. 하지만 이제 다 나아서 건강을 신경 쓸 필요는 없게 되었어요. 메르칸 부인께서 염려하신 덕분일까요?"

대화를 주고받는 둘의 태도는 상냥하고 부드러웠지만, 서로 간에 묘하게 묵직한 분위기가 얽히는 것이 바로 옆에 있는 파토르에게 그대로 보였다.

'둘의 사이가 좋지 않은 모양이군.'

"메르칸 부인? 실례가 되지 않는다면 파토르 경과 대화를 나누고 싶은데, 괜찮으시겠지요?"

"예, 물론이에요."

메르칸 부인의 얼굴에 별안간 떠오른 분노를 읽은 알리니벨은 고소하다는 듯 일부러 더욱 짙게 미소 지었다.

파토르와 빌라이엔 영애에게 고개를 살짝 수그리고 물러간 그녀는 그대로 회장을 나가버렸다.

"처음 뵙네요, 성기사님."

"만나 뵈어 영광입니다, 빌라이엔 영애."

둘이 회장의 외곽에서 대화를 나누고 있는 모습은 회장에 있는 귀족들에게 이야깃거리가 되기에 충분했다. 조금 전까지 다른 귀족들과 가벼운 인사만을 나누고 있던 빌라이엔 영애가 돌연 파토르가 있는 곳으로 다가간 것이다. 젊고 유망한 성기사에게 아름다운 영애가 먼저 접근한 것을 두고 뒷말이 무수히 나왔다.

한편, 파토르는 귀족들의 시선을 피해 일부러 외곽에 있었는데도 이런 상황이 되어 불편하다는 느낌을 받고 있었다. 시선을 받는 것에 익숙한 빌라이엔 영애와 그런 것에 익숙지 않은 파토르의 태도는 당연히 차이가 날 수밖에 없었다.

"이런 곳에는 처음 오신 게 확실한 모양이네요."

"……예, 앞으로도 제 의지로 이런 곳에 오는 일은 없을 겁니다."

단호한 대꾸에 알리니벨은 눈을 동그랗게 떴다.

"그런가요? 마음에 안 드시나 봐요. 이런 자리 말이에요."

"상당히 불편합니다."

자신을 앞에 두고 한 치의 주저도 없이 말하는 파토르의 태도에 알리니벨은 입을 가리고 쿡쿡 웃었다.

"정말 솔직하신 분이네요."

"제가 무슨 실례라도……."

"그럼요. 실례하셨죠. 여인을 앞에 두고 이 자리가 불편하시다니……."

웃음을 참으면서 얘기하는 알리니벨의 모습에 파토르가 조금 전까지 굳어 있던 기색은 온데간데없이 당황한 표정을 지었다.

"아, 그런 의미가 아니었습니다. 그저 이런 모임에 있다는 것이 불편하다는 의미였습니다."

"네, 알고 있어요. 재미있어서 농담 한번 해본 거예요. 정말 소문처럼 딱딱하신 분이네요."

"딱딱한…… 제가 말입니까?"

"네, 제가 별로 마음에 안 드시나 봐요."

"아니요. 영애는 충분히 아름답습니다."

"고마우신 말씀이네요. 헌데, 그렇다면…… 성기사님의 마음에는 차지 않는다는 말씀이시군요."

"그, 그런 게 아닙니다."

다시 당황하는 파토르의 태도에 알리니벨은 피식 웃었다.

돌기사.

그 별명은 과연 사실인 것 같았다. 자신을 보고도 눈썹 하나 꿈쩍하지 않았으니까. 하지만 그 외의 부분은 상당히 순수한 부분이 있는 것 같았다.

'이성에 대한 흥미가 없는 건 아닐 텐데……'

그렇다면 감정이나 본능 따위를 이성으로 내리누르는 사람일 것이다.

다시 평소의 무미건조할 정도로 딱딱한 얼굴로 돌아간 파토르를 보면서 그녀는 그의 옆자리에 섰다.

"어째서 이곳에 오게 되셨는지, 그 연유가 궁금하신 얼굴이네요."

"영애께서 제 앞에 계신 것을 보니, 그 연유를 알고 계신 모양이군요."

지극히 평범한, 그러나 의표를 찔러오는 그 말에 알리니벨은 점차 그에게 흥미가 강하게 이는 것을 느꼈다.

부드러운 부분과 날카로운 부분이 확실히 나뉘어 있는 이 성기사의 마음속 깊은 곳을 들여다보고 싶다는, 강한 충동과 같은 흥미가 말이다.

"네, 알고 있죠."

알리니벨의 대꾸에 파토르의 눈가가 살짝 떨렸다.

"무엇입니까?"

"정말 궁금하신 얼굴이네요. 좋아요. 알려드릴게요. 아버지 로부터 파토르 경께 전하라는 서신도 받았으니까요. 단, 조건 이 있어요."

"조건?"

"네, 별거 아니에요. 전 파토르 경이 마음에 들거든요. 교제 하고 싶어요."

파토르가 얼굴을 기묘하게 찌푸렸다.

*　　　*　　　*

"이곳으로 오십시오."

안내하는 기사의 뒤를 따라가는 파토르의 발걸음은 무거웠 다. 미약한 싸구려 조명석만이 임시 지하 감옥을 비추고 있었 고, 앞으로 나아갈수록 죄인들의 비명이 메아리치고 있었다.

'끔찍하군.'

그는 이를 악물었다. 최대한 죄인들을 보지 않으려고 노력

했지만 그것도 쉽지 않은 일이었다.

감옥에 갇힌 자들은 장년의 사내가 대다수였지만, 개중에는 노인과 아직 젊은 여인도 있었다.

"이들이 전부 이교도인가?"

"예, 그렇습니다. 은십자 기사단과 결탁하고 있을 가능성이 높은 자들을 모두 잡아들였습니다."

"가능성이라……."

"예, 좀 더 아래로 내려가시지요. 그곳엔 스스로를 은십자 기사단이라고 일컫는 악마 숭배자들이 있습니다."

혼란스러운 마음을 들키지 않기 위해 파토르는 더욱 차가운 얼굴을 하고 기사의 뒤를 따랐다.

살려달라고, 도와달라고 고함을 지르기라도 했다면 파토르는 흔들리고 말았을 것이다. 그러나 이들의 눈에는 오로지 절망과 좌절, 그리고 체념밖에 없다. 자연히 그들은 죽은 듯 가만히 있을 뿐, 아무런 소리도 내지 않았다.

그들 모두가 알고 있는 것이다. 교단에 의해 이교도로 지목받은 이들은 어떤 방법을 써도 벗어날 수 없음을 말이다.

긴 계단을 타고 아래층으로 내려가는 도중에 파토르가 물었다.

"저들은 모두 성흔을 받겠군."

"일반적으로는 정말로 그들이 이교도들과 관련이 있는지 없는지, 접촉을 했는지 안 했는지에 대해 따진 이후입니다만……."

기사의 말을 들으면서도 파토르는 손이 떨려오는 것을 들키지 않기 위해 주먹을 말아 쥐었다. 입술이 메마르고 입 안이 바짝바짝 탔다.

그는 결단을 내려야 했다. 오늘, 내일, 아무리 늦어도 모레까지는 저들의 인생을 송두리째 앗아갈 명령을 내려야 하는 것이다.

그래야만 그것이 공적이 된다. 그러기 위해서 굴바엔 지방으로 온 것이고.

천검의 주인, 봉그리드의 제자가 된 그 순간부터 결심한 일이 아니던가. 위로 올라가기 위해서는 이러한 모든 것을 겪어야만 한다고, 이미 각오하고 있던 일일 뿐이다.

이건 대의를 위한 작은 희생이다. 희생 없이는 대의를 이룰 수 없다. 누군가를 밟지 않고서는 위에 설 수 없고, 위에 서지 못해서는 힘이 없기에 개혁을 추진할 수 없다. 권력이라는 큰 힘만이 이 나라를 바꿀 수 있는 것이다.

문득 파토르의 머릿속에서 6년 전 그날의 기억이 스쳐 지나갔다.

"나랑 비슷한 또래 같은데, 이름이 뭐야?"

"어? 파, 파토르."

"파토르? 난 라트."

그렇게 순수한 얼굴로 자신의 이름을 밝히던 소년의 얼굴, 그리고 불타오르던 화전촌이 말이다.

자신이 그곳으로 가지만 않았어도 그 마을 사람들은 여전히 평화롭게 살고 있을는지도 모른다.

마을은 불타올랐고, 사람들은 피를 흘리며 죽어나갔다. 하지만 정작 자신은 그곳에서 살아남았다. 그들의 삶을 짓밟고 파토르는 그 지옥에서 살아남은 것이다.

이미 그는 씻을 수 없는 죄악을 짊어지고 있다.

6년 전에 일어난, 도저히 잊을 수 없는 인생의 반환점을 다시금 상기한 파토르의 눈에 결연한 빛이 떠올랐다.

간신히 여기까지 왔다. 더 이상 어떤 방법으로도 되돌릴 수 없다.

"여기입니다. 이곳의 죄인들은 모두 이교도 집단에 소속된 자들로, 국가에서 금하는 반교 행위를 해오던 악마 숭배자들입니다."

기사의 얼굴이 경멸로 일그러지는 것을 본 파토르는 흔들리는 마음을 가까스로 진정시켰다.

'흔들려서는 안 된다. 여기서 흔들려서는 모든 것이 끝이다.'

"살려둬서는 안 되겠군."

냉기가 흐르는 파토르의 대꾸에 기사의 얼굴에는 짙은 흥분이 어렸다.

"그렇습니다. 당장이라도 모조리 목을 베고 싶은 마음입니다만, 저 같은 일개 기사에게는 그럴 권한이 없으니……."

"아니네. 자네같이 신앙심 깊은 기사는 곧 신관으로 거듭날 것이고, 조금만 더 정진하면 전투 신관이 될 수도 있을 것이네. 마음을 더욱 갈고 닦게."

"예, 옛! 알겠습니다."

파토르의 말에 기사는 감동 받은 얼굴로 고개를 깊이 수그렸다. 수그린 기사를 바라보는 파토르의 눈은 차가웠다. 이런 부분부터 차근차근 입지를 굳혀나가야 했다.

뒤따르는 기사들까지 감동받은 얼굴로 고개를 주억거리며 고개를 살짝 수그리고 있을 때였다.

"아으으으…… 아아아……!"

고통에 찬 신음 소리가 울려 퍼졌다.

"이게 무슨 소리냐!"

기사의 으름장에 뒤따르던 젊은 기사 한 명이 급하게 신음 소리가 울리는 감옥으로 다가갔다.

"무슨 일이냐!"

"으으으…… 아으윽……. 사, 살려주…… 으으윽!"

배를 잡고 구르는 죄인의 모습을 본 젊은 기사의 얼굴이 핼쑥해졌다.

"저, 저기…… 펜빌 기사장님, 이 죄인의 상태가 좋지 않은 것 같습니다."

"쯧쯧."

펜빌이라고 불린 기사장이 파토르에게 머리를 깊이 수그리고는 혀를 차면서 감옥에 가까이 갔다. 식은땀을 흘리면서 바닥을 구르고 있는 죄인의 모습은 과연 어느 모로 보나 대단히 아픈 것 같았다.

"음, 상태가 좋지 않은 모양이군⋯⋯."

"내가 한번 보지."

기사장의 혼잣말에 파토르가 성큼성큼 다가왔다.

"으으으으⋯⋯."

파토르는 어둡고 조그마한 감옥 안에서 허름한 옷을 입고 맨발로 고통에 덜덜 떠는 그를 가만히 내려다보았다.

"아픈가?"

"으으으⋯⋯ 사, 살려 주십시오⋯⋯. 제, 제발⋯⋯."

"이놈! 이교도 주제에 목숨을 구걸하는 것이냐!"

기사장이 호통을 치자 파토르가 가만히 손을 들어서 그를 제지했다.

"문을 열어라. 내가 직접 들어가서 살피겠다."

그렇게 말하는 파토르의 눈에 별안간 연민의 감정이 스쳤다. 그것은 다른 누구에게도 들키지 않을 만큼 일순간에 불과했다.

기사장은 바로 우려를 표했다.

"성기사님, 들어가실 것까지야 있겠습니까? 어차피 죽어 마땅한 죄인입니다."

"그는 아직 절차를 밟지 못한 죄인이다. 여기서 그가 죽는 다면 온전히 죄인으로서 죽는 것이 아니게 될 것이다. 만천하에 그가 죄인이라는 사실을 밝히고 나서 죽여야만이 비로소 국가의 지엄한 교법을 알리는 길이 될 것이다."

"소, 송구스럽습니다. 그, 그런 깊은 뜻이 있는 줄은……."

기사장과 함께 기사들이 모두 그에게 고개를 수그렸다. 곧 기사장의 눈짓을 받은 기사 한 명이 다가가 문을 열었다.

철컥.

"열렸습니다."

감옥에 들어선 순간 답답한 공기에 섞인 지린내가 진동을 했다. 한 줄기 빛조차 비치지 않는 이곳은 오로지 어둠과 악취, 눅눅한 공기, 그리고 눈앞의 죄인의 끝없는 절망으로 가득 차 있었다.

그림자가 드리운 파토르의 얼굴이 별안간 일그러졌다. 그러나 혼란스러운 심정과는 달리, 나오는 말은 지극히 담담하고 차가웠다.

"상태가 어떻지?"

"으으으…… 배, 배가……."

파토르는 천천히 다가갔다. 그리고 한쪽 무릎을 굽힌 바로 그 순간이었다.

죄인의 고통으로 일그러진 얼굴에 별안간 살의가 번뜩였다.

"죽어!"

조금 전까지 고통에 몸부림치던 죄인은 품에 감춰두었던 날카로운 유리 조각을 꺼내 들고 파토르에게 달려들었다.

"아, 아니!"

기사장이 뒤늦게 경악하며 달려왔다. 그러나 그 순간, 파토르가 왼손을 들어 제지했다.

"꺼으으윽!"

울컥 피를 토하는 죄인의 눈에는 믿을 수 없다는 빛이 역력했다. 실로 불의의 습격이었건만, 어째서……?

고통에 정신을 잃기 직전인 상황에서도 그는 천천히 그 고통의 근원을 찾아서 눈을 굴렸다.

그의 가슴 정중앙을 무언가가 꿰뚫고 있었다.

"끄, 꺼극……."

숨을 껄떡이는 소리만이 새어나오는 와중에 그의 의식은 빠르게 멀어지고 있었다. 무거운 몸을 차가운 감옥 바닥에 완전히 눕혔을 때, 그는 비로소 볼 수 있었다.

그림자가 드리운 성기사의 일그러진 얼굴, 그의 푸른 눈동자가 격렬하게 떨리고 있었다.

고통조차 느껴지지 않는 멍한 순간까지도 이름 모를 죄인은 어째서 피도 눈물도 없는 교단의 신봉자가 저런 표정을 짓는지 끝내 알 수 없었다.

천천히 식어가는 죄인을 보는 파토르는 좀처럼 얼굴을 펴지

못했다. 그러나 그와 반대로, 입술에서 새어 나오는 목소리는
실로 냉랭하기 그지없었다.

"어리석은 놈이군."

"다, 다행이십니다. 성기사님께서 만에 하나라도……."

"어리석은 소리. 광명께서 길을 비추고 계신데 이런 쓰레기
에게 해를 당할 내가 아니다."

"오오……."

파토르의 냉정하고 차가운 목소리가 울리자 그때까지 잠자
코 있던 죄인들이 온갖 증오를 담아 울부짖기 시작했다.

"죽여버리겠어!"

"이 더러운 악마!"

"개만도 못한 가증스러운 것들!"

그 저주에 가득 찬 고함 소리를 들으면서 파토르는 죄인의
몸에 박힌 천천히 검을 뺐다. 빛무리가 사라지고, 검신에서는
피가 뚝뚝 떨어져 내렸다.

'죽였다.'

파토르는 스스로에게 선고를 내리듯 속으로 속삭였다.

죽은 자들은 그가 마음속에 품고 있는 것과 크게 다르지 않
은 이상을 가지고 있던 자들이었다.

개혁.

이 나라를 좀먹고 있는 지금의 교단을 무너뜨리는 것.

그와 이들의 차이는 고작 방식이 다르다는 것뿐이었다.

은십자 자유 기사단.

'나에게 자유를 안겨준 이들의 이름.'

파토르는 천천히 혼란스러운 감정을 정리했다.

'그러나 이 나라에는 조금도 필요하지 않은 자들의 이름이다.'

여전히 마음속은 혼란스러웠지만, 그의 이성은 더 없이 날카롭게 벼려지고 있었다.

'절대로 동요가 드러나서는 안 된다. 절대로.'

그의 입지를 굳히는 일종의 퍼포먼스로서 이만한 일은 또 없다. 그런 측면에서 이번 명령은 실로 놓쳐서는 안 될 기회다. 그러니 흔들리는 모습을 보여서는 안 된다. 앞으로는 무덤덤하게, 철저하게 해내야 한다.

그 누구보다도 철저하고 잔인하게 말이다.

천천히 돌아서는 파토르의 얼굴은 북풍보다도 더욱 차가웠다. 한 줌의 망설임이나 동요도 그의 얼굴에서는 찾아볼 수 없었다.

그런 그의 모습을 보면서 기사들은 마음속 깊이 감동하는 얼굴을 보이고 있었다.

"이 밑으로 몇 층이나 더 있지?"

"아, 예. 앞으로 3층은 더 있습니다, 성기사님."

기사장은 파토르가 감옥으로 들어올 때와 지금의 분위기가 확연히 다르다는 느낌을 지울 수가 없었다. 그러나 그것은 무미건조하나 미지근하기만 하던 느낌에서 날카롭고 위압적인 느낌으로 바뀌었기 때문이었다.

'이것이 성기사라고 하는 이들의 모습인가!'

기사장은 한 치의 주저도 없이 죄인의 가슴에 검을 꽂는 그 모습에 경외감을 가질 수밖에 없었다.

"이런 자들을 더 볼 필요는 없겠지. 지하 1층의 죄인들부터 내 앞으로 데려오라. 그들의 처우를 모두 내가 결정하겠다."

그렇게 말한 파토르는 위층으로 성큼성큼 올라갔다.

계단을 오르는 그의 얼굴은 무섭도록 차갑고 날카로웠다. 그 감옥에서 파토르는 무엇인가 중요한 것을 버린 것이다.

"예!"

기사장과 기사들이 그의 뒤를 뒤따랐다.

이후 파토르는 조금의 지체도 없이 이교도들의 처우를 결정하는 성기사의 직무를 공식적으로 시작했다.

'일단 마르비엔 교구로 가세요. 그곳의 동쪽 관령에서 벌써 상당히 많은 이교도들이 잡혔다고 하네요. 그들의 처우에 대해서는 모두 파토르 경에게 일임되었어요.'

이곳에 오기 전 사교 모임에서 만난 알리니벨의 또렷한 목소리가 커대한 신전의 상좌에 앉아 있는 파토르의 귓가에 다시금 울려 퍼지는 것 같았다.

"성기사님, 죄인을 데려왔습니다."

백색 일색의 대신관 복장, 그러나 가슴과 모자에 박혀 있는 두 쌍의 프로텔리아는 그의 직위가 성기사라는 것을 알리고 있다.

상념에서 헤어난 파토르는 앞에서 무릎을 꿇고 있는 남자를 가만히 내려다보았다. 채 소년티조차 벗지 못한 남자였다.

곁에 있던 신관 한 명이 곧 그의 앞에 서류를 한 장 놓았다. 그곳에는 눈앞에 무릎 꿇고 있는 이가 지은 죄목이 쓰여 있었다.

"이교도와 접촉, 그뿐만 아니라 위증까지 했군."

"아, 아닙니다. 아닙니다! 저, 저는 몰랐습니다. 그, 그들이 이교도인 줄은 몰랐습니다! 제발, 제발!"

울부짖는 그의 목소리를 들으면서도 파토르의 눈에는 한 치의 흔들림도 없었다.

"계속 거짓을 말한다면 더욱 처참하고 잔인한 형벌이 떨어질 텐데, 괜찮겠느냐?"

"제, 제발…… 아닙니다, 아닙니다."

억울함에 눈물을 흘리는 그의 모습에 곁에 있는 신관들과 신관 기사들의 얼굴에 경멸이 떠올랐다.

"끝까지 회개하지 않는 태도를 보이는군. 아무리 관대한 처분을 내리고 싶은 마음이 클지언정 이제는 그럴 수가 없게 되었다! 평생에 걸쳐 교단과 국가를 위해 노동력을 바치는 형벌을 내리겠다. 성흔을 등에 새기고 제국의 신민들을 업도록 하라."

그 말이 끝나자마자 아래에 있던 신관 한 명이 긴 쇠꼬챙이 끝에 프로텔리아를 새긴 인두를 들고 거룩한 얼굴로 죄인에게 걸어갔다.

"아, 안 됩니다. 제발 하, 한 번만 봐주십시오! 아, 안 돼! 그, 그럴 순 없어!"

이내 남자는 발광하기 시작했고, 곁에 있던 기사는 더욱 강한 힘으로 억눌러 남자를 엎드리게 만들었다.

신관은 차분하고 거룩한 얼굴로 성전의 몇 구절을 읊었다.

그때 기사 한 명이 다가와 죄인의 상의를 찢었다. 등이 훤히 드러나자, 신관은 마침내 성전 낭송을 마무리 짓고 인두를 그대로 등에 갖다 댔다.

치이이이이익―

"으아아아아아아아아아아아악!"

비명이 울려 퍼지는 가운데, 사람의 살이 타들어가는 악취가 실내를 가득 채웠다. 남자는 고통에 몸부림치면서 비명을 질렀고, 인두는 남자가 쉰 목소리를 낼 때쯤이 되어서야 떨어졌다.

"허으으허으윽!"

고통에 허덕이는 남자의 등으로 검은 피가 흘러내렸다. 새까맣게 익어버린 화상은 피로 얼룩졌음에도 성흔을 선명하게 드러내고 있었다.

그 순간, 파토르는 등에 찍힌 낙인이 욱신거리는 것을 느꼈다.

그의 선고에 의해 낙인자가 한 명씩 만들어질 때마다 그의 등은 낙인을 찍히는 그 순간으로 돌아간 듯 격렬한 통증을 유발하고 있었다.

그러나 그의 속내는 철저하게 감춰졌다.

이내 기절해버린 '낙인자'를 가만히 보고 있던 파토르는 여전히 감정이 없는 듯 차가운 목소리로 말했다.

"낙인자를 철창에 가둬두도록 하라. 낙인자의 수가 채워지면 1차 이송 부대를 편성하여 헬파스텐 추기경님께서 계시는 카자스 대교구로 보낼 것이다."

"예, 성기사님."

신전의 끄트머리에 서 있던 기사들이 달려와 축 늘어진 낙인자를 질질 끌며 데려갔다.

그리고 곧 다음 죄인이 왔고, 그의 앞에 또 하나의 서류가 놓여졌다. 파토르는 죄목을 읽은 뒤 조금 전과 토씨 하나 틀리지 않고 똑같이 말했다.

"아, 안 돼! 제, 제발 하, 한 번만 살려주세요. 나, 낙인만은…… 흐아아아악!"

다시 살이 타들어가는 역겨운 냄새가 파토르의 후각을 찔렀다.

한 명, 또 한 명, 수없이 많은 사람의 등에 성흔이라는 이름의 낙인이 찍히고, 그들의 고통에 가득 찬 비명 소리가 신전에 울려 퍼졌다. 똑같은 과정이 계속 반복되면서 신관들과 기사들의 얼굴에도 지겨운 기색이 떠오르기 시작했지만, 파토르의 얼굴은 시종일관 얼음장 같은 표정 그대로였다.

"끄아아아아아아악!"

그들의 비명과 그들의 등에 새겨진 저 낙인은 모두 파토르가 짊어져야 할 죄업이다. 매순간 그의 죄업은 하나씩 하나씩 쌓여가면서 그를 짓눌렀지만, 그는 지금까지는 물론이고 앞으로도 조금의 흔들림도 없이 굳건하게 버틸 것이다.

이상만으로는 아무것도 바꿀 수 없으니까 말이다.

"성기사님, 이제 1층과 2층의 가벼운 죄목의 죄인들에 대한 처분은 모두 끝났습니다. 이제 스스로를 은십자 기사단이라도 일컫는 반역자들만이 남았습니다."

"그런가? 그렇다면 그들에 대한 처분은 밖에서 내리도록 하지."

"예?"

"모든 신민들이 볼 수 있도록 신전 밖에서 그들을 사형시킬 것이다."

신관의 얼굴이 하얗게 질렸다.

"그, 그 말씀은……."

"이렇게 허무하고 무의미하게 죽고 싶지 않거든 교단과 나라에 충성을 다하고, 나아가 광명의 의지를 따르는 신앙심을 가지라는 선전이 될 것이다."

눈 한 번 깜빡이지 않고 그렇게 말하는 파토르를 보고, 신관은 경외감과 두려움에 고개를 깊이 수그렸다.

"예, 알겠습니다."

파토르는 모든 것이 바뀐 그날, 그에게 다시 한 번 기회를 준 은십자 자유 기사단을 완전히 적으로 돌리는 선택을 한 것이다.

그러나 후회는 없었다.

차분하게 가라앉은 파토르의 눈에 5년 전, 비가 내리는 날의 일이 천천히 떠올랐다.

그 무렵, 파토르는 이 나라가 잘못되었다는 것, 그리고 그 때문에 한 마을이 불타버린 것을 가슴에 새겼으면서도 아무것도 할 수 없었다. 먹고살기 위해 익힌 좀도둑 짓만이 하루하루 늘어만 갔고, 그러면서 패거리들 사이에서 이름이 높아지고 있었다.

그렇게 시간이 흐를수록 파토르의 가슴에 새겨진 그날의 고통과 신념도 조금씩 모습을 감추는 듯했다.

"파, 파토르! 큰일 났어! 이 근방에서 은십자 기사단이 백작의 병력을 급습한 모양이야!"

"뭐라고?"

당시 루반 관령에서 조금 떨어진 곳, 숲이 우거진 곳에 거점을 두고 있던 파토르는 눈살을 찌푸릴 수밖에 없었다.

"가까워?"

"응! 싸움이 커지면 이곳을 들킬지도 모르겠어."

당시 파토르는 여섯 명의 동료들과 함께 계획적으로 도둑질을 하고 있었다. 그중에 두 명 정도는 파토르와 같은 낙인자였고, 나머지는 잡힌다면 낙인자 형벌을 결코 피하지 못할 처지였다.

도망갈까? 하지만 이곳을 버린들 마땅히 갈 곳이 없다.

파토르는 이들의 대장으로서 결단을 내려야 했다. 머리를 계속 굴린 파토르는 이윽고 대답했다.

"돕자."

"뭐?"

"기사단을 돕자고."

"무, 무슨 소리를 하는 거야? 교단에 대항하자는 거야?"

그 말이 기폭제가 되었다. 잊어가고 있던 교단에 대한 증오와 분노가 둑이 무너지듯 파토르의 마음을 휩쓸었다.

"그래. 그들은 우리 같은 사람들을 도와주는 자들이야. 그들이 바로 이 나라를 바꿔줄 사람들이란 말이야. 그들에게 일방적으로 도움을 받기만 하는 게 옳다고 생각해? 이럴 때 돕지 않으면 언제 돕겠어?"

"파, 파토르……."

모두 겁에 질린 표정을 짓고 있는 가운데 파토르만이 눈을 빛냈다.

"그리고 그들에게 인정을 받고, 우리도 그들의 일원이 되는 거야. 평생 도둑질이나 하면서 살 수는 없잖아!"

호기로운 파토르의 말에 다른 소년들의 얼굴에도 조금씩 두려움이 가셨다. 당당히 이 나라의 악에 대항하는 자신들의 미래가 떠오른 것이다.

"그래. 그들을 돕고, 우리도 은십자 기사단이 되는 거야!"

"그래!"

"알았어."

생사고락을 함께해온 동료들의 목소리를 들으면서 파토르는 아껴둔 검을 꺼내들었다. 여태까지는 그냥 놔두기만 했는데, 이제 쓸 때가 된 것이다.

파토르는 어렸다. 그리고 그와 함께하던 동료들 역시 치기 어린 소년들이었다.

파토르와 동료들이 전투가 벌어지는 곳에 도착했을 때, 상황은 이미 누가 보더라도 은십자 기사단의 패배가 명확했다.

낙인자 이송 대열을 은십자 기사단이 계속 습격하자 백작이 함정을 파둔 것이었다. 병사의 모습으로 위장한 자들은 모두 기사들이었고, 게다가 그들 중 한 명은 전투 신관이었으니, 제 아무리 은십자 기사단의 수가 많다고 해도 순식간에 역전될 수밖에 없었다.

"자, 가자. 우리가 저들의 측면을 찌르면 상황이 좀 나아질 거야."

파토르는 숱하게 치러온 패거리 싸움을 통해 알게 모르게 전술의 원리를 깨달아가고 있었다. 파토르는 이들 중 가장 똑똑했고, 그가 하라는 대로 해서 지거나 잡힌 적은 한 손에 꼽을 정도로 적었다.

"알았어."

동료들의 대답을 들으며 파토르는 그대로 교단의 병사에게 달려들었다. 실로 무모한 짓이 아닐 수 없었다. 제아무리 전술적인 공격을 감행한다고 해도 개개인의 기량이 까마득하게 차이가 나서는 죽도 밥도 안 되는 것이다.

"뭐, 뭐야?"

갑자기 덤벼드는 파토르 일행에 병사들은 일순 긴장했지만, 곧 소년들의 수준이 조금 전까지 상대하던 은십자 기사단과는 비교도 할 수 없을 만큼 뒤처진다는 것을 파악했다.

"어리석은 놈들!"

아무리 독기를 품는다 한들 아직 성장기의 소년에 불과한 파토르가 훈련 받은 병사, 더군다나 기사들을 상대할 수 있을 리가 없었다. 내려치는 창에 얽혀 검을 놓치고 그대로 어깨를 얻어맞았다.

퍼억!

"으아아아악!"

다행히 근접한 거리였기에 창날에 베이지는 않았지만, 내리친 창대에 맞은 것이다.

파토르가 고통에 겨워 비명을 지르고 있을 때, 바로 그의 곁에서는 순식간에 소년 한 명의 목이 베였다.

데굴데굴 굴러오는 동료의 목에 파토르는 덜덜 떨었다.

"감히 이교도를 도우려고 하다니, 죽고 싶은 모양이지?"

병사가 이죽거리고 있을 때, 파토르는 곁에서 또 한 명의 동료가 배를 푹 찔리고 죽어나가는 것을 볼 수 있었다.

"그, 그만⋯⋯."

"자, 잘못했어요!"

"사, 살려주세요!"

동료가 죽는 것을 본 나머지 두 소년들이 무기를 버렸다. 그들의 얼굴에는 파토르의 얼굴에 떠오른 것과 같은 두려움이 가득했다.

파토르는 덜덜 떨면서 고개를 돌렸다.

'은십자 기사단⋯⋯ 은십자 기사단이라면⋯⋯.'

"빨리 후퇴해! 녀석들의 이목이 흩어져 있는 지금이 기회다!"

파토르의 얼굴이 새하얗게 질렸다. 그들은 도망을 가고 있었다.

'아, 안 돼⋯⋯. 안 돼. 어째서, 어째서 우리가 여기 있는데도⋯⋯.'

"이런! 뭘 하고 있는 것이냐! 절대로 놓치지 마라!"

이들의 대장으로 여겨지는 자의 목소리가 쩌렁쩌렁 울린 순간, 파토르는 창을 겨누고 있는 병사의 눈에 쥐고 있던 흙을 뿌렸다.

"크악! 이, 이 빌어먹을 놈이!"

"기다려! 내가 저들을 데리고 올 테니까! 조금만 기다려!"

파토르는 언덕을 뛰어올라가면서 잡혀 있는 동료에게 외쳤다. 그리고 젖 먹던 힘까지 다 짜내서 달렸다.

이 근방의 숲은 파토르에게 있어 앞마당이나 다름없다. 파토르는 뒤쫓던 병사를 따돌리고 빠른 길로 달린 지 얼마 되지 않아 흩어지고 있는 은십자 기사단을 발견했다.

"자, 잠깐만요!"

"이잇! 지겨운 놈들!"

"아, 아니에요! 아니에요. 저는 교단의 사람이 아니에요!"

삼십 대 사내는 파토르의 목소리가 들리자마자 바로 검을 뽑아들고 달려들었다. 그러다가 곧 목소리의 주인이 아직 다 크지도 않은 소년임을 확인하고는 우뚝 멈추고 검을 내렸다.

"웨, 웬 소년이……."

"아, 아까 저희들이 기사단님들을 도와드렸어요."

"너, 너희들이? 그, 그랬구나. 정신이 없어서 그런 줄도 몰랐다. 고맙다."

그제야 사내는 병사들의 공격이 잠시 동안 약간 느슨해진 이유를 알 수 있었다.

"그런데 어떻게 날 쫓아온 거지? 이곳 지리를 잘 알고 있느냐?"

"아, 네. 이 근방에서 살고 있으니까요. 근데 그게 중요한 게 아니라, 제 동료들을 구해주세요. 은십자 기사단을 도와주려다가 잡혔어요."

파토르는 별안간 사내의 눈동자가 차가워지는 것을 미처 보지 못했다.

"그래, 알겠다. 헌데, 일단 합류를 해야 해. 저들의 수가 많아서 지금 우리들만으로는 역부족이다. 그러니 여기서 빠져나가 흩어진 동료들을 모으는 게 우선이다."

"그, 그래야 되나요?"

"그래, 여기서 들키지 않고 이 숲을 빠져나가려면 어느 쪽으로 가는 게 가장 안전하지?"

"동쪽으로 가는 게 안전하지만…… 그럼 제 동료들은……."

"이봐, 소년. 그들을 구해내는 것은 우리 은십자 기사단의 사명이다. 그러나 우리가 죽어서는 아무도 구해낼 수 없는 것이다."

사내의 진중한 말에 파토르는 아무런 대꾸도 할 수 없었다. 그의 말은 아마도 옳을 것이다. 성공하지 못하면 오히려 시도하지 않느니만 못한 결과가 나올 테니까.

파토르는 고개를 끄덕이고 앞장섰다.

파토르는 아무에게도 알려지지 않은 길로 사내를 인도했다. 사내는 도중에 만난 다른 단원들 세 명과 함께 그로부터 두 시간여의 시간이 더 지난 뒤에야 숲을 빠져나올 수 있었다.

"고맙다."

동료들의 안위가 걱정된 파토르는 다급한 얼굴로 말했다.

"이, 이제 제, 제 동료, 아니, 제 친구들을 구해주세요!"

그러자 사내의 얼굴이 어둡게 바뀌었다.

"미안하지만, 그건 불가능하다."

"왜, 왜요? 구, 구해주기로 약속했잖아요!"

"적이 너무 많고 강하다. 게다가 우리가 구하려고 한 낙인
자들 또한 함정이었어. 이미 우리는 많은 동료를 잃었다."

"그, 그게 무슨 말이에요! 도, 도와줘야 되는 거잖아요! 낙
인자들을 돕고, 이, 이 나라를 바로잡아야!"

"그러기 위해서다. 여기까지 우리를 안내해준 것은 고맙지
만, 소년, 알아둬라. 아무런 희생 없이 대의는 결코 이루어지
지 않는 것이다."

"그, 그럴 수 없어요! 당장 돌아가서 구해줘요! 내 친구들을
구해달란 말이에요!"

사내의 표정이 차갑게 가라앉는 순간, 파토르는 뒷목에서
충격을 느끼고 쓰러졌다.

"아으……."

"미안하군."

그리고 그렇게 얼마나 시간이 흘렀을까. 천천히 눈을 뜬 파
토르는 주위가 완연한 어둠에 물들어 있는 것에 황급히 일어

났다. 목에서 느껴지는 통증보다 잡힌 동료들에 대한 걱정이 우선이었다.

급하게 싸움이 벌어진 장소로 돌아간 파토르는 헉헉거리면서 천천히 언덕을 내려갔다. 아직까지 내리는 비에 앞을 제대로 분간하기 어려웠지만, 그는 곧 볼 수 있었다. 자신을 따르던 동료들이 그곳에 차가운 시체가 되어 누워 있는 것을 말이다.

"……이봐, 왜 여기에 누워 있는 거야? 날씨도 춥고, 피, 피 냄새도 많이 나는 이런 곳에……."

가까이 다가간 파토르는 온기를 잃은 그들의 몸을 흔들었다. 하지만 곧 배에 크게 난 검상을 보면서 얼굴을 일그러뜨렸다.

"어째서…… 어째서 가버린 거야? 기다리라고 했잖아. 내가, 내가 도와줄 사람들을 데려오겠다고 했잖아……."

죽어버린 동료들에게서는 더 이상 아무 대답도 들을 수 없었다.

결과적으로 파토르는 그들을 버리고 도망친 셈이 된 것이다. 그 분노와 자괴감이 한데 어우러져 파토르는 땅을 내려치면서 눈물을 뚝뚝 흘렸다.

"나 때문에…… 나 때문에……."

혼자가 되었다는 두려움, 그리고 친구들을 잃었다는 슬픔, 그리고 종래에는 그들을 죽인 교단과 이 나라에 대한 분노가 그의 마음을 가득 메웠다.

"여기 한 놈이 남아 있다!"

이를 갈고 있을 때였다. 멀찍이서 파토르의 울음소리를 들은 병사가 다른 병사들 다섯 명을 이끌고 달려오는 모습이 보였다.

'죽여버리겠어. 죽여버릴 거야!'

살의는 이윽고 두려움마저 집어삼켰다.

천천히 일어나 주먹을 말아 쥔 그 순간이었다.

"이런, 소년이 제법 당돌하군!"

화아아아악!

"으아아악!"

유쾌한 웃음이 섞인 목소리가 쩌렁쩌렁 울린 직후, 지척까지 다가온 병사 다섯 명이 옆에서 불어온 강대한 바람에 날려 그대로 쓰러졌다.

푸른색 머리칼을 삐죽삐죽하게 세우고 있는 삼십 대의 사내, 파토르가 스승을 처음 만난 날이었다.

"당신은 은십자 기사단입니까……?"

"멍청한 소리. 그런 어중이떠중이들과 나를 비교하지 마라."

파토르의 입가가 일그러졌다. 결국 마지막에 도움을 준 사람은 은십자 기사단이 아니라는 차가운 사실이 자신을 내려다보고 있었다.

'은십자 기사단은…… 그놈들은 이 나라를 바꿀 수 없다!'

낙인자들을 비롯한 약자를 국가의 손에서 구해내고 보호하 겠다는 그 대외적인 신념조차도 지키지 않는 그들에게 미래를 기대할 수 없다. 그저 자신에게 한 것과 같이 여러 낙인자들의 눈앞에 알량한 희망을 흔들며 혼란만 가중시킬 것이다. 승산 없는 싸움에서 도망이나 치는 주제에 대의를 위한 희생을 운 운할 것이다.

힘만 있으면…… 눈앞의 사람이 가진 것만큼 강대한 힘만 있으면!

파토르는 그 순간 확신했다.

이 나라를 진정으로 바꾸기 위해서는 저렇게 강대한 힘을 가지고 교단의 내부에서부터 모든 것을 바꿔나가야 한다. 낙 인자, 그리고 약자의 입장에서 저 견고한 외성을 무너뜨릴 게 아니라, 교단 내부의 높은 자리에서 모든 것을 내려다보면서 그릇된 것을 바로잡아야 한다.

그리고 그것은 파토르, 그 자신이 하지 않으면 안 된다. 수 많은 죄악을 짊어지고 더럽혀진 자신만이 그 일을 해낼 수 있 다. 그 누구에게도 떠넘기지 않고 말이다.

그날의 굳은 신념이 떠오르며 다시금 파토르의 마음을 얼음 처럼 차갑게 만들었다.

벌써 제법 시간이 흘렀다.

그날의 확신 덕에 파토르는 지금 성기사의 자리에 있다. '천검'이라는 이름의 의미는 그만큼 무거운 것이었다.

'교단을 무너뜨리고 나라를 바꾼다……'

파토르는 속으로 실소했다.

은십자 기사단, 그들이 말하는 자유는 실로 현실성 없는 이상론이다. 당당하게 모습을 드러내지도 못하는 주제에 그저 낙인자를 이송하는 행렬이나 공격하는 것이 진정으로 교단을 무너뜨리는 일이란 말인가?

게다가 이제는 그것조차도 하지 않고 몸을 숨긴 채 가만히 눈치나 살피고 있다.

파토르의 눈이 차가워졌다.

그들은 파토르와 같은 목표를 두고 있다. 그러나 그것은 단순한 사실일 뿐, 목표에 이르는 길은 완전히 반대편에 있다.

파토르가 이성적이고 냉철하게 판단하기를, 은십자 기사단의 존재 가치는 오로지 자신의 공적이 되기 위한 것, 그 이외에 아무것도 없었다.

그들은 세상에 해로운 존재들이다. 그들이 존재함으로써 평범한 사람들이 이교도라는 명목하에 끌려와서 고통을 받고 낙인자가 되는 것이다. 역설적이게도, 낙인자를 구하기 위해 존재한다는 그들이 낙인자를 더욱 늘리는 결과를 초래하고 있다.

파토르는 은십자 기사단과 자신의 개혁은 양립할 수 없는 것임을 이미 오래전부터 확신하고 있었다.

"사형 집행은 전투 신관, 그리고 신관 기사들에게 일임하도록 하겠다."

"예! 성기사님의 명을 따르겠습니다."

주위를 압도하는 파토르의 기세에 모두가 고개를 수그렸다.

제6화
이상과 현실의 기로

Holy War

쿠웅!

산이 뒤흔들리는 소리와 함께 새들이 사방에서 날아올랐다.

쿠와우우우!

거친 괴성이 울려 퍼지자 일렬로 길을 가던 사람들이 화들짝 놀란 기색으로 몸을 움츠렸다.

"멈추지 마십시오! 그냥 계속 가시면 됩니다."

계속 나아가던 행렬이 멈추자 제리카가 급하게 뒤쪽으로 달려와서 외쳤다. 마을 사람들은 여전히 겁에 질린 기색으로 다시 길을 나아갔다.

그때, 최후방에서 등에는 작은 아기를 업고 양손으로는 어린아이 둘을 붙잡고 있는 여인이 그에게 다가왔다.

"저, 저기……."

"무슨 일이지요?"

"아, 저…… 꼭…… 가야 되는 건가요?"

삼십 대 초반의 여인이 불안한 기색을 감추지 않고 그렇게 묻자 제리카는 굳은 얼굴을 애써 펴서 웃었다.

"걱정 마십시오. 이곳보다 더욱 살기 좋은 곳입니다. 그리고 그곳에서 아이들은 더 크고 넓은 세상을 볼 수 있을 겁니다."

"그, 그런가요?"

"예, 잘 생각해보세요. 아이들이 앞으로도 이곳에서 쭉 숨어서 살아가길 바라십니까?"

"아, 아니요!"

"그것만 해도 훨씬 살기 좋은 곳이지 않겠습니까."

확신하는 제리카의 말에 여인의 얼굴에도 점점 기대가 어려갔다.

"네, 알겠습니다. 고맙습니다."

제리카가 인사를 받고 조금 물러나자 앞서 가던 사람들이 여인을 안쓰럽게 보고 다가와서 애를 업어주었다.

"안 그러셔도 되는데……."

"괜찮아. 아이 엄마가 남편도 없이 먼 길을 가는데 이 정도는 도와줘야지."

등에 업힌 아기가 꺄르르 웃는 소리를 들으면서 제리카는 왠지 모르게 좋은 예감이 들었다.

'잘 풀릴 거야.'

그리고 조금 전에 지축을 뒤흔들 만큼 큰 소리가 난 방향으로 고개를 돌렸다.

'오우거…… 분명히 그 괴성은 오우거다.'

행렬에 없는 라트가 몬스터 중에서도 위험하기로 유명한 오우거를 처치한 것이 틀림없었다.

만약 그가 행렬의 주위를 삼엄하게 경계하지 않았더라면 이 행렬의 마을 사람들은 물론이고 제리카 역시 살아남지 못했으리라.

천천히 나무 사이에서 걸어 나오는 라트의 모습을 발견한 제리카는 경외감을 지우지 못한 얼굴로 말했다.

"오우거의 괴성이었는데…… 정말 굉장하군요."

"사람에 비하면 몬스터는 오히려 처리하기가 쉬운 편이지."

라트의 무미건조한 대답에 제리카는 묘하게 웃었다. 보통의 경우는 그 반대였으니까.

그리고 라트의 뒤에서 아르니가 천천히 걸어왔다.

"생각 이상으로 위험해요. 그냥 산을 내려가는 게 훨씬 안전할 텐데……. 오우거도 벌써 두 마리째, 밤이 되면 또 굉장히 위험해질 거예요."

"하지만…… 전에도 말씀드렸다시피, 그래서는 사람들의

눈에 발견될 위험이 큽니다."

제리카의 공손한 대꾸에 아르니는 고운 미간을 살짝 찌푸릴 뿐, 더 이상 아무 말도 하지 않았다.

"죄송합니다. 제가 가진 힘이 미력해서 아무 도움도 되지 못하는군요."

"당신은 사람들을 인솔하고 있잖아. 신경 쓰지 말고 사람들이나 잘 챙겨. 정확하게 잘 도착만 하면 되니까."

라트의 대꾸에 제리카는 고개를 끄덕였다.

벌써 화전촌을 떠나온 지 사흘이 지난 시점이었다.

화전촌에서 나와 남쪽으로 향한 첫날에는 그래도 안전한 편이었다. 마을 사람들과 라트가 활동하던 범위 안쪽이었기에 길도 안정적인 편이었으니까.

하지만 이틀째부터 인적이 아예 없는 산에 접어들면서 길은 험해졌고, 거기다가 몬스터마저 끊이질 않고 출몰했다. 남쪽, 제피린까지만 가면 모든 게 잘될 거라고 생각하던 제리카로서는 미처 생각하지 못한 복병이었다.

일이 틀어진다고 생각할 무렵, 제리카는 비로소 가까이에서 라트, 그리고 아르니가 가지고 있는 엄청난 힘을 볼 수 있었다.

'이럴 수가⋯⋯.'

제리카가 크게 놀란 것은 바로 아르니의 존재였다. 화전민이라고는 믿을 수 없을 정도로 아름다운 외모, 그리고 형용하기 어려울 만큼 고고한 분위기를 풍기던 여인의 손에서 마법이 펼쳐진 것이다.

그녀가 주문을 영창하고 쏘아낸 거무스름한 불꽃 덩어리는 맹렬히 폭발하면서 몬스터들을 단번에 날려버렸다.

신성제국 아트라도엥에서는 마법을 거의 금기시하고 있었고, 외국의 마법사를 보는 시선도 좋지 않았기 때문에 국내에서 마법사를 보기가 여간 어려운 것이 아니었다. 제리카도 직접 눈으로 본 것은 아르니가 처음이었고 말이다.

그 이후, 제리카는 아르니에게만은 대단히 공손한 태도를 유지했다.

"얼마나 남았지?"

"얼마 안 남았습니다. 오늘, 아니, 내일 오후쯤에는 도착할 겁니다."

"왜 말이 바뀐 거지?"

"행렬에 어린아이들과 노인, 그리고 여자들이 있으니 아무래도 기사단보다는 시간이 더 걸립니다. 그 점을 고려할 때, 내일 오후쯤이나 되어야 도착할 겁니다."

"그럼 오늘도 밤을 새워야겠군."

"죄송합니다. 일단 해가 지기 전에 적당히 쉴 곳을 찾도록 하겠습니다. 그때 조금 자 두시는 게……."

"아니, 그 정도는 아니고……. 어쨌든 이제 얼마 안 남았다니 다행이군. 당신을 믿고 여기까지 온 거야. 끝까지 잘해내."

라트가 그렇게 말하며 제리카의 어깨에 손을 얹었다.

처음 라트에게 밉보인 이후 이렇게 친근한 말을 들은 적이 없었다. 매일 한 시간마다 행렬의 후방까지 살피느라 상당히 지쳐 있던 제리카는 뿌듯하다는 표정을 지었다.

"예, 믿어주십시오."

불이 피어오르고, 미약한 빛이 어둠을 밝혔다.

숲의 어둠은 대단히 짙고 위험하다. 그나마 나무 사이에 풀 포기만 자란 곳을 발견한 오늘은 다른 날에 비해 덜 위험한 날이었다.

내일이면 도착한다는 말에 마을 사람 모두가 신이 나서 떠들었다. 그리고 몇 시간가량이 지나 하나둘씩 잠에 빠지고 이내 적막이 흘렀다.

모두가 잠든 가운데, 라트는 언제나처럼 일행과 다소 떨어진 곳까지 걸어 나와 눈을 부릅뜨고 오감을 돋우었다. 넓게는 라트가 지키고 가깝게는 아르니가 망을 보는 방식으로 여기까지 온 것이다.

그때, 자신의 곁으로 누군가가 사뿐사뿐 다가오는 기척에 라트는 눈살을 찌푸렸다.

"왜 여기까지 왔어? 무슨 일이라도 일어나면 어떻게 하려고?"

"걱정 마. 얼마나 멀다고 그걸 대처 못하겠어? 내 능력을 아직도 얕보는 거야?"

아르니가 눈을 흘기면서 그렇게 말하자 라트는 다른 곳으로 고개를 돌렸다. 아무런 힘도 없던 그녀가 이제는 마법사라고 불리는 특별한 실력자가 된 것이다. 그러니 얕보기는커녕 탓할 마음도 들지 않았다.

"그나저나, 이제 내일이면 이렇게 밤새우는 것도 끝이구나. 아아, 피곤했어."

"아직 끝이 아니야. 제리카가 장담한 대로 되면 좋은 일이지만, 사람 수가 많은 만큼…… 잘 안 될 가능성도 있어."

"잘 안 될……?"

라트는 눈을 사납게 뜨고 중얼거렸다.

"안 받아줄 가능성도 있고, 사람들 중 반은 받아주고 반은 받아주지는 않는…… 그런 사태 말이야."

"설마……."

아르니가 창백한 안색이 되어 그렇게 중얼거렸다.

하지만 라트는 마음이 쉬이 놓이지 않았다.

화전민은 모두 국법을 따르지 않는 이들로, 잡히면 낙인의 형벌을 피하기 힘들다. 그런 이들을 받아들이는 것을 누가 달가워할까.

그리고 제리카가 말하는 은십자 기사단 제3십자대의 거점인 제피린 역시 신성제국 아트라도엥의 국법을 따르는 관령인 것이다.

관령의 모든 귀족과 평민들이 전부 은십자 기사단을 지지한 다면 모를까, 이렇게 많은 사람들이 단번에 도시에 유입된다 면 분명히 교단에 알려지고 말 것이다.

은십자 기사단이 지극히 현실주의적 개혁 집단임을 생각해 보면 무슨 대답을 들을지는 어렵지 않게 추측할 수 있다.

이제 제피린이 멀지 않았다는 말에 라트의 마음은 그렇게 더욱 불편해져가고 있었다.

모닥불이 조용하게 타들어가는 소리가 울렸다. 점차 차가워 져가는 새벽 공기 속에서 라트는 여전히 경계를 늦추지 않은 채 돌이라도 된 듯 주위를 살피고 있었다.

바로 그때였다.

작은 소리에 라트의 눈이 홱 돌아갔다. 우거진 수풀 사이에 무언가가 있다.

"몬스터인가?"

"오크."

어느새 그의 곁에 다가온 텔리시아가 짤막하게 대꾸했다.

"오크?"

라트는 눈살을 찌푸렸다. 꽤나 보기 힘든 몬스터인 오크를 여기에서 보다니.

"아직도 명맥을 유지하긴 하는 모양이네."

담담하게 중얼거리는 텔리시아의 말을 들으며 라트는 천천 히 검을 쥐었다. 그의 의지에 따라 마력이 몸을 타고 흐르다가 이내 지크로트에 집중되었다.

기형의 칠흑색 검, 지크로트에 흉흉한 검붉은 기운이 머물기 시작했다.

"몬스터야?"

라트가 갑자기 마력을 일으키는 것을 느낀 아르니가 급히 다가왔다.

"사람들을 지켜. 이놈들을 좀 떨어진 곳으로 데려가야겠어."

"나도 같이 싸울게."

"아니. 놈들의 수가 얼마나 되는지 아직 감이 잘 오질 않아. 정확한 수를 헤아리지 못하는 이상, 놈들이 무리를 나눠 공격해올 경우도 생각해야 돼."

라트의 이성적인 판단에 텔리시아는 조용히 고개를 끄덕였다. 마을 사람들을 지키기 위해서는 라트의 말대로 하는 게 최선이었다.

"알았어. 조심해."

아르니가 대답하자마자 라트는 어두운 수풀 사이로 튕기듯 나아갔다.

가볍게 검을 휘두르는 것으로 나뭇가지를 쳐낸 라트는 자세를 낮추고 있는 기괴한 이족보행 몬스터들을 볼 수 있었다.

"크왁!"

불쾌한 소리를 내는 오크들을 보며, 라트는 검을 쥐고 자세를 다잡았다.

"버러지 놈들."

라트의 눈이 싸늘하게 가라앉은 순간, 그의 검에서 안개처럼 희끄무레하던 검붉은 기운이 천천히 그 형태를 분명하게 잡았다.

투확!

그대로 목을 사선으로 베인 오크가 피를 분수처럼 뿜으며 쓰러졌다.

"크와아악!"

"크왁!"

어둠에 녹아든 오크들은 급히 산개했다가 일정 거리를 확보한 뒤 그대로 달려들었다. 그들이 쥐고 있는 병장기를 본 라트의 눈이 더욱 흉흉하게 변했다.

"마물 따위가!"

지크로트의 검붉은 빛이 쪼개지기 시작했다. 원을 그리며 회전하는 그의 검세는 이내 눈이라도 달린 양 사방에서 달려드는 오크들의 몸을 마구 유린했다.

"끄왁!"

"까가가각!"

성인 남성보다 우람한 오크들의 육체가 지크로트에 난자당해 대지 위에 쓰러졌다. 단 한 번의 공격에 네 명의 오크 전사가 쓰러진 것이다.

"크락!"

오크들이 거대한 이빨을 드러내며 위협하는 태도를 보였다. 그러나 그것뿐, 라트에게는 감히 달려들지 못했다. 지금껏 상대해온 인간들과는 차원이 다르게 강하다는 것을 인지한 것이다.

오크들이 공격이 멈춘 후에야 라트는 적의 수를 가늠해볼 수 있었다. 아직까지 열 마리의 오크가 더 남아 있고, 뒤쪽에서 가만히 모든 것을 지켜보고 있는, 이들의 수장쯤으로 여겨지는 오크 한 마리가 있었다.

라트의 눈이 번뜩인 순간, 그와 오크 수장의 거리가 순식간에 좁혀졌다. 오크 수장이 크게 놀라 눈을 부릅떴다.

"사라져라, 마물!"

오른손에 쥔 지크로트가 붉은 호선을 그리면서 오크 수장의 몸을 위에서 아래로 베어갔다.

"츄익! 얕보지 마라, 인간!"

콰쾅!

단단한 무쇠를 때렸다는 느낌이 들 정도로 엄청난 반동에 라트의 몸이 뒤로 밀려났다.

'사람의 말을?'

오크가 사람의 말을 했다는 것, 그리고 오크 따위를 일격에 베어버리지 못했다는 것에 라트의 눈은 놀라움으로 가득 차 있었다.

조금 전에 네 명의 오크 전사들을 유린한 것과 비등한 수준의 마력이 지크로트에 집중되어 있었다. 헌데, 막혔다.

조금 전에 라트의 일격을 막아낸 오크는 거대한 망치를 들고 있었다. 문제는 그 망치에 은은하게 감도는 은빛의 기운이 라트의 눈에 보인다는 것이다.

'마력? 마력인가?'

그의 기감은 오크의 몸에 마력의 유동이 전혀 없다고 말하고 있었다. 하지만 저 망치에 감도는 기운은 마력이 분명했다.

"뭐지? 저 거대한 망치……."

『흥미롭군.』

갑자기 지크로트가 재미있다는 듯 낮게 웃으며 말했다.

『상당히 순도가 높군. 이 세계에서는 희귀한 금속으로 알고 있는데, 하찮은 몬스터에게서 보게 될 줄이야.』

"희귀 금속?"

『저 무기를 만든 장인이 누군지는 모르겠지만 상당하군. 미스릴(mithril)을 저렇게 제대로 제련할 수 있는 인간은 드물지. 아니, 오크라고 해야 하나?』

"미스릴?"

라트가 들어본 적 없는 말이었다. 애초에 미스릴이라는 희귀 금속을 알고 있는 이가 그렇게 많지 않은 만큼 라트가 모르는 것도 무리는 아니었다.

"츄익, 에이션트 해머(Ancient Hammer)와 부딪히고도 박살

나지 않다니⋯⋯."

망치를 든 오크가 붉은 눈동자에 투지를 불태웠다. 가만히 있던 수장이 앞으로 나서자 나머지 오크들이 한 걸음 뒤로 물러났다.

라트 역시 한 걸음 나서며 오크 수장에게 검을 겨눴다.

"몬스터 주제에 인간의 말을 쓰느냐?"

"인간 따위가⋯⋯ 츄익, 감히 나를 몬스터라 부르느냐? 츄익."

이빨 사이로 바람을 내뱉는 듯 이상한 소리를 내면서 말하는 오크의 태도에 라트는 기분이 몹시 나빠지는 것을 느꼈다. 지금껏 몬스터라고 여겨온 마물이 자신과 같은 언어를 쓰고 있는 것이다. 놀라움이 엿보이던 라트의 눈이 다시 무겁게 내려앉았다.

둘 사이에 묵직한 기운이 감돌았다. 그리고 라트가 먼저 움직였다.

지크로트가 검붉은 빛을 발하고, 곧이어 빠르게 쪼개졌다.

스스스스스스!

순식간에 수십 개의 검형과 하나가 된 지크로트는 라트의 의지에 따라 그대로 오크 수장을 내려쳤다.

"크와와아아아악!"

카카칵! 콰콰콰콰쾅!

폭발음이 연쇄적으로 울려 퍼지고, 검세에 휘말린 다른 오크 하나가 갈기갈기 찢겨 쓰러졌다.

"크왁!"

흙먼지가 사방으로 피어오르는 가운데, 라트는 부아가 치미는 얼굴을 하고 있었다. 그의 눈에 거대한 망치를 들고 무릎을 꿇은 오크의 모습이 보였다.

오크 수장을 완전히 짓이길 작정으로 쏟아부은 일격이었는데, 위험을 알아채고 몸을 최대한 뒤쪽으로 빼면서 쏟아진 힘을 흘려낸 것이다. 그 때문에 대부분의 충격이 대지에 처박히고 말았다.

『오크 주제에 제법 싸울 줄 아는군.』

"츄익, 후, 후퇴……!"

거대 망치를 든 오크가 천천히 몸을 일으키다가 휘청거리더니 곧바로 외쳤다. 이 어마어마한 싸움을 지켜보던 다른 오크들이 명령을 듣자마자 재빨리 수풀 사이로 뛰어들었고, 수장 오크 역시 금세 모습을 감추었다.

『왜 쫓지 않는 거냐? 놈들을 뒤쫓기만 하면 모두 죽일 수 있는데.』

"……."

지크로트의 속삭임에 라트는 아무런 대꾸도 하지 않았다. 그는 다소 복잡한 표정을 짓고 있었다.

쿠콰앙!

폭발이 일어나는 소리가 울려 퍼지자 깊은 잠에 빠져 있던 마을 사람들이 하얗게 질린 얼굴로 벌떡 일어났다. 그중에는 제리카도 있었다.

"무, 무슨 일입니까? 몬스터의 습격입니까?"

"예. 하지만 걱정하지 마세요. 다 끝났어요."

"다 끝났…… 군요."

아르니가 서 있는 곳까지 올라온 제리카는 그녀의 앞에 생긴 구덩이들을 보면서 다시금 감탄할 수밖에 없었다.

"무슨 몬스터였습니까?"

"오크."

어둠 저 너머에서 오크의 녹색 피로 칠갑을 한 라트가 천천히 걸어오면서 대답하자 제리카가 움찔하면서 두 눈을 크게 떴다. 흉흉한 모습보다는 그가 한 말 때문이었다.

"오크?"

"예, 오크였어요."

"오크가 아실반 산맥에……."

제리카는 놀랍다는 표정을 지었다. 오크는 이제 제국 내에서는 보기 힘든 몬스터 중 하나였다.

"인간의 말을 하더군."

"인간의 말을 말입니까?"

"그렇게 믿지 못하겠다는 얼굴을 해도, 나는 놈들의 수장으로 보이는 놈과 대화를 조금 하기도 했어. 헌데, 이곳 상황을 보니 역시 오크들이 이곳으로도 온 모양이군."

"열 마리 정도였어. 근데 정말로 그…… 몬스터와 대화를 한 거야?"

아르니는 그저 괴성을 지르면서 달려들던 갈색 오크들만 보았기 때문에 그들이 인간의 말을 하는 것을 상상할 수 없었다.

라트는 복잡한 얼굴로 고개를 끄덕였다.

제리카는 몬스터인 주제에 사람의 말을 했다고 하니 어쩌면 오크는 세간에 알려진 것보다 훨씬 똑똑한 것이 아닐까, 하는 생각을 했다.

"저, 저기…… 괘, 괜찮은 건가요?"

안절부절못하던 중년인 한 명이 다가와서 묻자 제리카는 깜짝 놀라면서 그제야 자기가 해야 할 일을 기억해냈다.

"아, 예! 이제 걱정하지 마십시오. 몬스터는 모두 물리쳤습니다. 안심하시고 주무셔도 됩니다!"

그제야 오들오들 떨고 있던 마을 사람들의 얼굴에도 안도의 빛이 드리웠다.

약 한 시간이 더 지난 후에야 숲에는 고요한 밤이 다시 찾아왔다. 하지만 라트의 얼굴은 여전히 혼란스러웠다.

'사람의 말……'

사람과도 크게 다르지 않은 모습이었다. 사람에 비해 덩치가 크고 우람하며 어금니가 길게 자라 있는 모습이라는 점이 다를 뿐이었다. 피부색이 갈색이기는 했지만, 그것은 사람들도 사는 곳에 따라 피부색이 다르니 특별하게 생각할 일이 아니었다.

이런저런 생각이 머리를 가득 메웠지만, 라트는 곧 고개를 저었다.

'아무 의미도 없는 생각이군.'

이미 수십 명의 사람을 죽이고 온몸에 피칠갑을 해온 그였다. 사람과 크게 다르지 않은 것들을 죽였다 한들 어떤 의미가 있을까.

더구나 오크는 사람을 공격한다. 그러니 그것은 몬스터다. 사람의 기준으로, 그들은 사람을 해치는 해악한 존재들이다.

"나는 잠깐 이 근처에 물이 있는지 좀 찾아보고 오겠어."

오크들의 피 비린내가 진동을 했다.

*　　　*　　　*

"무슨 말을 하고 있는 건가!"

"은십자 기사단에 대한 토, 토벌령이 내려진 상황이라고 말씀드렸습니다."

"내가 그 말을 못 알아들어서 되묻는 것인 줄 아는 건가?"

서슬이 시퍼런 가슈인의 호통에 보좌관은 고개를 깊이 수그렸다.

"송구스럽습니다."

"그딴 말을 듣고 싶은 게 아니라는 것을 모르나! 어째서 갑자기 그따위 명령이 떨어졌느냐, 이걸 묻고 있는 거다! 여태까지 가만히 보고 있던 교단 측에서 어째서 굴바엔 지방, 그것도 펜게른, 파르칼, 마르비엔만 이렇게 족치고 있는 건지, 그 이유에 대해서 보고하란 말이야!"

보좌관이 여전히 우물쭈물하는 태도를 보이자 가슈인의 얼굴이 시뻘겋게 달아올랐다.

"이런 빌어먹을 놈!"

퍼억!

"윽!"

"당장 제대로 보고 하지 못해? 이런 중대한 사안을 눈앞에 두고 감히 내 앞에서 우물쭈물하는 태도를 보이다니, 죽고 싶은 건가?"

"죄, 죄송합니다……."

입술이 찢어진 보좌관은 급히 일어나면서 고개를 깊이 수그렸다.

"보고해! 도대체 무슨 일이 일어났기에 이따위 일이 일어날 수가 있는 거지? 도대체 누가 어떻게 무슨 일을 벌였기에 이토록 갑작스럽게 토벌령이 내려진 거냐고!"

"말씀드리기 송구스럽습니다만…… 워, 원인이라고 말할 만큼 뚜렷한 사건이 없습니다."

"뭐, 뭣이……?"

"일단 지금의 정보로는…… 단장님의 명에 따라 제3십자대를 비롯하여 제4십자대, 제5십자대 등, 각지의 기사단은 아무런 활동도 하지 않았습니다."

"교단과 아무런 충돌도 없었다?"

"예, 충돌은 고사하고 아무런 문제조차 없었던 것으로 알려졌습니다."

보좌관의 말에 가슈인은 눈살을 찌푸렸다.

'이게 어떻게 된 일이지? 어느 멍청한 대장 놈 하나가 부하 관리를 제대로 못해서 여기까지 불똥이 튄 것으로 예상했는데…….'

그런데 들어보니 그게 아닌 모양이다.

"그럼 도대체 이게 어떻게 된 일이지? 어째서 지르바 관령의 지부를 비롯해서 각 영지의 지부들이 공격을 받고 있는 것이냐!"

"송구스럽습니다. 도무지 그 이유를 알 수가 없는 상황입니다."

"이런 빌어먹을……."

욕지거리를 내뱉은 가슈인은 천천히 눈을 굴렸다. 은십자 기사단에 아무런 문제가 없다면 이 일은 교단의 내부에서부터 흘러나온 계책이 되는 것이다.

"지르바의 단원들은 어떻게 되었나?"

"예, 대다수가 잡히거나 죽임을 당한 모양입니다."

가슈인의 얼굴에 다시 노기가 어렸다.

"그래서, 이 일을 추진시킨 건 교단의 어느 놈이지?"

"저, 그것까지는 아직……."

"당장 알아봐!"

"예!"

보좌관이 고개를 깊이 수그리고서 방을 나서려고 할 때였다.

똑똑!

"무슨 일이냐!"

가슈인의 날카로운 대꾸에 곧 문이 벌컥 열리고 말끔한 중년인이 급히 들어왔다.

"그, 급히 전해드릴 일이 있습니다."

"무슨 일인가? 그런 일은 내게 먼저 보고를 했어야지."

보좌관이 얼굴을 굳히며 문책했다.

"죄, 죄송합니다. 워낙 시급한 사안이기에…… 보좌관님께서 대장님의 집무실에 계신다는 말씀을 듣고 바로 이곳으로 왔습니다."

"시급한 사안?"

가슈인이 또 무슨 일인가 싶어 눈살을 찌푸리자 중년인은 고개를 깊이 수그리고 보고했다.

"현재 북쪽 아실반 산맥 인근에서 100여 명에 이르는 정체불명의 무리가 발견되었다는 보고입니다."

"뭣이? 아실반 산맥? 오크인가?"

가슈인이 벌떡 몸을 일으켰다.

"오크는 아닌 것 같습니다. 조금 전에 행렬을 발견한 제5정찰조에서 시급하게 알려온 사안입니다."

"정체가 무엇이라고 하던가? 어째서 아실반 산맥 쪽에서 모습을 드러냈지? 교단의 개들인가?"

"그건 아닌 듯싶습니다. 아무래도…… 화전민으로 예상됩니다."

"화전민?"

가슈인이 두 눈썹을 가운데로 모았다.

"북쪽 첨탑으로 내가 직접 가보겠다."

제피린의 북서쪽 외곽에 위치한 높은 첨탑에 오른 가슈인은 훤히 보이는 아실반 산맥의 끄트머리를 살피다가 북쪽의 수풀 사이에서 사람들의 모습을 얼핏 확인할 수 있었다. 차림새를 보아하니 화전민이 분명했다.

"화전민이 겁을 상실한 것도 아닐 텐데, 어째서 도시로 온단 말인가?"

"그, 그것이, 그 이유를 알 수가 없습니다."

"이곳이 제3십자대의 본거점이라는 것을 화전민들이 알고 있을 리는 없을 것이다."

"예, 당연합니다."

보좌관의 대꾸를 들으면서 가슈인은 턱을 쓰다듬었다. 대로 위에서 저런 대규모의 인원이 움직인다는 보고는 듣지 못했으니, 저 화전민들로 예상되는 자들은 모두 아실반 산맥을 타고 온 것일 터였다.

"생각해 보니 이상한 점이 또 있군. 저런 자들이 어떻게 위험한 아실반 산맥을 타고 올 수 있는 것이지?"

"예, 저도 그 점이 이상하던 차였습니다. 어떻게 하시겠습니까? 자세한 정황을 알아보도록 시킬까요?"

"갈색 오크들이 습격한 게 언제였지?"

"가장 최근의 습격이 약 두 달 전쯤이었습니다."

"두 달 전이라……. 그동안 오크들, 아니, 몬스터들이 사라졌을 리도 없고. 당장 알아보도록 해."

"예, 지금 당장 알아보도록 하겠습니다."

해가 질 때까지 숲 안쪽에서 가만히 상황을 살핀 제리카의 얼굴은 딱딱하게 굳어 있었다. 제피린을 코앞에 두고 벌써 근네 시간이나 지난 시점이었다.

"얼마나 더 기다릴 셈이야?"

"조금만 더 기다려주십시오."

"아까 전부터 계속 그 말만 하고 있다는 건 알고 있나?"

라트가 날카롭게 말하자 제리카는 얼굴을 구겼다.

"……알겠습니다. 하지만 안전을 위해, 제 쪽에서 움직이는 건 해가 질 무렵에 하겠습니다."

제리카는 꽤나 시간이 흐른 뒤임에도 불구하고 은십자 기사단의 사람이 오지 않는 것에 불안을 느끼고 있었다. 일부러 첨탑에서 확인할 수 있는 위치에 자리를 잡고 기다렸는데, 여태까지 사람이 오지 않은 것이다.

'어떻게 된 거지? 설마, 아직도 발견하지 못한 것인가? 이 근방은 정찰조의 눈에도 잘 띄는 곳일 텐데⋯⋯.'

그러는 사이, 해가 산 너머로 천천히 저물기 시작했다. 어둠이 점점 깔려가자 마을 사람들은 불안한 기색을 감추지 못했다.

"왜 계속 여기에 있는 거지요?"

"설마, 저곳에 못 들어가는 건 아닙니까?"

불안해하는 소리가 커질수록 라트도 제리카에 대한 불신감이 커져가는 것을 느끼고 있었다. 가슴 한구석에 밀어두었던 불신과 불안이 다시 마음 한복판으로 번지고 있는 것이다.

그때, 미약한 빛을 내뿜는 조명석을 든 사람이 말을 타고 빠르게 달려오는 모습이 라트의 눈에 띄었다.

"아무래도 기다리던 사람이 온 모양이군."

그제야 제리카도 그 빛을 발견하고는 안도의 한숨을 내쉬었다.

"그럼, 제가 얘기하고 오겠습니다. 이곳에서 기다려주십시오."

라트는 아무 말 없이 고개를 끄덕였다.

제리카가 빠르게 내려가는 모습을 지켜보는 아르니가 불안한 표정을 지었다.

"잘되겠지……?"

"글쎄……."

라트는 긍정도 부정도 하지 않았다.

어느새 산 아래 평지까지 내려간 제리카는 말이 근처까지 오기를 가만히 기다렸다.

조명석이 점점 가까워지고, 마침내 말이 그의 앞에서 멈추었다.

"워워."

푸르륵..

성미가 거칠어 보이는 말은 콧김을 크게 내뿜은 뒤에야 얌전해졌다.

말에 타고 있던 자는 콧수염을 기른 사내로, 허리에 찬 검에 손을 얹고 위협적인 눈으로 그를 내려다보고 있었다. 수상한 태도를 보이는 즉시 가차 없이 베어버리겠다는 듯한 모습이었다.

하지만 제리카는 개의치 않았다. 정체를 모르는 이들을 경계하는 것은 지극히 당연한 일이었다.

"반갑습니다."

제리카의 공손한 태도에 사내는 헛기침을 하고 천천히 말에서 내렸다.

"반갑소."

"소속이 어떻게 되십니까?"

제리카의 직접적인 물음에 사내의 눈가가 꿈틀했다.

"소속…… 이라니, 그게 무슨 말이시오?"

"제3십자대의 분이 아니십니까?"

제리카의 담담한 말에 사내의 얼굴이 빠르게 굳었다.

"……."

상대가 긴장하는 태도를 보이자 제리카는 상대가 은십자 기사단의 제3십자대 소속임을 알 수 있었다.

"본인은 제3십자대 소속, 지르바 관령 지부의 부지부장 보좌를 맡고 있는 제리카 리튼이라고 합니다."

"지, 지르바 관령 지부?"

사내의 눈이 기묘하게 일렁였다.

"그 말, 확실히 책임질 수 있소?"

"책임은 질 수 있으나, 지금 같은 상황에서는 증명할 수가 없습니다."

여전히 담담한, 그러나 흔들림 없는 대꾸에 사내는 입을 다물고 고개를 끄덕였다.

"아무래도 이 일은 보고를 올리지 않으면 안 될 일인 것 같소. 잠시 내성에 다녀오겠소."

"알겠습니다. 그럼 저는 일행에게 대장님을 만나 뵙고 오겠다고 말씀드리고 오지요."

사내는 고개를 크게 끄덕이고는 다시 말에 올라탔다.

"이랴!"

말이 다시 빠르게 성으로 향하자 제리카는 편안해진 얼굴을 하고 라트가 있는 곳으로 다시 올라왔다.

"어떻게 됐지?"

"일단 지금까지 있었던 일들을 보고하기 위해 제 정체를 밝혔습니다. 곧 다시 사람이 올 것이고, 저는 그 사람과 함께 성에 다녀올 것입니다."

"그럼 오늘 안에는 돌아올 수 있나?"

"예, 아마도 그럴 것입니다. 하지만 마을 사람들을 오늘이나 내일 안에 모두 수용하는 것은 무리일 것 같습니다."

"왜지?"

라트의 눈이 사나워지는 걸 보면서도 제리카는 조금도 동요하지 않았다.

"한꺼번에 많은 사람을 수용하면 분명히 문제가 생깁니다. 그 때문에 티가 나지 않도록 조금씩 나눠서 받아들이는 게 기본입니다."

"그럼 모두 수용할 때까지는 얼마나 걸릴까요?"

아르니가 조심스럽게 묻자 제리카는 미간을 살짝 찌푸렸다.

"글쎄요, 저도 그렇게까지 구체적으로는 알지 못합니다. 일단 대장님과 이야기를 나누면 모든 게 확실해질 것입니다. 그

때까지 조금만 더 기다려주십시오."

라트는 앞으로 며칠이나 더 이런 곳에서 마을 사람들이 지내야 한다는 사실이 썩 내키지 않는다는 얼굴을 했다. 하지만 제리카의 말도 일리가 있기에 화를 내거나 하지는 않았다.

"어쩔 수 없군. 되도록 빨리 결판을 짓고 오도록 해."

"저도 되도록 그렇게 할 것입니다."

제리카는 속으로 그간 생각해둔 말을 정리했다. 아무리 자신이 큰 패를 들고 왔다지만, 어쩌면 사정이 좋지 않기 때문에 모두 받아들일 수는 없다고 나올지도 모른다.

하지만 그래서는 라트가 이해해주지 않을 것이 틀림없다. 그리고 제리카도 그런 식의 결과에 만족할 생각은 없었다.

그렇게 별다른 얘기 없이 약 30여 분의 시간이 흐르고, 다시 저 멀리서 말이 힘차게 뛰는 소리가 들리고 빛이 흔들리는 것이 보였다.

"그럼 다녀오겠습니다."

라트의 눈을 보면서 결의를 다진 제리카는 아래로 빠르게 내려갔다.

조금 전에 본 사내는 말 하나를 더 준비해왔다.

"이걸 타고 따라오십시오."

제리카는 존대로 바뀐 그의 말을 듣고 익숙한 듯 고개를 끄덕여 대답한 뒤 말에 올라탔다.

밤바람을 맞으며 힘차게 달린 제리카는 금세 도시 안에 들어설 수 있었다. 그리고 곧 성과 그리 멀지 않은 한쪽 구석의 보석상 앞으로 안내받았다.

안내한 사내가 보석상 옆의 마구간에 말을 매어둔 뒤 제리카에게 다가왔다.

"알고 계시겠지요?"

"물론입니다."

제리카는 천천히, 익숙한 발걸음으로 보석상 안에 들어갔다. 그리고 2층으로 올라가는 계단 쪽에서 계단 손잡이를 가볍게 오른쪽으로 두 바퀴를 돌렸다가 왼손으로 한 바퀴를 돌렸다가 다시 오른쪽으로 두 바퀴를 더 돌렸다.

철컥!

바로 앞쪽 문에서 쇳소리가 났다. 제리카는 익숙하게 문을 밀었다. 조명석의 빛이 보이는 깊은 계단이 나타났다. 제리카는 천천히 계단을 내려갔고, 문은 곧 닫혔다.

그렇게 계속 걸어가던 제리카는 얼마 지나지 않아 철조망 같은 것을 볼 수 있었다. 부지부장 보좌가 된 뒤로 몇 번이나 해본 일이었다.

"은십자 기사단 제3십자대, 통칭 폭룡대 소속, 파르칼 령 북쪽 지르바 관령 지부 부지부장 보좌, 제리카 리튼."

"폭룡은 뭘 하고 있나?"

"깨어날 준비를 하고 있다."

무미건조한 물음에 역시 담담하게 대꾸하자 곧 철조망이 열렸다. 두 명의 남자가 그곳에 서 있었다. 프로텔리아가 박힌 검집을 차고 있는 것을 보니, 그들은 기사였다.

"따라오라. 대장님께서 기다리고 계신다."

그들의 안내를 받으면서 제리카는 천천히 걸어 나갔다. 그도 딱 한 번밖에 본 적 없는, 은십자 기사단 제3십자대의 대장을 만나기 위해.

곧 앞이 막힌 벽이 나왔다. 벽의 중앙에 위치한 문고리를 돌리기를 몇 번, 곧 벽이 뒤로 슥 밀려나더니 옆으로 미끄러지듯 열렸다.

샹들리에의 밝은 빛이 사방을 비추고 있는 넓은 홀이 나타났다.

"제리카 리튼."

평생에 딱 한 번밖에 듣지 못했지만 결코 잊을 수 없는 목소리였다. 그 목소리를 듣자마자 제리카는 무릎을 꿇었다.

"예, 가슈인 대장님."

"지르바 관령 부지부장 보좌라고 했던가?"

"예."

계단의 위에서 걸어 내려오는 가슈인은 제리카를 보면서 묘한 표정을 지었다.

"헌데, 부지부장은 어디에 있는가? 부지부장 보좌라면 부지부장과 함께 있어야 하는 것 아닌가?"

"……."

제리카는 입을 다물었다. 부지부장이 눈을 감던 순간에 보인 마지막 얼굴이 눈가에 아른거렸다.

"교단의 추격자들에 대항하다가 큰 상처를 입으신 끝에……."

제리카의 침통한 어조에 가슈인은 고개를 주억거렸다.

"그렇군. 안타깝게 되었어……. 그래, 그만 일어나게."

"예."

천천히 일어난 제리카는 한 치의 흐트러짐도 없는 태도로 고개를 살짝 수그리고 있었다. 십자대의 대장과 이렇게 마주서서 대화를 하고 있다는 것만으로도 제리카는 황송한 마음이었다.

"그래, 정황을 보니 아실반 산맥을 경유해서 이곳으로 온 것 같군."

"예, 아실반 산맥의 능선을 타고 왔습니다."

"능선을 탔단 말인가?"

담담한 제리카의 대꾸에 가슈인의 얼굴에 흥미가 일었다.

"어떻게 능선을 타고 왔지? 자네가 데려온 그들은 도저히 훈련받은 병사들로는 생각되지 않던데 말이야. 게다가 지르바 관령 지부는 거의 정보만을 담당하는 곳으로 기억하네만."

"예, 대장님 말씀대로입니다. 그들은 병사가 아닙니다. 화전민입니다."

제리카는 마른침을 삼켰다. 이제부터 정신을 바짝 차려야 했다.

가슈인의 얼굴을 힐끔 살핀 제리카는 움찔 떨었다. 가슈인의 은색 머리칼 사이에서 검은 눈동자가 날카롭게 번뜩였던 것이다.

"화전민이라고?"

"예, 화전민입니다."

"화전민을 데리고 아실반 산맥을 경유했단 말인가?"

"예, 그렇습니다."

가슈인의 눈이 살짝 가늘게 변했다.

"부지부장 보좌인 자네에게 그만한 능력이 있는 줄은 미처 몰랐군."

"제 능력이 아닙니다."

즉각 담담하게 대꾸하는 제리카의 태도에 가슈인은 슬쩍 미소를 그렸다.

"그런가? 그렇다면 누구의 능력이지? 설마, 화전민들 중에 그만한 능력을 지닌 이가 있다고 할 참인가?"

"천검의 주인께서 아실반 산맥에 계셨습니다."

"뭐라? 천검의…… 주인?"

가볍게 웃고 있던 가슈인의 얼굴이 순식간에 굳었다.

"천검의 주인이라면 설마…… 봉그리드 헬라스트롬을 말하는 것인가?"

"예, 그분께서 아실반 산맥에 계셨습니다."

제리카가 고개를 끄덕이며 그렇게 대꾸하자 가슈인을 비롯하여 주변의 기사들과 보좌관마저 당황한 표정을 지었다. 갑자기 그의 이름이 왜 튀어 나온단 말인가?

"설마, 그가 저 화전민들 틈에 있는 것은 아닐 테지?"

"안타깝게도, 그분을 모셔오는 것은 무리였습니다."

그러자 가슈인의 얼굴이 다시 원래의 무덤덤한 얼굴로 돌아왔다.

'그럼 그렇지. 그자가 지금까지 보인 행보를 보건대 결코 기사단을 도울 인물이 아니다.'

제리카는 그의 표정을 보고 재빨리 말을 이었다.

"하지만 그분의 제자 분은 계십니다."

"제자?"

"예. 천검의 주인, 봉그리드 님의 검술을 배우신 제자 분께서 은십자 기사단에 입단하길 희망하시고 계십니다."

제리카가 승부수를 던졌다.

가슈인은 놀란 얼굴로 머리를 재빨리 굴리기 시작했다. 천검의 주인이라는 이름이 가지는 의미는 교단 측에서나 은십자 기사단에서나 대단히 큰 의미를 지니고 있다. 당장 그가 가지고 있는 어마어마한 무력만 해도 그렇다.

'천검의 주인 단 한 명이 지닌 무력만으로도 대규모 부대에 필적할 정도……'

마스터급 실력자라는 것은 그만큼 상상을 초월한 자들이다. 그동안 은십자 기사단에게 있어 다행이었던 것은 그가 국가에 충성하지 않고 방랑을 일삼으며 철저하게 중립을 유지했다는 것이다.

그리고 지금 마스터의 검술인 바리엘 분검식을 이은 제자가 은십자 기사단에 들어오길 원한다는 것이다.

"그게 확실한가?"

"감히 봉그리드 님의 신분을 확인할 수는 없었지만, 그분의 제자 되는 분의 실력은 이 눈으로 직접 보았습니다. 지척까지 추격해온 기사들을 모두 단숨에 무찌르셨습니다. 이미 돌아가신 부지부장님께서도 직접 모든 것을 목격하셨습니다."

"흐음……."

이렇게까지 얘기하는 것을 보니 거짓을 고하는 것 같지는 않았다. 하지만 그의 말이 사실이라면 어째서 그 천검의 주인의 제자가 은십자 기사단에 들어오고 싶어 하는지, 그 이유를 알 수가 없었다.

'천검의 주인은 제자들에게도 특정 세력에 가담하는 것을 절대로 금한다고 했는데……'

"그가 어째서 은십자 기사단에 투신을 하겠다고 밝힌 것인가?"

"제가 권유했습니다."

"자네가?"

가슈인이 놀랍다는 표정을 지은 순간, 제리카는 다시 입을 뗐다.

"아실반 산맥은 몬스터가 많고 산세가 험하여 인적이 없기로 유명한 곳입니다. 부지부장님과 저, 그리고 그 외에 몇몇 단원들이 모두 아실반 산맥이 있는 서쪽으로 향했습니다. 추격자들을 따돌리기 위해서 말입니다."

"흐음, 나쁘지 않은 판단이었군."

"추격자들의 실력이 생각 이상으로 뛰어나 저로서는 부지부장님을 지키는 것조차도 버거웠고, 금방이라도 추격자들에게 잡힐 상황이었습니다. 그리고 그때, 부지부장님과 저는 발견한 겁니다. 그 험한 산의 분지 안쪽에 있는 화전촌을 말입니다."

가슈인은 그제야 상황이 어떻게 이렇게 된 것인지 대충 짐작할 수 있었다.

'과연, 일이 그렇게 되었나…….'

"그곳에서 봉그리드 님의 제자 분께서 화전촌을 지키기 위해 교단의 추격자들을 무찌르셨고, 곧 봉그리드 님을 만나 뵈었습니다. 하지만 적의 수가 너무 많아 몇몇 기사와 병사들을 놓치고 말았습니다."

"그렇군. 일이 대충 어떻게 된 것인지는 알 만해. 생각보다 우수한 인재였군, 부지부장 보좌."

"……화전민들을 받아주십시오. 그것이 그의 조건이자 제가 내민 권유였습니다."

"조건이라……."

가슈인은 고민할 수밖에 없었다. 천검의 주인, 그리고 그의 제자에 대한 이야기를 듣지 않았다면 이 요청은 일언지하에 묵살했을 것이다.

그러나 그 이야기를 들은 지금은 상황이 크게 달라졌다.

'그의 제자가 은십자 기사단에 들어오기를 희망한다?'

가슈인의 고민은 그리 짧지 않았지만, 그렇다고 길지도 않았다.

곧 그의 입가에 짙은 미소가 떠올랐다.

더 생각할 것도 없다. 지금과 같은 시기에 저들을 받아들이는 것은 확실히 위험한 일이지만, 그것을 감안하더라도 천검의 주인이라는 이름이 가지는 매력은 크다.

제자에 이어, 어쩌면 천검의 주인마저 끌어들일 수 있을지도 몰랐다. 혹 그것이 안 되더라도 다른 용도로 충분히 써먹을 수 있을 터였다.

하지만 가슈인은 쉽사리 속내를 내보여줄 생각이 없었다.

"그가 은십자 기사단에 들어와 준다면 분명히 전력상으로는 크게 도움이 되겠군."

"예, 그럴 것입니다. 그리고 그의 곁에 있는 여인의 능력 또한 결코 가벼이 여길 것이 아닙니다."

여기서 쐐기를 박을 참으로, 제리카는 말에 힘을 더했다.

"여인? 또 다른 누군가가 있단 말인가?"

"예. 그의 곁에는 지금 두 명의 여인이 있는데…… 한 명에 대해서는 자세히 아는 것이 없으나, 나머지 한 명은 엄청난 마법을 쓰는 마법사입니다."

"마, 마법사?"

이번만큼은 가슈인도 놀라지 않을 수가 없었다.

교단, 그리고 국법 때문에 마법사는 국가의 철저한 관리를 받아야 했고, 대우 또한 결코 좋지 않았다. 당연하게도 마법사들은 전부 국외로 빠져나갔고, 그 이후로 아트라도엥은 마법의 불모지라 해도 과언이 아니게 되었다.

가슈인은 마른침을 삼켰다.

'마법사까지? 생각 이상의 대어로군.'

신분 확인을 제대로 거쳐야겠지만, 일단 지금까지 제리카가 한 말대로라면 실로 어마어마한 전력이 될 터였다.

"확실히…… 마법사에 대한 것은 놀랍군. 하지만 얼핏 확인한 것만으로도 화전민들의 수가 상당해 보이던데……."

"예, 약 100여 명에 이르는 정도입니다."

예상과 조금도 다르지 않은 수였기에 가슈인은 저도 모르게 미간을 찌푸렸다. 나눠서 조금씩 수용한다고 해도 완전히 티가 안 나게 하기는 힘들 것 같았다.

"조금…… 많군."

"부탁드립니다. 의도치는 않았으나, 저와 부지부장님의 실수에서 비롯된 일입니다. 그러나 자유와 평등을 찾기 위해 결성한 은십자 기사단이 화전민들을 못 본 척한다면 그 취지를 누구도 믿지 않게 될 것입니다."

"감히 누구 앞에서!"

"그만. 그의 말이 옳다."

보좌관이 분개한 얼굴로 나서자 가슈인이 조용히 손을 들어서 그를 제지했다.

"자네 말이 맞네. 우리가 그들을 못 본 척할 수는 없지. 하지만 말은 바로 해야겠지. 자네와 부지부장 때문에 그러한 사태가 일어난 것이 아닐세. 모두 교단에서 벌인 이번 토벌령 때문이지. 그리고 또 한 가지 알아두게."

조용히 속삭이는 듯한 가슈인의 태도는 조금 전과 다를 것이 없었지만, 그의 눈빛은 실로 무거웠다.

"희생 없이는 그 어떤 혁명이나 개혁도 일어날 수 없다는 것을 말이네. 희생 없이 모든 것을 바꾸려고 하는 자들은 이상만을 좇는 어리석은 자들이지."

제리카는 굳은 얼굴로 고개를 깊이 수그렸다.

가슈인은 천천히 몸을 돌렸다.

"그 제자에게 돌아가서 기다리도록 하게. 시기가 시기이니만큼 교단에 꼬리를 잡힐 일을 만들어서는 절대로 안 되네. 어떻게 하면 이 상황을 모면할 수 있을지 신중하게 생각을 해야겠군. 그리 오래 걸리지는 않을 거야."

"예, 알겠습니다."

천천히 계단을 올라가는 가슈인의 얼굴은 지독할 정도로 차가웠다.

"흥미롭군."

제7화
이용하기 쉬운 패

Holy War

　그로부터 사흘이 넘는 시간이 지났다.

　화전민과 라트가 있는 아실반 산맥 끄트머리로 돌아온 제리카의 얼굴은 하루가 지날수록 굳어갔다. 그리고 그에 따라 라트의 얼굴도 점점 차갑게 변해갔다.

　"어떻게 된 거지? 도대체 며칠이나 더 기다리라는 거야?"

　"……죄송합니다. 조그만 더 기다려주십시오. 제가 할 수 있는 말은 그것밖에 없습니다."

　"뭐라고? 이제와 그런 말이 통할 것 같아? 네 말을 믿고 모두가 여기까지 온 거라고!"

　"진정해, 라트. 이건 제리카의 힘으로 어떻게 정할 수 있는 일이 아니란 거 알잖아."

아르니가 다가와서 라트의 어깨에 손을 올려놓았다. 그러자 라트는 못마땅하다는 표정을 지었다가 다시 경비를 서기 위해 멀어져갔다.

"너무 마음 쓰지 말아요. 라트도 답답해서 그런 거니까."

"알고 있습니다. 곧…… 곧 대장님께서 사람을 보내실 겁니다. 그때까지만 기다리면……."

아르니는 살짝 미소 짓고는 고개를 끄덕였다.

라트와 아르니가 저 멀리 가자 홀로 남은 제리카는 이를 악물었다. 며칠이 지나는 동안 임시로 거주하기에는 제법 괜찮은 모습이 되었지만, 이곳은 여전히 위험한 곳이었다. 화전민들을 이런 곳에 방치하는 가슈인 대장의 속을 알 길이 없었다.

"결국…… 은십자 기사단도 집단은 집단이군요."

흠칫!

제리카는 거의 본능적으로 몸을 튕기듯 일어나면서 그대로 검에 손을 가져갔다. 하지만 곧 그 목소리의 주인이 아는 얼굴이라는 것을 확인하고 불쾌하다는 표정을 지었다.

"그렇게 기척 없이 다가오지 마십시오. 하마터면 검을 뽑았을지도 모릅니다."

"그 정도에는 결코 죽지 않으니까 걱정하지 않아도 돼요."

요염한 미소를 지으며 말하는 여인의 태도에 제리카는 얼굴을 붉히며 고개를 돌렸다.

"제게 무슨 볼일이라도 있으십니까?"

"볼일까지는 아니고…… 이렇게 시간이 지났는데도 소식이 없는 것을 보니, 교단에 대항하는 은십자 기사단도 결국은 사람들이 모인 집단이라는 점만은 어쩔 수 없구나, 하는 생각이 들어서 말이에요."

텔리시아가 여전히 요염한 미소를 그린 채 그의 곁으로 조용히 다가왔다. 그녀의 앞에만 서면 이상하게도 자꾸 작아지는 느낌이 들어 제리카는 인상을 잔뜩 구겼다.

"이번 일은 결코 쉬운 일이 아닙니다. 제가 만약 대장님이었더라도 쉽게 허가를 내리지는 못했을 겁니다."

"그런가요?"

"그럴 수밖에 없습니다. 대장님은 제3십자대를 책임지고 계십니다. 한순간의 정이나 감상에 휩쓸려 잘못이라도 범하면 걷잡을 수 없는 상황을 초래할지도 모르는 겁니다."

"그렇군요. 그렇다면 흥미롭네요. 당신은 그게 무리한 요구라는 걸 그렇게 잘 알면서 어째서 대장님께 부탁한 건가요?"

"그건……."

천천히 그의 앞에까지 온 텔리시아의 도발적인 물음에 제리카는 입술을 깨물었다. 대장님의 위치와 입장에서는 결코 쉽게 받아들이지 못할 사안이라는 걸 알면서도, 지금 제리카의 입장에서는 또 다르다.

"감정과 이성…… 그 사이인가요?"

"……."

"하지만 라트는 이해하지 못할 거예요. 그는…… 단 한 번도 누구의 위에 선 적이 없으니까요. 항상 빼앗기고 잃기만 했어요."

"……."

"그래서 높은 사람들의 생각 같은 건 라트에게 아무런 의미도 되지 않아요. 그의 눈에 비치는 것은 집을 잃고 매일 몬스터들의 위협 속에서 불안에 떨고 있는 눈앞의 화전민들뿐이에요."

제리카는 고개를 수그렸다. 말아 쥔 주먹이 부르르 떨렸다. 그런 건 그녀에게 듣지 않아도 알고 있다. 그래서 라트가 대장님을 변호하는 자신을 좋게 여기지 않는 것도 이해한다.

'나도 알고 있다.'

잡히면 낙인자가 되리란 걸 알면서도 도시에서 도망치는 사람들의 모습, 그렇게 도망가서도 매일 불안에 떨며 살아갈 수밖에 없는 화전민들의 모습이 어떠한지는 그도 알고 있다.

하지만 이상만으로는…… 화전민들, 그리고 낙인자들을 가엾어 하는 마음만으로는 아무것도 바뀌지 않는다.

제리카가 이를 악물고서 아무런 대꾸도 하지 않자, 텔리시아는 천천히 그를 뒤로했다. 그리고 몬스터들이 어둠 속에서 습격해올 것에 대비해 멀찍이 떨어진 곳에서 촉각을 기울이고 있는 라트에게 다가갔다.

"최근에는 아무 말도 걸지 않더니, 무슨 일이야?"

"그러게 말이야. 꽤나 오랜만에 말 거는 건데도 엄청 쌀쌀맞네."

"악마가 인간들의 사정을 이해해줄 리가 없으니까 무슨 이야기를 해도 무의미하다고 생각할 뿐이야."

악마라는 말에 별안간 텔리시아의 눈이 슬프게 변했다.

"음…… 그래도 라트의 마음 정도는 알아."

"네가 뭘 안다고!"

무관심, 무표정으로 일관하던 라트의 얼굴에 분노가 드리웠다.

"뭐든지 알고 있다는 듯이 말하지 마. 네가 아르니에게 한 짓을 나는 아직 용서한 게 아니니까."

"알고 있어……. 용서받을 수 있는 일이 아니란 거. 그래도 지금의 라트가 불안해하고 있는 건 알아."

"……."

"라트는 만약 일이 잘 안 풀리면 모두 자기 탓이라고, 그렇게 생각할 거잖아."

"시끄러워."

"사실은…… 모두 제리카의 탓으로 돌리고 싶어서, 그래서 그에게 화를 내는 거잖아."

"시끄럽다고 했을 텐데!"

라트의 눈동자가 가늘게 떨렸다. 텔리시아에게 마음을 속속들이 읽히고 있는 것 같아서, 그는 참을 수가 없었다.

그때, 텔리시아가 천천히 다가와 그를 껴안았다. 이제는 라트가 텔리시아보다 컸기에 오히려 안기는 모습이 되었지만, 라트는 그 자리에서 번개라도 맞은 듯 꼼짝도 할 수가 없었다.

그의 마음을 어루만지는 듯 은은한 향기가 코를 간질이고, 이상할 정도로 따뜻한 체온이 그의 몸으로 전해졌다.

"어째서 악마 주제에…… 악마 따위가……."

라트는 눈살을 찌푸렸다.

'어째서 이렇게 따뜻한 거야…….'

잊고 있던 따뜻한 기억들이 떠올랐다. 이제는 너무나도 멀어진 것 같던 그 기억들이 다시금 그의 눈앞에서 아른거렸다.

"잘될 거야. 지키고 싶은 거지? 저 사람들."

그 부드러운 목소리에 라트는 어떻게든 텔리시아를 미워하는 마음을 가지려고 노력하다가도 그만 맥이 탁 풀리는 기분이 드는 바람에 그만두었다.

악마의 간교한 속삭임이라고 생각하면서도, 그녀가 하는 말은 하나같이 자신의 마음을 헤아리는 것뿐이라서 텔리시아를 밀어낼 수 없었다.

고요한 시간이었다.

그리고 그 모습을 멀찍이 떨어진 곳에서 지켜보는 이가 있었다. 금발을 뒤로 질끈 묶은 여인이 나무 뒤에서 아랫입술을 깨물고 있었다.

사흘째에 습격했던 오크들은 다시 공격해오지 않았다. 라트와 아르니, 둘이 지키고 있는 한 사람들을 습격하는 것이 불가능하다는 것을 잘 알고 있기 때문일 것이다.

하지만 매일 밤을 새우고 있는 라트의 얼굴에는 조금씩 피곤한 기색이 번져가고 있었다. 제아무리 출중한 마력으로 육체의 한계를 끌어올렸다고는 해도, 결국 인간이라는 것만은 변하지 않는 사실이었다.

그런 라트의 얼굴을 보는 마을 사람들의 표정도 썩 좋지 않았다. 두려움, 그리고 동시에 미안해하는 감정이 뒤섞인 얼굴이었던 것이다.

라트는 그런 시선 따위는 아무래도 좋았다. 어차피 마을 사람들에게 인정받기 위해서 이런 일을 하고 있는 게 아니니까.

"괜찮으십니까?"

돌에 기대 쉬고 있는 라트에게 누군가가 다가와서 조심스럽게 물었다.

"많이 피곤해 보이시는데……."

육십 대 초반으로 보이는 노인이었다.

"존대하실 필요 없습니다. 나이도 어린 제게 왜 존대를 하시는 겁니까?"

라트는 저도 모르게 퉁명스럽게 대꾸했다. 언제나처럼 진심에서 조금씩 일그러진 태도였다.

"아, 그…… 그건…… 저희를 구해주시고, 보호해주시는 분인데……."

"괜찮습니다. 그런 건 마음에 두지 마십시오."

"아, 저 그게……."

라트의 차가운 대꾸에 노인은 어떻게 해야 될지 모르겠다는 표정을 지었다. 하지만 그는 용기를 내어 조심스럽게 말했다.

"죄송한 말씀이지만, 저, 저는 그, 그만 원래 있던 곳으로…… 돌아가면 안 되겠습니까?"

꿈틀.

라트의 눈가가 떨렸다.

"……돌아가고 싶다는 말씀입니까?"

"그, 그게…… 그렇습니다."

"어째서……."

"……더 오래 기다려도, 저런 곳에서 사는 건 역시 그냥 꿈으로 끝날 것만 같아서 말입니다."

중년인의 대꾸에 라트는 이를 악물었다.

"그곳에 돌아가면…… 예전처럼 살 수 있을 것 같습니까?"

"그, 그건……."

라트의 음성이 날카로웠기 때문에 노인은 몸을 움츠렸다.

"말하지 않았습니까. 그곳은 머지않아 교단의 공격을 받을 거라고 말입니다. 바로 입구에서 교단의 추격자들과 충돌했다고 말씀드렸을 텐데요."

"……알고 있습니다."

"교단에 잡혀서 낙인자가 되고 싶다는 겁니까?"

"아니요, 그런 게 아닙니다."

"그런 게 아니라고요? 그곳에 돌아가면 아니라고 아무리 말해도 놈들은 신경도 쓰지 않을 겁니다. 반항하면 바로 죽일 것이고, 반항하지 않는다면 끌려가서 등짝이든 어디든 그 저주의 낙인을 찍을 거란 말입니다!"

라트가 화를 내면서 천천히 일어섰다. 하지만 조금 전까지도 움츠리고 있던 노인의 얼굴은 평온하고, 또 부드러웠다. 조금 전과는 대조적인 모습이었다.

"예. 제자님의 말씀이 그렇다면 분명히 그렇겠지요."

"낙인자가 되는 것은 상상도 못할 만큼 끔찍한 일입니다. 아무것도 손에 쥐는 것 없이 그저 빼앗기기만 하다 죽게 됩니다. 차라리 그 자리에서 죽는 것보다 더 비참하단 말입니다."

"하지만…… 그래도 몇십 년을 살아온 고향이 그리운 건 어쩔 수 없군요. 잠깐이라도, 죽기 직전까지라도 저는 그곳에 있고 싶습니다."

모든 것을 포기했다는 태도를 보이는 노인에게 라트는 화가 치미는 것을 느꼈다.

"웃기지 말아요. 죽는다는 걸, 낙인자가 된다는 걸 그딴 말로 고상하게 포장하려고 하지 말란 말입니다. 곧 이 나라가 정한 그 빌어먹을 법 안에서 남들 못지않게 살아갈 수 있는데, 왜 그딴 최후를 멋대로 자초하려는 겁니까?"

"……"

라트의 말과 태도는 더 없이 사나웠다. 그러나 그 말 속에 담긴 라트의 마음이 절절하게 전해졌다. 노인도 그것을 알았기 때문에 더 이상 움츠러들지 않은 것이다.

필사적인 라트의 태도에 노인은 안타깝다는 표정을 지었지만, 더 이상 아무 말도 하지 않았다.

"알았습니다……."

노인은 고개를 깊이 수그렸다. 노인은 천천히 물러나다가도 이를 악물고 있는 라트를 몇 번이나 계속 돌아보았다.

'죽는 건 끝이야. 아무것도 없어. 모든 게 끝이고, 남겨지는 사람만 가엾은 일이야.'

낙인자들이 어떤 대우를 받으며 어떻게 살아가는지 잘 알고 있는 라트는 다시금 각오를 다졌다.

그때, 제리카가 인파를 헤치고 라트에게 달려왔다.

"와, 왔습니다! 대장님의 서신이 왔단 말입니다!"

도시로 들어서는 라트는 긴장한 기색이 역력했다. 그는 앞장선 제리카의 뒤에서 왼쪽의 텔리시아, 오른쪽의 아르니와 함께 나란히 걷고 있었다.

오감이 곤두선 채 지하 계단까지 들어간 라트는 당장이라도 지크로트를 빼들고 싸울 수 있도록 만반의 준비를 했다.

끼기긱!

철조망을 지나 긴 지하 통로를 걷고, 통로의 끝에 도달하자 앞을 막고 있던 벽이 뒤로 밀리면서 열렸다. 환한 빛이 통로에 쏟아지자 라트는 눈살을 찌푸렸다.

"환영하네."

자신감에 가득 찬 목소리가 들리자, 라트는 그곳으로 고개를 돌렸다. 계단 위에서 은발의 남자가 가만히 서서 그를 내려다보고 있었다.

"자네가 천검의 주인, 봉그리드의 제자인가?"

"그렇다."

"라, 라트 씨. 예, 예의를 갖추십시오."

제리카가 당황한 얼굴을 했지만 라트는 여전히 무표정하고 지극히 도발적인 눈으로 그를 가만히 보기만 할 뿐이었다.

"과연, 천검의 주인의 제자라고 할 만한 모습이군."

"듣기 안 좋은 악담이군."

"하하, 그런가? 아무래도 천검의 주인은 제자에게 별로 존경을 받지 못하는 모양이지?"

"사실이기는 하지만, 그게 아니라 해도 이런 곳의 대장이 감히 함부로 입에 올릴 정도로 격이 낮은 분이 아니다."

"오호……."

지극히 적대적인 라트의 태도를 보면서 가슈인은 턱을 쓰다듬었다. 생각 외로 날카롭다. 자진해서 투신하겠다고 한 만큼 어느 정도 고개를 수그릴 작정으로 온 것인 줄 알았는데…….

"내가 마음에 들지 않는 모양이군."

"어째서 이렇게 시간을 끌었지? 그 탓에 은십자 기사단을 비롯하여 대장인 당신에게까지 다소 불신감이 생겼어."

"이런, 불신감이라……."

가슈인은 눈썹을 가운데로 모으면서 그건 곤란하다는 듯 과장된 몸짓을 보였다.

"그 점에 대해서는 사과를 하도록 하지. 자네, 그리고 제리카 보좌가 데려온 화전민의 수가 생각 이상으로 너무 많아서, 나도 그들의 수용 방법에 대해서 고민을 좀 해야 했네."

"재보고 있었던 게 아니라니 그나마 다행이군."

가슈인은 하마터면 눈살을 찌푸릴 뻔했다.

제리카의 보고에 따르면 대단히 감정적인 인물이라고 들었는데, 그러한 반면에 자신의 의중을 들여다보는 듯 예리한 일면도 비치고 있던 것이다. 그리고 그것은 그저 단순한 멍청이가 아니라는 뜻이었다.

하지만 가슈인은 산전수전을 다 겪어온 사람이다.

"이미 얼핏 들어서 알고 있겠지만, 지금 밖의 상황은 난리도 아닐세. 그런 상황에서 화전민들을 수용하는 것은 결코 좋은 선택이라고 보기 어렵지. 평소라도 신중을 기해야 하는 문제를 지금과 같은 일촉즉발의 상황에서 맞이했으니 시간이 걸릴 법도 한 일이 아닌가? 부디 그 점에 대해서는 양해를 해주었으면 좋겠군."

"중요한 것은 그게 아니지. 가장 중요한 걸 먼저 말하는 게 좋지 않을까?"

라트의 정곡을 찔러오는 말에 가슈인은 미소 지었다.

"물론 그들을 모두 받아들일 생각이네. 교단의 손아귀에서 고통받는 국민들을 보호하는 것이야말로 은십자 기사단이 창단된 이유이기도 하고, 무엇보다 자네같이 뛰어난 전력을 포기할 수 없기 때문이기도 하지."

가슈인의 눈이 천천히 그의 곁에 있는 텔리시아와 아르니에게 향했다.

'금발…… 바로 저 여자군.'

마법사.

'어떤 말도 하지 않고 가만히 있는 것을 보면 천검의 제자의 의견을 따르겠다는 얘기인가. 보고받은 대로, 역시 그를 품안에 들여야 나머지가 딸려온다는 뜻이겠군.'

가슈인은 속으로 미소를 지었다. 다시금 생각해도, 역시 위험을 감수하고서라도 전력으로 삼을 만했다.

'그간 공들여온 걸 이번에야 말로 해볼 수 있겠군.'

"자, 이렇게 서서 이야기할 게 아니라 일단 식사부터 하지."

"밖에서는 사람들이 굶고 있어. 그들은 언제 들여보낼 생각이지? 게다가 그곳엔 몬스터도 있다."

"이곳에 올 때 이미 듣지 않았나? 걱정하지 말도록. 이미 단원 수십 명이 그들을 안전한 도시 외곽으로 데려왔을 테니 말이야. 뭐, 물론 전부를 데려온 것은 아니고, 모두 도시 안에

들이기까지는 조금 시일이 걸리겠지만…… 안심해도 좋아. 뛰어난 실력을 지닌 단원들이 그들을 지키고 있으니까 말일세."

"글쎄, 지금 당신의 태도를 보아서는 별로 안심이 되질 않는군. 후에 보면 알겠지."

가슈인은 씨익 웃으며 그들을 식당으로 안내했다. 이미 화려한 만찬이 준비되어 있었다.

"마음껏 들도록."

가슈인이 여유로운 얼굴로 상석에 앉았다.

라트는 단 한 번도 본 적 없는 으리으리한 만찬이다. 그리고 그것을 앞에 둔 라트의 얼굴은 불쾌감으로 일그러졌다.

그러자 가슈인이 살짝 웃었다.

"어리석게 굴지 말게. 눈앞의 식사에 너무 많은 의미를 부여하려고 하는군."

"너무 많은 의미?"

"나는 명목상 귀족이라네. 그것도 상당한 부를 지니고 있는 귀족이지. 헌데, 그런 내가 검소한 식사를 한다? 그건 전혀 귀족답지 않은 일이지. 귀족들은 부를 과시한다, 그리고 그것이야말로 그들이 자존심을 세우는 방법이라네. 그리고 자존심을 세우는 건 귀족에게 있어 당연한 일이지."

"훌륭하군. 명목상이 아니라 완벽한 귀족이라고 해도 무방할 정도야. 당신 같은 자가 은십자 기사단의 이름을 걸고 있을 정도니, 대충 이 집단이 어떻게 돌아가는지 알 만해."

라트는 씹어뱉듯 말하고는 그대로 벌떡 일어났다.

"귀빈실로 안내해드려라."

"예."

가슈인은 여전히 조금의 흐트러짐도 없이 고기를 부드럽게 썰고 있었다.

라트의 곁으로 다가온 기사는 그에게 고개를 수그렸다.

"절 따라오십시오."

라트가 잠시 멈춰 서서 가슈인을 노려보다가 이내 기사를 따라 식당에서 나갔다.

"죄, 죄송합니다."

"자네가 그럴 필요는 없지."

제리카가 어쩔 줄 모르는 얼굴로 고개를 수그리자 가슈인은 여전히 여유로운 얼굴로 담담하게 대꾸했다.

"라트 씨는 아직 이런 것들을 이해하지 못하고 있습니다."

"그래, 그의 이름이 라트라고 했지."

"아, 예…… 그렇습니다."

천천히 포크와 칼을 그릇에 놓은 가슈인은 조금 굳은 얼굴로 제리카를 천천히 바라보았다.

"부지부장 보좌, 제리카."

"예, 말씀하십시오."

조금 전과는 다른 묵직한 분위기에 제리카는 딱딱하게 굳은 태도로 고개를 수그렸다.

"다시는 그를 '라트 씨' 따위로 부르지 말게. 자네의 말이 사실이라면 그의 실력은 제3십자대에서도 아직 전면에 나선 적이 없는 전투 부대에 배치하기에도 전혀 모자라지 않을 테니까 말이야. 무슨 말인지 알겠는가? 격이 다르다는 얘기일세."

"예, 알겠습니다."

"자네만큼 그도 똑똑하게 처신할 줄 아는 사람이라면 일이 조금 더 편했을 텐데 말이야."

가슈인이 웃으면서 입가를 슥 닦았다.

"자네에게 새로운 보직과 중요한 임무를 내리도록 하지."

귀빈실로 안내된 라트는 방 안에 들어서자마자 다시금 불쾌감이 커지는 것을 느꼈다. 그 방은 도저히 하나의 방이라고는 믿기지 않을 만큼 컸으며, 대단히 화려하게 장식되어 있었다.

귀족들의 삶. 그것이 하층민들의 착취에서 비롯된다는 것을 그는 잘 알고 있었다. 불쾌감이 커진 것도 그것을 너무나 잘 알기 때문이었다.

"왜 그러는 거야? 그렇게 적대적인 태도를 보이면서 도대체 어떻게 이 조직에서 지내려고 하는 거야?"

"이걸 보고도 그런 소리가 나오는 걸 보니, 역시 너도 귀족은 귀족이군."

"뭐⋯⋯?"

라트의 경멸 어린 시선과 차가운 말에 아르니가 창백한 얼굴을 했다.

"어째서 그런 말을 하는 거야? 내가 언제 귀족이라고 말한 적 있어?"

"말하지 않아도 알 수 있어. 같은 걸 보고 다르게 생각하니까. 같은 것을 봐도 공감하는 게 다르니까."

"아니야! 나도, 나도 너처럼 그들을 돕고 싶어. 이게 잘못됐다는 걸 알았어. 나도 너랑 하나도 다르지 않은 사람이야!"

아르니는 금방이라도 울 것 같은 얼굴로 방에서 나갔다.

라트는 고개를 떨어뜨렸다. 그런 말을 하려던 게 아니었는데…….

"라트, 네가 상처를 주고 부숴야 할 건…… 그녀가 아니야. 그녀는 너와 같은 길을 걷기 위해 모든 걸 버린 사람이야. 그건 너도 잘 알잖아."

"……."

라트는 복잡한 표정을 짓고 있다가 곧 방을 나섰다.

"아직도 어린애 같다니까……."

텔리시아는 고개를 휘저으며 푹신한 침대에 몸을 실었다.

『텔리시아, 넌 정말로 나에게 즐거움을 주는 녀석이야. 크흐흐흐.』

"글쎄요. 라트가 나아가는 방향이 조금씩 달라지고 있다는 것은 갈취 님께서도 잘 알고 계실 텐데요."

『그래, 너는 네가 하고 싶은 대로 해봐. 그러기 위해서 다른 인간과 계약까지 맺지 않았느냐.』

지크로트의 말에 텔리시아의 얼굴이 급격히 창백해졌다.

"……그녀가 원했기 때문입니다."

『이런…… 솔직하게 말해봐라. 그게 과연 그 인간이 원했기 때문이기만 할까?』

텔리시아는 지크로트의 속삭임을 듣고 눈을 질끈 감았다.

"예, 그것뿐입니다. 그녀가 그걸 원했고, 저도 그를 살리고 싶었으니까…… 그저 그것뿐입니다."

『그런가? 그렇게 생각한다면 그건 그것대로 좋겠지.』

더 이상 지크로트의 목소리는 들리지 않았다.

비로소 홀로 남게 된 텔리시아는 조금 전에 지크로트와 나눈 대화를 떠올리며 입술을 세게 깨물었다. 입술에서 붉은 피가 주룩 흘렀다.

그로부터 며칠이 더 흘렀다.

가슈인은 라트와의 첫 대면에서 결코 좋은 인상을 심어주지는 못했지만, 스스로 말한 것은 모두 지키는 자였다. 열 명가량씩 사흘 내지는 나흘에 걸쳐 화전민들을 수용한 것이다.

"말씀드리지 않았습니까. 대장님은 제3십자대를 통솔하시는 분입니다. 한 번 말씀하신 일은 반드시 지키시지요. 그리고 본래 이 일은 은십자 기사단이라면 응당 해야 할 일입니다."

자랑스럽게 가슴을 펴고 말하는 제리카의 태도를 보면서 라트는 고개를 끄덕일 수밖에 없었다. 마을 사람들이 도시 외곽의 터전에 자리 잡고, 행복해하는 모습을 보니 인정하지 않을 수 없었던 것이다.

라트는 제리카에게 마을 사람들이 도시로 들어온다는 소식을 들을 때마다 성벽의 높은 곳에서 그 모습을 지켜보았다.

그리고 이제 마지막으로 거동이 조금 불편한 노인들과 가족이 없는 중년 남성까지 20여 명을 남겨두고 있었다.

"오늘 마지막으로 남은 사람들 모두 들어온다고 합니다."

"그래? 드디어 마지막인가……."

라트는 한시름 덜었다는 얼굴을 하고 성벽으로 달려갔다. 이미 며칠 사이에 북쪽 성벽 정도는 제리카의 안내가 없어도 곧바로 찾아갈 수 있게 되었다.

그러나 그랬기 때문에 라트는 미처 제리카의 얼굴이 불안하게 가라앉아 있는 것을 보지 못했다.

성벽에 도착한 라트를 본 병사들이 가만히 고개를 조아렸다. 이미 그가 출중한 실력을 갖춘 기사이니 예를 갖추라는 지시가 내려와 있었던 것이다.

성벽에서 가만히 기다리기를 두 시간, 저무는 해를 바라보며 슬슬 이송 부대가 올 시간이 다 됐을 것이라 생각하고 있던 그때였다.

쾅!

"으아악!"

묵직한 소리와 동시에 누군가의 비명이 들렸다. 작긴 하지만 산맥의 인근에서 난 것이 분명한 그 소리에 라트의 눈이 날카로워졌다.

"이게 무슨 소리지?"

"무, 무슨 일인지 저도 잘⋯⋯."

라트가 무슨 일이 터졌다는 것을 직감할 때였다.

"라, 라트 님!"

제리카가 급하게 성벽으로 올라오면서 고함을 질렀다.

"무슨 일이야? 무슨 일이 터진 거지?"

창백하게 질린 제리카의 얼굴을 본 라트가 눈을 날카롭게 번뜩였다.

"오, 오크들이 이송 부대를 급습했다고 합니다!"

"뭐, 뭐라고?"

"지금 급히 병사들을 호출하고 있는데, 자칫⋯⋯."

"내가 가겠다."

라트가 등에 메고 있던 커다란 검집에서 지크로트를 뽑아 들었다. 칠흑색 기형검이 오랜만에 그 모습을 드러냈고, 그는 단숨에 계단을 내려가 말에 올라탔다.

어둠을 질주하는 말의 투레질 소리가 들리고, 제리카는 이를 악물고 그곳에서 천천히 내려왔다.

"⋯⋯미안합니다."

누구에게 하는 것인지 알 수 없는 말을 내뱉은 제리카는 고개를 깊이 수그린 채로 그곳에 가만히 멈춰 있었다.

말을 타고 급하게 내달리던 라트는 조명석의 빛이 흔들리는 곳을 발견할 수 있었다. 어둠을 꿰뚫어 보는 라트의 시야에 갈색 오크들이 병사들을 공격하고 있는 모습이 포착되었다.

고삐를 힘껏 당긴 라트는 말이 채 멈추기도 전에 뛰어내리면서 마력을 개방했다.

쿠구궁!

오크들의 오감은 인간에 비해 뛰어난 편이다. 그리고 자연력의 기묘한 변동을 느끼는 육감 또한 미약하지만 인간보다는 훨씬 발달해 있다.

"크와악!"

조금 전까지 병사들을 공격하고 있던 오크들의 시선이 그 순간 허공에 떠 있는 라트에게 향했다.

"더러운 놈들!"

라트의 고함과 동시에 지크로트가 검붉은 빛을 발하기 시작했다. 그리고 그 빛이 라트와 가장 가까이에 있던 오크의 몸을 도륙할 때에는 이미 여러 개로 쪼개져 있었다.

"크와아악!"

"크왁!"

뒤늦게 나타난 오크들이 일제히 라트에게 달려들었다. 신체 능력이 보통 인간의 몇 배에 이르지만, 라트에게는 전혀 통하지 않았다.

바리엘 분검식에 의한 방어와 공격이 오크들의 시야를 어지
럽혔다.

콰콰쾅!

그리고 오크들의 손이 꼬였을 때, 여지없이 지크로트가 휘
몰아치면서 오크 두셋을 날려버렸다.

"크와아악!"

쾅!

싸움이 길어질수록 라트의 검에서 뿜어져 나오는 검세는 점
점 강맹해지기만 했다. 유려한 검기의 움직임은 이내 일정한
움직임을 보였다. 여러 개로 쪼개졌던 검들이 하나둘씩 사라
졌지만, 남은 검들이 가진 파괴력은 더욱 커져만 갔다.

쿠콰쾅!

"크왁!"

단말마를 내지르며 죽어가는 오크들의 모습을 보면서도, 라
트는 여전히 살기등등한 눈으로 검을 휘둘렀다.

그리고 또 한 마리의 오크에게 접근해 목을 향해 사선으로
베어가고 있을 때였다.

콰쾅!

검이 그대로 튕겨져 나오고, 라트의 몸이 휘청하면서 밀려
났다.

검을 휘두른 자리에 당당하게 서 있는 오크 한 마리를 본 라

트는 지극히 경멸스럽다는 태도로 입술을 뗐다.

"악독한 몬스터들의 수장인가?"

"간악한 인간, 츄익, 네놈들이야 말로 이 세상에 다시없을 츄익, 몬스터다."

단번에 모조리 베어버리고자 한 일격이 여지없이 막혔다는 사실이 라트의 흥분을 식혔다. 어느새 저도 모르게 바리엘 분검식의 가장 중요한 것을 또다시 잊고 있었다.

천천히 마음을 가라앉히자, 그제야 주변 상황이 모두 그의 눈에 들어왔다. 오크들이 죽인 병사들과 마을 사람들의 모습까지도.

"서둘러!"

라트는 이를 악물며 외쳤다. 라트의 무지막지한 위용을 본 병사들은 급히 노인들과 중년인들을 데리고 산을 내려갔다.

"고, 고맙습니다."

그 와중에 노인 한 명이 그에게 꾸벅 인사를 하고 멀어져갔다. 전에 살던 곳으로 돌아가고 싶다고 했던 그 노인이었다.

라트는 이를 뿌드득 갈았다.

"힘없는 사람들을 습격하여 죽인 네놈들이 몬스터가 아니란 말이냐?"

"우리가 몬스터라면 츄익, 네놈들도 똑같은 짓을 했으니 츄익, 몬스터겠군."

"뭣이?"

"나는 갈색 오크, 츄익, 타르크두란의 족장, 우다르. 간악한 인간들 츄익, 모두 죽이겠다."

자신을 우다르라고 밝힌 오크는 이빨을 드러내며 강한 증오를 표현하고 있었다. 그리고 그 말을 들은 라트 역시 마찬가지로 분노를 불태우고 있었다.

"인간의 언어를 쓰기에 잠깐이라도 인간과 같은 생각을 하는 종족이라고 여긴 것이 실수였다. 네놈을 비롯한 오크라는 놈들은 전부 몬스터다. 죽어서 없어져야 할 몬스터!"

지켜야 하는 사람들이 죽었다. 그것도 눈앞의 몬스터에게 말이다.

라트의 몸이 빠르게 쏘아져 나갔다.

"크와아아아!"

항상 방어적인 태도를 보이던 우다르가 별안간 고함을 지르면서 거대 망치를 그대로 올려쳤다. 우다르의 의지가 미스릴에 깃든 마력을 깨우자, 어둠을 밝히는 은은한 빛이 지척까지 도달한 라트를 향해 날아들었다.

"읍!"

라트는 설마 오크 따위가 자신의 속도에 맞춰 공격을 해올 것이라고는 미처 생각지 못했다.

급히 지크로트의 검면으로 마력을 막으면서 몸을 움츠린 순간이었다.

콰아아앙!

"크윽!"

고막이 찢길 듯 엄청난 소음, 그리고 내부가 진탕되는 고통을 느끼면서 라트의 몸은 붕 떠올랐다가 5미터는 떨어진 곳까지 날아갔다.

땅에 거칠게 떨어지려는 순간, 라트의 몸이 반 바퀴 돌아 똑바로 착지했다.

"흐으음……."

고통을 삼키는 신음 소리가 라트의 입에서 흘러나왔다.

처음 싸웠을 때를 떠올리며 우다르의 힘은 그리 대단한 것이 되지 못한다는 판단을 내린 상태였기 때문에 다소 의표를 찔린 것이 사실이었다.

'저 망치…….'

『멍청한 놈. 그런 식으로 멍청하게 달려드는 게 몇 번이고 통할 것 같으냐?』

미스릴 망치의 엄청난 위력을 실감하면서 라트는 천천히 몸을 일으켰다. 정상을 가장하고 있지만, 사실은 조금 전의 일격으로 양팔의 감각이 거의 없을 정도였다.

'전에 끝장을 내야 했어.'

라트는 실전경험이 많지 않다. 똑같은 방식의 공격을 두 번이나 한 것 역시 처음의 접전으로 마음에 생긴 일말의 자만 때문이었다.

그리고 그런 라트만큼이나 뼈아픈 것은 우다르 역시 마찬가지였다. 라트의 움직임은 우다르로서는 잡아낼 수가 없을 정도로 엄청난 속도였다. 조금 전의 일격 역시 라트가 우다르의 진가를 얕보지 않았다면 통했을 리 없는 공격이었다.

"크우……."

우다르는 일말의 망설임을 마음 깊은 곳으로 밀어 넣었다. 타르크두한의 족장이자 최고의 전사인 자신이 주저하는 모습을 보여서야 부족의 전사들이 믿고 따를 수 없을 터였다.

우다르의 붉은 눈이 날카롭게 번뜩였다.

쿠웅!

땅을 그대로 박차고 튀어 나가는 우다르는 눈으로 쫓지 못할 정도는 아니었지만, 상당히 빠른 속도임을 부정할 수 없었다. 더군다나 아직 내부로 침투한 미스릴의 마력을 해소하지 못해 평소의 움직임을 낼 수 없는 상황이라면 더더욱 그랬다.

라트는 급히 마력을 끌어올렸다. 지크로트에 검붉은 기운이 얽히기 시작하자마자 곧바로 빠르게 쪼개졌다.

바로 앞까지 육박한 우다르의 기세를 마주한 라트는 열 개의 검기를 미스릴 망치 사이로 밀어 넣어 그의 목숨을 끊어 내야 했다. 그러지 못하면 또다시 일격을 허용하고 말 것이다.

그 찰나의 순간.

"적을 태워 삼켜라! 크로티엣(Krotiet)!"

사람 머리의 세 배보다 더 큰 흑염구가 우다르에게 날아들었다. 그 흑염구가 날아드는 속도는 라트를 해치운 뒤에 피해야겠다고 판단할 만큼 느린 것이 아니었다.

우다르는 라트에게 내리치려던 미스릴 망치를 급히 들어 올렸다. 그 순간, 우다르의 배가 훤히 드러났다. 라트는 그 기회를 놓치지 않았다.

스스스!

쪼개진 검기가 라트와 함께 우다르의 몸으로 파고들었다. 그 직후, 흑염구가 미스릴 망치에 닿으며 큰 폭발을 일으켰다.

쿠콰쾅-!

"크와아아악!"

폭발의 충격으로 라트와 우다르가 한꺼번에 뒤로 날아갔다.

"라트!"

아르니는 설마 그 흑염구를 보고 우다르에게 더욱 파고들 것이라고는 생각지 못한 탓에 기겁하며 소리 질렀다.

튕겨져 나간 라트는 흙먼지에 범벅이 된 상태로 벌떡 일어나며 혀를 찼다.

"쯧……."

우다르의 몸을 꿰뚫기 직전에 흑염구가 폭발했기에 상처를 제대로 입히지 못한 것이다.

급히 달려온 아르니가 라트를 살폈다.

"괘, 괜찮은 거야?"

"어떻게 알고 온 거야?"

"아, 응…… 제리카 씨가……."

"제리카? 그는 어디에 있지?"

"지금 병사들을 데리고 오고 있을 거야."

"그래, 이제 됐어. 살아남은 사람들은 모두 내려보냈으니. 그리고 저놈은 내가 처리하겠어."

"괜찮겠어? 마력의 상태가……."

"괜찮아. 내가 끝내겠어."

둘의 대결. 라트는 아르니에게 방해를 받았다는 느낌을 지울 수가 없었다. 하지만 그녀가 어째서 마법을 익혔는지 알고 있기에 아무 말도 할 수 없었다.

아르니가 여전히 염려된다는 얼굴을 하고 있는 것을 뒤로하고, 라트는 천천히 우다르에게 다가갔다.

우다르는 무릎을 꿇고 거대 망치에 몸을 기댄 채 좀처럼 일어서지 못했다. 왼손으로 배를 막고 있지만, 짙은 초록색 피가 새어 나오는 것이 라트의 눈에 보였다.

"크와아악!"

"크각!"

족장이 좀처럼 일어서지 못하는 모습을 보자 그때까지 뒤에 물러서 있던 오크들이 일제히 앞으로 달려와 병장기를 들고 우다르를 지키기 시작했다.

"크와우!"

"크라락!"

저마다 위협적인 괴성을 질러대며 우다르를 지키는 모습을 보고 라트의 딱딱한 얼굴이 풀렸다. 하지만 그는 우다르에게 다가가기를 멈추지 않았다.

곧 오크들이 일제히 달려들었다.

"크라아아아악!"

수장을 지키려는 모습 때문일까, 아니면 싸움에서 정당하게 승리를 거둔 것이 아니라는 생각 때문일까. 라트는 달려드는 오크들을 검면으로 후려쳤다.

"크엑!"

"크락!"

털썩!

쿵!

거친 숨을 내뱉는 우다르도 그 모습이 의아했는지 눈살을 찌푸렸다. 그렇게 하나둘 오크들이 쓰러지고, 어느새 우다르의 바로 앞까지 온 라트는 가만히 그를 내려다보았다.

둘의 시선이 얽히고, 잠시 후 라트는 입술을 뗐다.

"어째서 인간을 공격하지?"

"후욱…… 후욱…….."

우다르는 연신 거친 숨만 내뱉을 뿐, 아무런 대답도 하지 않았다.

라트는 검붉은 기운이 어린 지크로트를 천천히 들어 올려 우다르의 목에 겨누었다.

"대답해라. 어째서 너희들은 인간을 노리지? 그리고 네 녀석은 어떻게 인간의 말을 쓰는 거지?"

"간악한 인간들…… 츄익, 모든 것을 빼앗아가는 너희 인간들은 사라져야 한다, 츄익."

많이 지쳤는지, 힘겹게 대꾸하는 우다르의 목소리에는 더이상 조금 전과 같은 패기가 없었다. 그러나 마음에서 우러나는 증오는 여전히 조금도 사그라지지 않았다.

그것을 마주한 라트는 얼굴을 일그러뜨린 채 입을 굳게 다물고 있었다.

'빼앗아…… 간다고?'

그 말이 뜻하는 것을 라트가 모를 리 없다. 그것을 생각하자 갑자기 소름이 끼쳤다.

창백한 얼굴이 된 라트는 우다르, 그리고 쓰러진 채 켁켁거리는 오크들의 모습을 다시금 돌아보았다. 조금 전까지 인간을 위협하는 몬스터였던 그들이, 지금 라트의 눈에는 모든 것을 빼앗기고 산으로 쫓겨난 채 인간들의 눈치를 보며 살아가는 불쌍한 이들로 보였다.

라트의 눈이 크게 떨리고 있는 것을 본 우다르는 힘겹게 몸을 일으켰다.

"…… '길리한' 같은 츄익, 인간이군."

천천히 터벅터벅 멀어져가는 우다르의 모습 그 어디에서도 전의는 찾아볼 수 없었다. 쓰러진 오크들도 하나둘 씩 일어서서 그를 뒤따랐다.

라트는 검을 늘어뜨린 채 그들의 뒷모습을 그저 바라보고만 있었다.

어둠 속에 모습을 완전히 감추기 직전, 우다르는 고개를 돌려서 여전히 그 자리에서 멍하니 서 있는 라트를 바라보았다.

둘의 시선이 얽혔다. 잠깐 동안 둘은 가만히 서로를 마주보았다. 그리고 우다르가 고개를 살짝 수그렸다. 그것은 우다르가 보인 감사의 표시이자 존경의 의미였다.

산속으로 사라져가는 우다르의 모습을 가만히 지켜보던 라트는 가슴 한구석이 불편하고 욱신거리는 기분에 이를 악물었다.

천천히 다가온 아르니가 의아하다는 얼굴로 그를 보았다.

"라트……."

"……."

"왜 살려준 거야……?"

그녀의 조심스러운 물음에 라트는 이를 악물고 스스로에게 말하듯 중얼거렸다.

"저놈들은…… 그저 몬스터일 뿐인데…… 약한 사람들을 습격하고 죽이는 나쁜 놈들인데, 어째서……."

꽉 쥔 탓에 부르르 떨리는 라트의 주먹을 아르니가 두 손으로 포개어 어루만지듯 쓰다듬었다.

"아니야. 잘한 거야, 잘한 거야……."

멀리에서 제리카가 병사들과 함께 달려오는 모습이 보였다.

저택 깊숙한 곳.

계단을 내려가자 몇 개 되지 않는 조명석만이 복도를 비추고 있었다. 그 길을 쭉 나아가기를 오래지 않아 곧 철제문이 나타났다.

그그궁—

철문의 안쪽은 그저 평범한 창고.

거기서 다시 오른쪽으로 일정 간격을 두고 벽을 더듬으면서 천천히 숫자를 세기를 여섯 번, 다른 벽과 크게 다르지 않은 부분을 꾹 누르자 안으로 쑥 들어갔다. 그리고 세 번째 조명석을 아래로 힘껏 잡아당겼다가 위로 밀기를 두 번.

그그극!

벽이 천천히 열렸다. 벽 뒤쪽에는 지하로 통하는 계단이 이어져 있었다. 계단을 타고 지하로 내려가니 넓은 공동이 나타났다.

그곳의 한가운데에 폭이 넓고 날이 한쪽밖에 없는 대도를 든 가슈인이 웃통을 벗은 채 가만히 서 있었다.

"어떻게 되었지?"

그의 앞까지 걸어간 제리카는 한쪽 무릎을 꿇었다.

"하명하신 대로 행했습니다."

"내가 물은 건 그게 아닐 텐데?"

"……예, 모두 격퇴한 모양입니다."

"격퇴라, 애매한 표현이군."

"무찌르기는 했으나, 아무래도 오크 수장을 죽이지는 못한 것 같습니다."

제리카의 대꾸에 가슈인은 눈썹을 가운데로 살짝 모았다.

"죽이지 못했다고?"

"예……."

"명색이 '천검'의 제자다. 죽이지 못한 것인가, 아니면 죽이지 않은 것인가?"

"그, 그게, 저도 정확히 보지 못했습니다."

제리카가 당황하며 고개를 더욱 깊이 수그렸다.

천천히 눈을 뜬 가슈인은 숨을 길게 내뱉었다.

"그 오크 놈을 드디어 처리하나 싶었더니, 그리 쉽게는 되지 않는 모양이군. 아주 영악한 놈이니 똑같은 수법에 또 걸려들지는 않겠지."

천천히 고개를 돌린 가슈인은 라트에게서 느낀 범상치 않은 기운을 떠올렸다.

'죽이지 않은 것일 확률이 높겠군.'

"……내 예상이 맞다면 그리 머지않아 일이 터질 것이다. 이번 일은 과하게 움직인 것이 사실이지. 헌데, 보아하니 천검의 제자는 생각보다 여린 부분이 있는 게 분명하군."

"……."

제리카는 대꾸하지 않았다. 그러거나 말거나, 가슈인의 입가에는 미소가 맺혔다.

만약 라트가 무슨 생각을 가지고 은십자 기사단에 입단을 희망하는지 알 수 없었다면 가슈인은 그를 쓰려는 생각을 쉽게 하지 않았을 터였다.

하지만 입단을 희망한다며 내세운 이유, 그리고 이전에 제리카에게 보고받은 이야기들을 종합해볼 때, 라트가 보인 모습은 결코 꾸며진 것 같진 않았다.

'이용하기 쉬운 패란 이런 걸 말하는 것이겠지.'

*   *   *

며칠이 지났지만 라트의 얼굴은 좀처럼 펴질 생각을 하지 않았다. 그 모습을 가만히 지켜보던 아르니는 커다란 창문 곁에 걸터앉았다.

아침 햇살이 따스하다.

"평화로운 곳이야."

갑작스러운 목소리였지만 아르니는 놀라지 않았다. 그녀와 연결되어 있는 아르니는 그녀가 이곳에 올라왔다는 것을 눈치채고 있었던 것이다.

"정말 좋은 곳이죠."

"……저대로 놔둘 거야?"

"아니요."

누구에 대해 얘기하는 것인지 알고 있었기에 아르니는 고개를 살짝 저었다. 그러자 텔리시아가 가볍게 웃으면서 그녀의 곁에 다가와 벽에 기댔다.

"정말 골치 아픈 녀석이지. 지금껏 수많은 사람들을 죽여 왔으면서 몬스터 때문에 저러고 있다니 말이야."

"죽이고 싶어서 죽인 게 아니었다는 건 텔리시아도 알잖아요."

가만히 창밖의 사람들을 보고 있던 아르니가 똑 부러지는 얼굴로 텔리시아에게 말했다.

"지켜야 할 것들을 지키지 못한 것에 대한 스스로의 무력함, 그리고 아무것도 남지 않았다는 허탈감과 그것을 모두 앗아간 교단이라는 적. 악마와 거래를 해서라도 복수를 하고 싶은 것은 어느 누구라도 마찬가지였을 거예요."

"그 복수들이 결국 후회가 돼서 돌아올 거야."

"알면서도 할 수 밖에 없는 거예요. 잃어버린 것들 때문에 나 자신은 아파서 견딜 수가 없는데, 정작 상처를 준 이들은 모두 잘 살아간다니. 저라고 해도 절대 용서할 수 없었을 거예요."

아르니는 그렇게 말하고 이를 악물었다.

라트의 곁에서 그가 짊어진 죄의 무게를 조금씩 나누어 받고 있는 것일까. 텔리시아는 무슨 표정을 지어야 할지 알 수가 없었다.

"그 몬스터, 아니, 오크들에게서 라트는 무언가를 본 게 틀림없어요. 라트는 너무 여리고 착하니까요."

"그래, 나도 알아. 그래서 걱정이야."

텔리시아의 말에 아르니의 눈가가 살짝 떨렸다.

"전부터 궁금했어요. 어째서 텔리시아는 라트를 걱정하는 거예요?"

그렇게 묻는 아르니의 태도는 대단히 도발적이었다. 갈색의 눈동자는 한 치의 흔들림도 없이 그녀와 마주하고 있다.

그 눈은 텔리시아도 오래된 과거에 몇 번인가 본 것이었다.

"아르니, 바보구나. 난 '악마' 야."

피식 웃으며 고개를 저은 그녀는 천천히 아래로 내려갔다.

홀로 남은 아르니는 그녀가 있던 곳을 여전히 흔들림 없는 눈으로 바라보고 있었다. 한참이 지난 뒤, 이 자리를 회피한 텔리시아의 모습을 떠올리면서 아르니는 고개를 돌리고 날아가는 새를 보았다.

나직한 혼잣말이 그녀의 입술 사이에서 흘러나왔다.

"그게 무슨 상관이에요."

『바람의 라트』 3권에서 계속

이현 판타지 장편소설

Nabasa

FANTASYSTORY & ADVENTURE

나하사

마왕은 봉인되고 마법은 쇠퇴한 신들의 시대
금지된 고대마법을 구사하는 소년 마법사가 등장했다!

이현 판타지 장편소설

「나하사」

말하는 개구리와 꽃미남 마족 그리고 소년 마법사
세계를 뒤바꿀 어쩌구를 마왕 부활 추진대!

dream
books
드림북스

ROYAL DOOM

파천의 군주

태제 판타지 장편소설

FANTASYSTORY & ADVENTURE

문피아 선호작 1위! 골든베스트 1위! 『리버스 담덕』, 『역천의 황제』의 작가

태제 판타지 장편소설

『파천의 군주』

제국을 향한 야심, 9번의 환생, 뒤틀린 운명.
새롭게 태어난 군주 카빌론의 대륙정벌이 시작된다.
라이나필 신이 되고픈 자들에게 내리는 신들의 저주!
9개의 삶이 끝나는 순간 제국을 집어삼킬 군주가 태어난다.

dream
books
드림북스

風雲江湖

천하에 협을 관철하고, 하늘에 천리를 묻는다!

진부동 신무협 장편소설

『풍운강호』

마교의 부활, 또다시 불어오는 철풍의 비릿한 내음
난세를 종식시키기 위해 만사어탈의 판관이 되기로 다짐한 남자
협의지심, 이 한 마디만을 가슴에 품고 강호행에 나섰다!

dream
books
드림북스

종천지애

백연 신무협 장편소설

『이원연공』, 『벽력암전』, 『무애광검』으로
진한 무협의 향취와 잊지 못할 감동을 선사한
작가 백연의 신무협 장편소설

하늘도 슬퍼하는 도(刀)가 되어야 했던 한 남자의 이야기.

『종천지애』

사람(人)이 미치면 천하가 어지러워지고,
마(魔)가 미치면 강산이 피로 물들며,
선(善)이 미치면 세상은 혼돈 그 자체가 되리라.

dream
books
드림북스